雪国热闹镇

刘兆林 著

目 录

序　徐怀中　　　　　　　　　　　1

雪国热闹镇　　　　　　　　　　　1
一江黑水向东流　　　　　　　　　17
雾里一团烟　　　　　　　　　　　31
小河上有座桥　　　　　　　　　　45
违约公布的日记　　　　　　　　　59
军营狗事　　　　　　　　　　　　76
秋　声　　　　　　　　　　　　　83
心　灵　　　　　　　　　　　　　95
我啊，我　　　　　　　　　　　　110
我家属　　　　　　　　　　　　　121
遥远的天长山　　　　　　　　　　135
爸爸啊，爸爸　　　　　　　　　　150
玛瑙金笔　　　　　　　　　　　　164
雪夜童话　　　　　　　　　　　　183
童心里的小屋　　　　　　　　　　189
败给维纳斯　　　　　　　　　　　194
没有寄出的信　　　　　　　　　　198
接　站　　　　　　　　　　　　　203
饭后一小时　　　　　　　　　　　208
此处危险　　　　　　　　　　　　215

大人吃掉的熊猫（外二篇）	218
关怀的罪（外二篇）	228
第二次执刑（外二篇）	237
河边故事	248
腊八雪	254
散步去	262
狗年故事	275
玉碎"三结义"	286
写实主义的艺术魅力　李作祥	296

序

徐怀中

如果要我们用几句概括的语言，说明一个解放军战士的形象应当是怎样的，恐怕很难说得出。而事实上大家心目中是有着某种明确的共同概念的。我见到刘兆林，第一印象即是，他很像一个战士。我曾向好几位和兆林相识的同志谈起我的这种印象，他们都有同感。究竟他哪些地方像战士呢？大家并未谈及，总之觉得像就是了。我想，对于一位部队作者来说，具有某种战士气质，也许并不是无关紧要的。

为了能够得到领章帽徽，成为一名解放军战士，他在县人武部门外站了大半夜，哭着，等着。批准入伍后，家也不回，从学校直接到了部队。他何曾预料，十年之后，他竟披一身北国霜雪，由边防士兵的行列，跨入了部队专业文学创作队伍。

一些部队作者谈论起去年部队中短篇小说创作情况，说1983年是"刘兆林年"。这当然是说笑的话，无非是表达了大家对这位青年战友由衷的祝贺。不过他的"战果"也确属可观。从去年2月至今年1月，连续发表了三个短篇及三部中篇小说。解放军文艺出版社特地召开了刘兆林作品讨论会。收在这个集子中的《雪国热闹镇》获得1983年全国优秀短篇小说奖。

他曾长时间苦于自己创作天地的狭窄，如同在干旱枯水的池塘中，游动不开。随着近几年来军事题材文学创作不断向前推进的浪潮，他把一叶轻舟从池水划进了奔流的江河，从浅海划进了深水域。

实现写作上的这种战略转变，虽在以前的几个短篇中已略见端倪，但明显变化是从《爱情线》和《雪国热闹镇》开始的。从此，他告别了一人一事和简单记述部队先进事迹的那种沿袭已久的格局。他明确意识到了，需要把军人生活及部队内部矛盾同社会现实生活及社会矛盾交织起来去写，这样一来他的表现领域一下开阔多了。同时，他开始带着独特的思考去观察和认识生活，倾心于描绘新时期特有的军营风貌，倾心于揭示新一代革命军人的道德情操，作品的思想内涵来得更见深厚了。《雪国热闹镇》作为一个短篇不能算短，但读来轻松愉快，觉得很短。作者不仅为我们展开了一个带有幻想色彩的北疆边地生活的新奇世界，而且着力塑造了牛犇这样一个可爱的边防战士形象。他虽由于缺少锻炼，纪律观念不强，却是那样纯真坦率，见义勇为。让人从这个形象感受到一种美好情感的热流，感受到一股向上的力量。

紧接着发表的《啊，索伦河谷的枪声》及其续篇《黄豆生北国》，更突出地显示了他强化道德审美作用的这种创作追求的自觉性。小说引用歌德的话说："感情是活着和行动着的灵魂。"我读这部作品，始终受到一种内在情感力量的支配。作者以当代军人丰富的情感生活与道德情操谱写了他的主旋律，然而又绝非视道德题材为时髦，游离部队真实生活，驱使穿了军服的人物去表演某种牵强附会的教义。《枪声》及其续篇作为军事文学的一株并蒂莲，是在其主人公们——"T80型"的一组青年军人心灵的湖面上开放的。指导员冼文弓，是军事文学人物方队中一名与众不同的新型基层政治工作者的形象。这是一位致力于战士心理学研究的专家，但他并不只是借助于适当的工作方法去接近战士，而是凭着同代人的坦荡胸襟与诚挚友谊，即刻之间将彼此的心理距离缩短到了最低限度。即使从那些平时表现让人毁誉不一的战士身上，也能够体察他们的自尊自爱和历史责任感，体察他们思想感情中蕴藏很深的道德内涵。他引导战士们共同来改变连队的后进面貌，同时也不断从他们身上汲取精神营养，纯净着自己的精神世界。他同连长的矛盾，也并不只是在如何进行改革的问题上意见不一致。而在于是否要给战士们以足够的真诚、善意、温暖，或是否起码要给他们以应有的同志的平等和尊重，实质是情感道德上的冲突。

在续篇中，情节发展上有了一个急转直下的变化。作者主要笔力转向冼文弓和战士刘明天及女教师李罗兰的爱情纠葛上了。这样也许影响了他进一步向我们传达新时期军营内新的信息、描写充满活力的连队生活图景。然而，通过这种戏剧性的微妙的变化，他把自己的作业面伸展到了人物内心的隐秘地带，极力拓展他们的情感世界。从而在包容更为广博的意义上展示了当代军人的高尚情操，展示了社会主义时代人与人之间善良和无私的友爱关系。前篇和续篇虽是一体的，在续篇中又格外有所生发，我以为不妨当作紧密关联而又可各自独立的姊妹篇来欣赏。

刘兆林小说艺术上的特色，也是一眼就看得出的。大多结构精巧，情节跌宕有致。在浓郁的生活气息中，间或显露一点奇险，而仍能出之自然，令人信服。新近几篇作品，更注意了对东北边疆大自然的描写，着墨不多，却处处透出鲜明的感情色彩。他的语言凝练而富于幽默感，给人留有回味的余地。

兆林同志对于同他年龄相近的许多部队作者很熟悉，他曾对我一一称道他们艺术上的擅长和出众之处。一讲到自己，则皱起了眉头，说他时感笔头仍然拘谨，写来不够空灵和含蓄，缺少思辨力等等。看见他那样焦虑不安的样子，我想，他的这种不知足的精神实在值得学习。在接二连三出成绩的时候，却对自己如此不满意，这不正预示着他在改进了助跑动作之后，将可望把横杆再向上挪动一个新的刻度吗？

1984年1月于北京

雪国热闹镇

一

热闹镇出了乱子，史无前例的大乱子啊，谁听了都得吓一跳——大风雪之夜，驻军逃走了十分之一，居民陡增了百分之五十。发生这两件大事的时候，镇长居然在千里之外一点消息也不知道，可把驻军最高首长杜林急蒙了。这等于热闹镇这边天塌了一角，他怎么支撑得了哇，必须立即向上级汇报。但是，不知是大风刮的还是什么人捣的鬼，电话线路不通了，杜林琢磨了足有半小时，最后决定带上个最能干的老兵，连夜出发，亲自去向领导报告情况。

两盏摇曳不定的马灯，似挂在夜海颠簸的小船上的尾灯，从热闹镇游动出来。清冷的灯光照着灯前的一条狗和灯后的两个人。狗是黑的，人是绿的，灯是黄的，灯光照见的雪是白的。灯光不及之处，山、河、田野、国内、国外浑然一体，世界成了无边无界无墙无路的黑色雪国，原来的路都深深钻到雪下面躲风去了，而雪原简直成了沼泽地，一条狗和两个人呈三角形在这雪的沼泽地里顶风跋涉着，一步一陷，步步没膝，而一个个陷阱般的脚窝很快就被扫帚似的大风扫平了。杜林又急又恼的思绪连绵不断：熊兵，好好的，生生作出个热闹镇……

二

热闹镇！哎，怎么说好呢？从地理位置讲，热闹镇要算太阳最先照到的镇了，自豪点说，可以叫它祖国东方第一镇——再往东一点就是外国的村镇了，离本国的村镇却很远，最近的也有四十五华里。

从自然风光讲，热闹镇称得上全国最美的镇。这不是吹，哪个镇出门就是江——两国公有的大江！鲑鱼是全世界稀有之物，而这里秋天一网就能打上十几条，其他鱼更不在话下了。夏天的江汊子边上并着插两根棍儿，不出半天保证就能夹住一条。镇子就在大江和江汊合拢成的柳叶形小岛上。岛后水边的柳荫下有成对的鸳鸯和野鸭子，岛上的树林里还能采蘑菇、木耳，花儿可海了，到处都是。离岛不远有山，獐、狍、鹿、熊都有。到了冬天，壮观的雪景则更是无与伦比。

从军民比例情况讲，热闹镇大概是全国驻军比例最大的镇了——全镇每个居民竟平均有五个士兵保卫，军港之镇旅顺也没这么大的比例。

如果从居民人数讲，热闹镇恐怕是全国最小的镇子，不然镇长女儿的诞生怎么会使全镇人口增长了百分之五十呢。

要是从热闹这个角度讲，热闹镇肯定是全世界最不热闹的镇，每年除了县水产公司渔业队和鲑鱼加工厂的人驻镇捕鲑鱼加工鲑鱼罐头的时候能热闹一阵之外，"热闹"之名纯属徒有。不通铁路，不通公路，夏天靠江上走船，冬天靠雪地跑爬犁，很少有人出去，也很少有人进来。有电视也白搭，一收就是外国的，看不懂，军民关系倒挺密切，但太单调，风光绝美的热闹镇就是不热闹。

说明白点吧，热闹镇驻军最高首长杜林的职务只是个班长。大概谁也想象不到，全镇除了包括杜林在内的十个兵外，只一家居民，两口人，不仅"热闹"二字纯属徒有，"镇"字也是滑天下之大稽。所谓镇长，当然就是寂寞透顶的战士们对那一家之主张荣庆的戏称了。所谓驻军逃走十分之一，其实就是一个入伍不到一年的新兵牛犇突然失踪，热闹镇这档子事就是他闹出来的。

三

扫帚似的大风不停地划拉着杜林、老兵和大黑狗踏出的脚窝，三角形的队伍仍在艰难地跋涉。

"老兵，你说，牛犇他除了带枪，会不会还带了别的？"

"你不是说他偷了你的人参烟和龙泉酒吗？"

"我是说他会不会还描了地图什么的？他脑瓜比谁都活，除了偷我烟酒，准还描了地图！"

"真这样，可就更毁了。"

"哼，当初他一来我就觉着不是好事！"

"指导员还表扬他思想活跃，知识面宽。"

"哼，我算看透了，脑瓜越活，知道得越多越不可靠！"

老兵不吱声了，还怎么吱声啊，事实胜于雄辩……

1980年11月底，牛犇分到岛上来那天正下雪。他独自到哨所门前的瞭望架下一站，捧着一本书，面对茫茫雪野放声唱起来："好——一——派——北——国——风光——昂——昂——昂——"

杜林在高高的瞭望架上用望远镜往下一瞧，是新兵，噔噔噔跑下来，问："你喜欢样板戏？"

"谈不上喜欢，这句唱词和眼前景色挺吻合，随便借用一下。"个头不高、眼睛雪亮的新兵无所谓地又翻他手中的书，他是对照着眼前的雪景看书上描写得是否像。

"手里是本啥书？"

"《雪国》。"

"雪国？好，应该热爱我们这个雪国！是部队作家写的不？"

3

"川端康成写的，日本人，诺贝尔文学奖获得者。"

一个新兵蛋子，胡扯些什么?！牛皮烘烘的，不煞煞威风往后不好管！杜林挺挺胸："好啦，好啦，往后乱七八糟的书少看点，叫什么名？"

"牛犇。"辽南口音，海蛎子味很浓，"犇"字听来有点像"笨"。

"牛犇？"心想，挺灵巧的小伙起个"笨"名，真要笨点还好管，看那眼神，不是个好剃的脑袋。

"不是'笨'，是'犇'，三个牛字放一堆！"他在雪地上用手指画出了"犇"字。

姓牛就够受了，又加上三个牛，一身牛气。四个牛字的新兵给杜林的印象不太好。"别一高兴就乱喊，不是在家，对面是外国人！"杜林说得很严肃。

"我家那边外国人有的是，他们常听我唱！"

"吹！"杜林从不肯轻易说出个"牛"字来，"家哪儿的？"

"大连，海员俱乐部旁边，去过吗？"

"我个当兵的，去那地方见鬼？"

"见世面，外国人挺活泼！"

"好啦，部队强调严肃、守纪律。父亲干什么的？"

"没了。"

杜林心想，怪不得少教育。"原来干什么？"

"教外国文学，57年成了'右派'，'文革'中死的。"

"母亲呢？"

"还在。"

"我问她干什么工作！"

"码头上当工人。"

"工人好。她对你有什么嘱咐吗？"

"嘱咐我好好干，争取当干部。我不想当干部，听说这儿当兵的也得学对面那国话，我就来了，寻思退伍后考外语学院。"

"入伍动机要端正，光想退伍不行！"

"听说干部都要军校毕业生，不想退伍也得退伍哪！"

"当兵期间就要想怎么把兵当好。你敢向领导暴露思想，这很好。要好好干，提干不行争取解决组织问题。去吧！"

牛犇走不几步，发现哨所西边二百米处的小屋前有个瘸子，这是牛犇在岛上看见的唯一的老百姓，很觉稀奇，就过去唠扯上了："老乡，您贵姓？"

"免贵姓张，叫张荣庆。哨所的人我都熟，你是新分来的吧？"牛犇也不客气，说了几句便大呼呼地进屋。进了屋看有台电视，顺手就打开了。老张有点讨厌他，说："外国话，听不明白！"偏巧牛犇自学的就是这国语，一知半解还真能听明白些。当时电视正播一个故事片，他一看，是根据一部著名长篇小说改编的。这部小说他在家时看过，便给老张连翻译带讲解地吹开了："这玩意儿写的，真绝！"

老张打从买电视机，只能看看体育、杂技等不用语言的节目，见新来了一个能看懂外国电视的，不得不另眼相看了，忙烧水、炒瓜子，叫牛犇边吃边喝边讲解。片子演到一个恋爱场面时，牛犇忽然里外看了看，问老张："家里大嫂呢？"

这可问到要害处了，老张尴尬地苦笑笑："啊，就我一个人。"

"一直没找？"

"不是没找，不好找哇！"老张拍拍自己的腿，他十多岁就没了父母，到结婚年龄时正赶上"文化大革命"，富农子弟和瘸腿这两个不利条件，使他一直没说上媳妇。三十二岁了，光棍一条，无亲无故，政策落实以后，他才被县水产公司雇来看管打鱼队的宿舍和鲢鱼罐头加工厂的厂房，在岛上安家长住了。老张为人厚道，加上腿瘸，战士们对他格外照顾，凡是瘸子干不了的活全帮他干了。他从未受过这般厚遇，总觉得怎么也报答不完，有空就帮班里弄鱼，还特意买了台电视机，请战士们看节目，他的事班里有求必应，就是找对象这事，他鼓了好大勇气悄悄求杜林班长帮一忙，"这事就得依靠你们了！"杜林答应了，可过了半年他一直没再提这件事儿，老张也不好意思再问。

电视上，主人公正送他的未婚妻出村。

"生活对人真不公平！"牛犇对老张深表同情。

"喝水，吃瓜子。吃……"老张很感激。

不久，老张套了挂马爬犁来找杜林："杜班长，这几天你们替我照看一下，我上趟县里，见见面去！"

"见什么面？"

"一个寡妇，岁数挺好的！"

"这……我怎么一点不知道哇，谁介绍的？"

"小牛。他姥姥家那地方的，他认识，说给问问，我寻思说着玩，哪想他当事办了！"

"一个新兵，胡……"发觉是当着老张的面，杜林把"来"字咽下去了。一个新兵，还不到二十，自己没对象竟敢私下给瘸子保媒！胆大包天！胡来！

这边杜林批评牛犇胡来，那边老张已经看妥了，就守在县里办了结婚登记，双双回来向杜林和牛犇道谢。办喜事那天，老张请杜林带全班过去热闹热闹。这婚事杜林不赞成归不赞成，他还是带全班去了。巴黎公社起义前马克思还不赞成呢，起义发生后不也支持了吗？婚礼使杜林很生气，牛犇带头开出了节目。真不像话，牛犇竟要瘸老张陪他跳舞。一个瘸子，只在"文化大革命"中跟大伙跳了回"忠字舞"，还被指责为别有用心，这回硬被牛犇拉着又跳了一回，逗得大家笑出了眼泪。牛犇又要求新娘出节目，杜林气得想把全班带走，赶巧行政公署副专员视察路过这儿遇上了，进屋表示祝贺："小岛史无前例有了居民，这是部队帮我们新建了个镇啥！"

杜林尽管在生气，还是没忘了当即请副专员给这个镇起名（以前这儿没名，地图上只标"一号哨所"）。副专员问杜林这儿最缺什么，杜林一再说什么也不缺，样样都好。跳出了汗的牛犇插嘴说："怎么不缺？这儿太寂寞了。缺热闹！"

"好，就叫'热闹镇'。祝热闹镇早日热闹起来！"

四

  大黑狗突然发现了什么，噌噌蹿进灯光照不见的夜幕里，三角队形变成两盏马灯连成的一条横线。杜林的灯掉在雪里，眨眼间他已拉动了枪栓，同时命令老兵迅速用帽子罩住马灯。

  大黑狗回来了，后面跟着一头灰驴。

  杜林叫老兵把灯罩移开，自己的枪也关了保险。大黑狗领来的驴是连部派出的。这头驴忠实、记道，黑天、白天、雨天、雪天都能照走不误，不用人管。连队到哨所来回九十华里，一般不属保密的东西就派它送。今晚电话不通，只好又劳驾了这头任劳任怨的驴。杜林从驴脖子上挂的口袋里掏出一张纸条，凑近马灯看清了，是指导员写给他的：

  "张荣庆已回，他惦记老婆，着急回热闹镇。连部这边忙于训练考核，抽不出人送他，请明早即派两人来接，顺道检查一下线路故障。"

  "阿弥陀佛，镇长老爷可回来了，咋不早回来一天哪！"杜林掉转驴头，"出了这大乱子，明早出发还了得？"他率队继续急急向连部跋涉。

  瘸老张娶来的媳妇是个哑巴，但聪明活泼，一点也不丑，两条辫子梳得紧紧的，总爱比比画画逗笑话。她的到来，使牛犇和战士们都感到热闹多了，"镇长"瘸老张更不用说。唯独杜林不踏实，老觉得会发生什么事。有回他看牛犇去老张家半小时没回来，突然闯进去，撞见牛犇和哑女对面站着，脸几乎贴到一块儿了。"劈柴眯了眼，快给我吹吹，班长！"牛犇眼睛红红的。

  当天的班务会上杜林讲道："过去咱们这里，三大纪律八项注意只需要注意七项，现在第八项也得注意啦！一个哑巴，丁点事比画半天也弄不明白，别闹出什么误会！"这话主要是冲牛犇说的。一个新兵蛋子，眼睛贼亮，发展下去不定干出啥事来呢。

7

听班长口气这么严肃，大家连帮老张干活也不敢去了。好在哑女轻活重活都能干，没人帮忙也行。五六个月后不行了，怀了孕的哑女挑水劈柴相当困难。杜林只好重新解释了一下自己的话："注意归注意，活还是应该帮干的，别单个去嘛，去时找个伴！"

　　牛犇去时也请假，也找伴，但每次干完活总要单独留下多待一会儿，他说看电视学外语。

　　"有人就好跑单帮，这不是好现象！"杜林常在班务会上这样敲打，牛犇好长时间没敢到哑巴家去。有个星期六晚上，他又偷着去了："老张你看，瘸腿能治！"他拿一张报纸给老张看，"治瘸腿这医院就在我家旁边！"这消息简直比娶媳妇还使老张高兴，他拉住牛犇不让走："坐会儿，我叫她炒几盘菜，咱们商量商量！"

　　哑女明白瘸子能治后，比老张还乐，她哇啦哇啦直表示让老张去治。老张有点犯难："我走了她咋办，都六七个月了！"

　　"去就趁早去，过了这村就没那个店。家里的事我们帮你照看，不过你得跟班长打个招呼，可千万别说是我帮你联系的！"

　　酒没喝完，杜林找牛犇来了："出来也不请假，回去学习！"离开老张家，杜林又严厉地说了几句："你个新兵不像话，吃吃喝喝，拉拉扯扯，什么作风？！我早在会上说了，自觉点！"

　　牛犇点头称是，认错态度从未这么虚心，杜林为此高兴了两天。当老张揣着牛犇写的家信和画得明明白白的交通图跟杜林打招呼时，杜林脸阴沉了，他明白了牛犇在老张家喝酒的目的，他不相信瘸腿能治好，他怀疑牛犇搞名堂。无奈老张非常坚决，他只好嘱咐老张：治好治不好都快点回来。

五

　　三角形的队伍变成了菱形，狗在前，人居中，驴断后，灯火减弱了，因为杜林那盏灯掉在雪里时炸破了玻璃罩，就再也点不起来。他索性把坏灯扔掉，闭着眼跟着驴走。

老张走后，杜林把正副班长之外的八个兵编成四组，每组一天轮流帮哑女干活，哑女每逢有事却总好直接找牛犇。最近一次，杜林瞧见哑女交给牛犇一张纸，牛犇悄没声地把纸揣进兜里。趁牛犇把棉袄脱在床上到外屋洗脸的工夫，杜林摸出那张纸一看，不禁大怒。纸上画着三幅画：第一幅是哑女在想心事，头上生出一个烟圈，圈里是张男人的脸；第二幅是张十元的钱；第三幅是一对丰满的乳房。杜林在当晚的班务会上点了牛犇的名："从明天开始，牛犇不许到老张家去了，帮哑女干活的四个小组变成三个，不论谁，不准单独和她接触！"

"为什么单不许我去？"牛犇当场质问。

"怕出事！"

"出什么事？"

"你自己明白！"

"我不明白！"

"装糊涂！"

"杜——"牛犇差点没直呼出杜林的名字，"班长，你把最后这话再说一遍！"

"再说一遍有什么了不起？"杜林不屑再说一遍，怎么能受牛犇的指挥？！"不是跟你摆资格，外逃犯怎么样，一撅尾巴也能看出他拉几个粪蛋，亲手抓过一个，二等功立了，不叫提干'冻结'恐怕不会以现在的身份跟你说话了！"

"混蛋一个！"牛犇怒不可遏撸起了袖子，被老兵们拉住了。

"我不跟你吵，有你后悔的时候！"

牛犇不吵了，眼里闪着不可思议的火苗，鼻孔翕动，嘴唇紧闭，那形象使杜林暗暗产生了恐惧之感，他趁机结束了班务会。

刮了一天的大风雪故意凑热闹似的嗷嗷叫，杜林和牛犇谁也睡不着。深夜，杜林刚入睡，哨兵惊慌地跑进来："班长，哑女突然喊了一阵便没声了！"

杜林惊出一身冷汗，布置哨兵立即归哨，连忙又叫老兵和他一块儿赶到哑女家。

哑女家灯亮着,杜林敲了一阵门没人应。他不敢贸然进女人的屋,用草棍把窗纸扎了个小眼往里看,冷不丁抽了口凉气:哑女早产了,母子俩还连在一起,不知死活。

杜林立刻就不敢看了,这种事比让他抓越境犯难多了。他站在窗外搓手、打转,等老兵进去给母子俩盖上被子才进去。他像抓特务那样心突突跳着,摸了摸哑女的胸口,像触电一般赶紧抽回了手:"还活着!"他不知该怎么办,只觉得屋子冷,便点火烧炉子。屋子暖了,婴儿哇的一声啼哭,把连在一起的母亲叫醒过来。

哑女蓬头垢面,身带血污,一脸痛苦,瞧见两个手足无措的兵,慌得连忙把他们撵到屋外,一应事情她自己很快处理完了。婴儿一声接一声不停地哭啼着,哑女朝外屋的杜林比比画画,拍胸摇头,张嘴瞪眼,哇啦一阵之后做了个咽气的动作。杜林猜不出全部意思,只断定一点,婴儿需要吃奶,不快点弄来奶就会饿死。他派老兵回班叫炊事员给婴儿做点能吃的东西。炊事员琢磨了半天,做了碗稀面糊糊。端来一试,婴儿不吃,还是不住声地哭。哑女又哇啦哇啦叫起来。

远离村庄,大风雪之夜哪儿去找奶哟。急迫中杜林忽然想起牛犇让家里寄过奶粉,兴许还有剩的,他一想自己曾为此事批评他资产阶级生活方式,今晚班务会上又差点动手,怕牛犇不给面子,便叫李老兵回去问。

李老兵回去一看,牛犇不见了。问遍全班,谁也不知道哪儿去了。厕所、岗楼、瞭望架找遍了,都没有。

"牛——犇——!"李老兵站在院子里呼叫,叫声被大风雪吞没了。

"牛——犇——!"杜林把全班都叫起来齐声叫喊。

还是得不到回音。

不祥的预感袭上杜林的心头,他带领全班在尖啸的风雪中四处查找牛犇,最后发现一行脚印奔江边而去,但走着走着,好不容易才发现的脚印被风雪扫没了。马灯、手电照了又照,也没发现往回走的脚印。东南西北，天上地下，到处风雪迷蒙，分不清哪是国境线。从纵深距离判断，已经到了主航道中心线，甚至过了一点。从迹象看，牛犇是奔外国那个镇子去了！迷路是不可能的，他，外逃了？！

杜林慌忙带人跑回哨所。一查东西，牛犇的冲锋枪和子弹都不在了；小仓库也被翻个乱七八糟，杜林发现自己提包里的一条人参烟和两瓶龙泉酒也没了。"牛犇外逃了！"平时老练得像个政委一样的杜林，立时像遭五雷轰顶似的，呆若木鸡。

六

菱形队伍变成了一路纵队。马灯挂在驴脖子上，老兵扯着驴尾巴，杜林在老兵后面跟着，狗依然在前引路。

后半夜了。如果是白天，各自的狼狈相一定会让他们相互吃惊的。帽子、眉毛、鬓角上都是霜，汗把棉衣湿透又结成冻甲，大头鞋也变成了冰疙瘩，冰凉冰凉，力气和热量都快消耗光了。杜林全然没有想这些，他既像处于忘我的状态，又下意识地自悔着，他觉得这都是自己应得的惩罚。要是当初就对牛犇看紧点，毫不手软，岛上也就没有什么哑女，没什么热闹镇和今天的天大"热闹"了。追查责任的话，除了牛犇的内因外，不都在于自己对牛犇的一再姑息迁就，以致后来不得法的批评吗？不久，连、营、团、军分区的联合调查组就将来到哨所，查根据、找教训、发通报……这是免不了的了，但根源到底是什么啊？……

一点思想准备都没有，杜林"噗"地下沉到一个坑里，雪没了胸口。他奇怪，前边又是狗又是驴，还有李老兵都过去了，怎么偏自己掉进了雪坑？仔细看看，原来他偏了半步。李老兵拉他爬出雪坑，他忽然发觉，爬比走轻快些。反正全身是雪了，干脆爬吧。他在后面爬着……根源究竟是什么呢？

今年夏天杜林的对象千里迢迢到哨所来了。杜林怕影响不好，住两天就撵女的走。女的走了他也不送送，牛犇却代他给送了十多里。女的走后牛犇收到一封信，字体很像杜林对象的。杜林觉得这信有问题，私自给拆开了。一看，却是牛犇一个男同学写的，信里说，"《圣经》一时买不到，我有个同志的父亲在资料馆工作，托他借到后给你寄去。"虽然没发现和自己对象有什么关系，托人借《圣经》也够严重了。他找牛犇谈话："你为什么要借《圣经》？"

"我……你怎么知道我要借《圣经》？"

"白纸黑字，信上写着！"

"拆信犯法！"

"先谈《圣经》问题。"

"我拒绝谈，我要上告指导员！"

"好，你告就省得我告了。"

指导员反而跟杜林说牛犇思想活跃、知识面宽是好事，建议让他当班里的理论学习辅导员。天高皇帝远，指导员走后杜林没让牛犇当。

驴脖子上的马灯烧干了油，熄灭了。四周一片昏黑，杜林他们像在墨海底下慢慢潜游。

七

翌日早晨，爆炸性的消息震慑了全连、全村。腿还没拆除夹板的张荣庆拄着拐又转磨，又跺脚，他后悔自己不该心血来潮去治这条该死的腿。他还怨自己啥也不明白，给小孩用的东西啥都买了，就是没买点奶粉。连部住在赫哲屯，那边家家打鱼，没有养奶牛的。连里现动员了个生孩子刚满月的赫哲妇女去热闹镇给奶几天婴儿。指导员怕热闹镇那边再出什么意外，带着医助蹬滑雪板先走了。两匹白马拉的爬犁上坐着杜林、李老兵、张荣庆和赫哲妇女，大黑狗跑前跑后跟着。

璀璨的雪原金光银光闪闪烁烁，地球显得比太阳辉煌耀眼，照得爬犁上的人眼花缭乱，一个个眉毛、皮帽耳上的霜花也都亮闪闪的。天空像用雪擦过的玻璃，透明、蔚蓝，没有一丝云迹，空气中细细的雪尘在阳光下也像银粉一般熠熠闪光。四野遍披银甲，只有树林里偶尔露出几束红色或黄色的树叶，像铺盖大地的白绢上划着了几根火柴。跟昨夜相比，简直像从十八层地狱的苦海来到童话般的天堂。野鸡、山鹰也到阳光下晒羽翅，时而还有傻狍子出来奔跑。

　　白马爬犁顺江边走着。昨夜新下的雪还不结实，尽管赶爬犁的战士一再挥鞭打马，还是跑不起来。爬犁上的人默默无语，各自想着心事。

　　心情最复杂的是张荣庆。他眼前出现的一会儿是牛犇帮哑女干活，一会儿是哑女抱着孩子在哭叫的叠影，心中既有对牛犇的怀念又有对他的不解和怨怒，同时还掺着深深的后悔，而后悔是最强烈的。

　　李老兵主要是难过，他对牛犇的印象并不坏，甚至有点喜欢。他想起八月十五晚上牛犇和他在江边放河灯——这是赫哲人的风俗，把一盏盏纸灯放在江上，让它顺流漂得很远很远，意思是照亮江里的水路，好让最名贵的大马哈以及重唇、哲罗、红鲤、白鳔、鳌花……能在亮堂堂的江里游来，供他们捕捉。牛犇的灯是用墨水瓶做的，装了满满的煤油，安放在一块桦木板上，灯罩是用红纸糊成的五角星。红红的五星灯顺着黑幽幽的江流漂走了，牛犇说，让这灯代他看看沿江的风光，并向两岸的男女老少以及山水草木问个好。李老兵嘲笑他浪漫，捡起一块片石打了个长长的水漂。水漂消逝了，牛犇外逃了，李老兵心里有点怅然若失又有点疑惑不解的感觉。

　　去为哑女生的婴儿送奶、生来没上过县城的赫哲女人，用最大的想象力猜度着哑女的音容笑貌和言谈举止。她偷瞅张荣庆朴实的脸，想哑女一定很俊。要不，外逃那兵怎能老帮她干活呢？

　　杜林内心经过昨夜那番狂风暴雨般的剧烈折磨，疲劳了，麻木了，同疲劳酸麻的身体一样不愿活动。此时他唯一担心的是那婴儿是否还活着。

　　"鹿！鹿！"赶爬犁的战士惊呼。

"不是鹿，是狍子！"赫哲女人纠正说。

张荣庆和老兵无心辨认是鹿还是狍子。

杜林微微睁开眼，看见一只狍子从江对岸往这边跑，瞅见爬犁后又掉头跑回去了。

太阳西斜的时候，马爬犁才进入热闹镇。两缕白白的炊烟分别从红砖房的哨所和泥坯屋的哑女家浓浓地升着。一缕口琴吹奏的乐声也在静静的小岛上缭绕着，是从哨所的红砖房里飘出来的。"乱弹琴，还有这闲心！先去老张家！"杜林振作一下站起来，带着爬犁来到张荣庆家。

张荣庆顾不得让客人了，急不可待先进了屋，其他人急切地跟进。

屋里出现的是与一爬犁人想象不同的场面：医助在收拾屋子，指导员在做饭，哑女坐在炕上对镜梳头，婴儿安详地在射进来的温暖日光下睡着了，小嘴不时咂动着，枕边放着一缸鲜牛奶，窗台上一个大盆子满满装的也是鲜牛奶。进屋的人都愣住了。

先是哑女朝丈夫比画起来。

张荣庆伏在炕边看女儿的小脸。

赫哲女人的眼光在哑女身上转来转去。

杜林的眼睛像被牛奶吸住了。

大黑狗摇着尾巴在屋里窜来窜去。

指导员从外屋端进开水，反客为主招待起主人和客人来。

"怎么回事，指导员？"杜林问。

"去问牛犇，叫他说。"

"牛犇?！他在哪儿?！"

"在班里休息。"

"他……他没有……"

"去问问就知道了！"

杜林奔回班里，见牛犇坐倚在床上吹口琴。"回来了，班长？"眼睛雪亮的牛犇坐起来，善意地望着杜林。

"你……你哪儿去了？"

"到对面走一趟，怕你不同意，就没请假。"

"你去偷人家的牛奶?!"

"不是偷，悄悄换的！"

"扯！"

"真的。那边家家养奶牛，我们在瞭望架上看得清清楚楚，也没驻兵。我摸过去，钻进一家牛棚，弄了两暖水袋加两行军壶奶。走时把你的烟和酒放那儿了，待会儿给你钱！"

"钱是小事，丢中国人的脸！"

"这怎么丢脸？烟和酒二十多元，十多斤牛奶也就三四块钱呗，他们上哪儿卖这好价钱？"

"边境政策你不懂吗？"

"懂啊，国家不是开放了边境小额贸易了吗？再说，总不能眼看着我们热闹镇上的小居民饿死呀。所以我才去了，出了事我一个人担呗！"

"纯粹开国际玩笑！——你的枪呢？"

"我心里急，临走时发觉自己还背了枪，就取下来藏在哑女家的空屋里了。"

"反省吧，等着处分！"

"好吧。班长，看见哑女画的一张纸没有？"

杜林从兜里掏出昨晚那张画纸，已经揉搓坏了。"看弄的，这是哑女叫我给老张邮的信，还得叫她重画！"

"重画什么？老张和我们一起回来了。"

八

几天后，团政治处来了一位干事，说军事检察部门做了调查研究，决定对牛犇不予起诉。军分区指示，对牛犇要进行法制和边防政策纪律的补课，教育可由团政治处直接进行。地点放在团农场，让牛犇边劳动边接受教育。

走那天，全班都出来送他。哑女不顾产后怕见风，也和丈夫一块儿出来了，老张给牛犇拿了一大瓶马哈鱼子酱，牛犇不肯拿："现在你和你老婆正需要营养，留着吧！"

杜林把一个新笔记本递给牛犇："拿着用吧。这三个月要好好改造思想，别不当回事！"

牛犇接过笔记本："谢谢班长！"然后推着大伙不让送，"回屋吧，挺冷的。"

牛犇坐上了团里干事带的爬犁，走了。

刚走上江沿，他回头招了招手，高声喊："喂！千万保密，别让我妈知道哇！"

这声音在雪国的低空回旋："……别让——我妈——知道哇……"

1982年12月于长春南湖

1983年7月号《解放军文艺》首发

1983年8月号《小说选刊》选载

1984年第2期《新华文摘》选载

一江黑水向东流

一

他背朝着太阳,划动了桨。小船在树林里穿行,装满了斑驳的霞光。静静的黑水像燃着了,船好似在火上面走。

天上就一个太阳。每当太阳这样辉煌动人地升起的时候,江两岸的人肯定都会认为太阳是自己的。他乔连长就认为太阳是他的,和他最熟,对他最温暖。此时不用回头看,他就知道,太阳正在岛子东端的桦树林上面注视着他,正是最红最好看的时候,肯定给自己的草绿军衣也照红了。他在心里跟太阳说话:"照我有啥用,快点把瓜地里的水晒干,让疆江和他妈吃几个甜瓜再走,他们可苦坏了!"

他背上暖洋洋的,像是太阳在回答他,因而心里有些痒,觉得隐隐地蕴满了激情。那激情达不到泛滥的程度,却有一股深沉的力量,暗暗地鼓动他为朦朦胧胧的心愿做事情,就像岛子旁边的黑幽幽的大江,默默地向前运动,把船载向远方,表面望去却像没有流动。他说不清这是一种什么味道的激情。欢乐、忧郁、惆怅、向往?或因不久就要来临的别离而提前产生的依恋?都是,又都不是。这模糊的激情使他看什么都有点内向的激动。

树叶上、草尖上挂满的一串串露珠儿,大概也认为太阳是它们的，都因太阳的热情而激动得五光十色，既像在燃烧，又散发着带有草香的湿漉漉的水味。鸟儿们也像含了水在朝太阳唱，声音里带着水灵的甜润。

乔连长的眼里像同时进了水和火，眼光既热烈又湿润。他用这眼光看看船头同他对面坐着的儿子，心里忽然像烤煳了的毛豆，有点不是滋味。

儿子疆江满六岁了，剃着和战士一样的小平头，脸被祖国北极的阳光晒得像个铁蛋儿，加上一年四季边风吹的，结实倒是非常结实，可太黑了。内地，尤其是城市的孩子们见了肯定会说他是非洲来的。儿子自己却不觉得黑，因为爷爷、妈妈，还有那些叔叔们都是黑的。在他眼里，世界上的人，除了妈妈，都是穿军装的。他自己生活得很愉快，因为成天有那么多小叔叔逗他玩。只有妈妈常常为他叹息，六岁了，还没见过外面是怎么回事。有回他在岛子的小码头上玩水，来了一条船，船一靠岸，他竟吓得哭着往家跑。妈妈问他怎么了，他说老虎来了。妈妈看他吓得那个样，真以为来了老虎。出去一看，是一个战士的未婚妻来了，穿一身黄色带黑花的连衣裙，头发烫了许多卷儿。妈妈摸着孩子的头，看看那花枝招展的姑娘，无声地哭了。眼泪滴在儿子的脸上，儿子以为妈妈也吓哭了呢。他怎么会理解妈妈在为他长这么大还没见过外面的人而难过呀。

"爸，又一个，五十个了。报名上学不是得先数五十个数吗？我会数！"疆江"啪"地一巴掌又打死了一只叮咬他大腿的瞎蠓，然后极认真地用针穿上。他手里已经用线穿了整整五十只瞎蠓，像一串好看的珠子。从早晨到现在，起码要挨过五十次咬才会抓住五十只瞎蠓的。

乔连长看着从心里往外乐的儿子，不免想起战士们的玩笑话："别看疆江还没上小学，鲁迅（芦笋岛）文（蚊）学院挨咬系已经念了六年，够研究生了！"六岁的"蚊学"研究生该上小学了，这里却没有学校。没有村庄哪能有学校哇。多年前这里连部队都没有，还学校呢。那年这里发生了一场战争，仗不大，却惊动了全国，甚至世界。炮弹几乎把这个岛翻耕了几遍。双方都悄悄往岛上埋地雷，埋完后又被对方的炮火破坏。那一仗很快就结束了，但这个岛从此成了紧张地带，并开始进驻了一个小连队。乔连长一入伍就上了这个岛。尽管后来再没发生战事，逐渐也不那么紧张了，连队却还是没离开过这里。乔连长为这个岛做出了多少牺牲是无法计算的，他自己也没计算过。计算这有什么用呢，酸甜苦辣都有。再说，哪有闲工夫计算哪。

什么牺牲他都可以做出，但是儿子不能不上学。别看住得偏僻，他从报纸杂志上知道，在人们的现代意识里，最注重的是下一代的培养。不光知识家庭、普通家庭，甚至高级干部家也都把培养子女作为头等大事。有条件的早早请了家庭教师，没条件的父母起早贪黑亲自任教。更有甚者，为了子女成才，从本人选择对象就开始有步骤地考虑了：未来儿子的母亲应该小几岁；怀孕前两年就要多吃能使婴儿增殖脑细胞的补品；怀了孕后一个月吃什么，两个月吃什么……婴儿生下来哺乳期吃什么；半岁、一岁、一岁半该怎么营养都计划得好好的。一想到这些，乔连长就内疚，太对不起儿子啊。那时怎么会懂得这些，粗米淡饭吃饱不饿就行了，主要培养的是吃苦精神。懂得这些以后，有时他想像人家那样，对儿子搞点学龄前辅导。一辅导算术，儿子就显出有点笨来。每当这时，他就要怜惜地看着儿子不明亮的眼睛，从心的最底处发出一声疼痛的叹息。悔不该那夜喝了酒，悔不该酒后失去控制而有了疆江，以至今天，党支部的处分决定还在档案里装着。科学杂志说，酒后怀孕的婴儿智力不佳。哎，疆江，爸爸对不起你，也对不起你妈妈。因此乔连长才决定把随军跟他住了近六年的老婆户口转回老家去，带儿子进学校上学，9月1日开学，现在已快"八一"，得早些回去，要落户口，要办入学手续，还有，儿子得熟悉和适应新环境。没进过幼儿园，野惯了，冷不丁坐硬板凳上听课，怕不行。别让人说，部队的孩子，黑是晒的，没教养是怎么回事呢？这些天他就一方面让儿子住在班里，和战士们学过集体生活，一方面让他们等几天。香瓜就要熟了，那片瓜地是妻子一手侍弄起来的。是妻子开天辟地在岛上头一年种了瓜啊！每回儿子都要跟妈妈去瓜地。娘俩为让大家能尝尝瓜味，挨了多少咬，多少晒！一定让他们尝尝亲手种的甜瓜再走。

"疆江，先别数瞎蠓，爸爸问你!"乔连长停住桨，让小船自动往前走，"你说，你上了学有没有志气考前三名?"他想说第一名，可一看儿子那不怎么明亮的眼睛，以及一数数时就有点笨的表情，就改成前三名了。谁让自己那晚上喝了酒呢!

"爸，我要考第一名!"疆江把手中那串五十只瞎蠓一抖，睡不醒似的眼睛竟有些发亮。

乔连长被儿子的志气激动了，越发内疚地看着儿子说："好疆江，有志气，就该争第一。爸爸在全连就是第一名!"

"我跑第一，掰腕子第一，摔跤第一，写字第一，查数也能第一!不信我查给你看。"他提起瞎蠓串站起来，迎着霞光又开始数，"1，2，3，4，5，6，7，8……"竟顺利地数到五十。"爸，你说能第一不?"

"能，疆江能第一!"乔连长说时眼里有泪花。他听说过，有个孩子，五岁就进大学学高等数学和古典文学了，六岁的疆江才会数五十个数怎么能考第一? 但他还是顽抗一般地鼓励儿子："数，接着往下数，51，52，53，54……"

疆江把一串瞎蠓倒过来，信心十足地跟爸爸数下去："55，56，57，58，59……"

乔连长一边听儿子数，一边将船划向瓜田。

二

几领炕席大小的瓜田，在芦笋岛南边山脚的平地里，总共有一百二十四棵瓜秧。那是乔连长妻子按全连六十人加她和疆江每人两棵精心种的。一百二十四棵香瓜外还试种了一棵西瓜。如果西瓜能收，明年就再开一块地，让每个人在两棵香瓜的基础上再多一棵西瓜。西瓜她是种不上了，战士们自己种吧。香瓜本来长势很好，偏偏遭一场水。水下去了，瓜没淹死，但地里还有些泥泞。尤其靠江汊子边那块洼地，还汪着一些水。他带了把锹，想挖条沟把水疏通出去，这样会干得快。早干，瓜就会早甜。他虽没种过瓜，但知道旱地的瓜甜。那是政治处主任在军区小报上登的一篇文章说的。他记得很清楚，文章叫"怎样选瓜"。政治处主任是他同年入伍的战友。人家当了主任，自己还是连长，能不注意人家发表在报上的文章吗？"买瓜前首先要问一下是旱地产的还是涝地产的，涝瓜水，旱瓜甜……"他看了文章当时不禁好笑，堂堂政治处主任竟去写怎样选瓜，但毕竟看过后记住了，而且没想到现在居然能用上。

船一靠岸，成群的瞎蠓嗡嗡着扑上来，大概已在草丛里埋伏好久，饿极了。疆江先上岸的，瞎蠓们就先欢迎他去了。

啪，"51！"啪，"52！"啪，啪，"53，54……"疆江一边打着胳膊上、腿上和嘴巴上的瞎蠓，一边数数，都忙得来不及往线上穿了。

看儿子被咬的苦劲儿，乔连长心里直说不该带他来。今天星期日休息，战士们难得盼到这一天，洗洗衣服，理理发，写写信，睡个懒觉什么的，他没忍心叫一个战士跟他来。他把妻子也留下帮大家拆拆洗洗。妻子没几天待头了，一走就不会再来，疆江非要看看瓜长啥样了，硬跟来的。

乔连长很利索地拴了船，提了锹，上岸先撵走儿子身边的瞎蠓。其实他这一撵，等于都引到自己身上。他到底比儿子耐咬，咬去吧，索性不理睬它们，脱了鞋提在手里，走进泥泞的瓜地。一见那些长在秧子上面的"三变"瓜有的已变黄，他又忘了挨咬的苦处。黄色是"三变"瓜的最后一变。绿、白过去，一出现黄就是开始甜了，越黄越甜。现在才开始微黄，把水放出去，几天就会黄透。黄透的瓜一定非常甜，到时候儿子会甜得抱着瓜在地上撒欢儿打滚的。想到这些，他又不为儿子和他妈不好受了。这点苦算什么呀，这几年南方天天打，多少战友命都没了，这里一枪都没放过，太太平平待在这儿，还可以种瓜种菜，还可以带老婆、孩子……虽说以前这儿打过一仗，只那么几天就完了，而且死的人还没有南边一天死的多。这一比，冬天零下四十度的严寒啦，夏天蛇钻被窝啦，秋天嗷嗷叫的北风啦，以及孩子享受不着营养和教育啦等等，统统没什么了。

"爸，哪棵秧上都有瓜，有的还俩呢！"疆江提着瞎蠓串蹲在结了两个大瓜的秧前看，那两个瓜都发黄了。他说时口里水渍渍的。

乔连长走到儿子跟前一看那瓜，犹豫了一会儿说："疆江，你要想吃就先摘一个吃吧。摘那个大的，可能有点甜味。"

疆江看了看瓜，又看了看爸爸，欲摘又止，摇摇头："爸，我先不摘，等太阳快落时再摘，多晒一会儿就能多甜一点。我先数瓜去，看有没有两个五十个！"

乔连长为儿子的懂事感动得心里掠过一丝甜蜜的酸楚："好疆江，两个五十就是一百。数去吧，别摔了。"

"1，2，3，4，5，6，7……"疆江极认真地数着。

乔连长开始一棵一棵拾掇被泥淤住的秧，他想弄完了再去挑沟放水。

他才拾掇二十多棵，疆江已数到头了："爸，一百个还多十一个大的，小的我没数！"

"一百个还多十一个就是一百一十一个。你那串瞎蠓多少只了？"

"五十五只。"

"你再数数看，一百一十一减去五十五是多少，要认真数，要不你就没法考第一！"

"这么多数我数不过来！"

他停下手，站起来，耐心辅导："你想想，疆江，一百里有几个五十呀？"

"两个五十。"

"五十五个里有几个五十呢？"

"一个。"

"那么一百一十一就是两个五十加十一，五十五就是五十加五。要是从两个数里都拿出五十，各剩多少呢？"

"两个五十加十一，拿出一个五十，就剩一个五十加十一了，一个五十加五，拿出一个五十……就剩五了。"

"五十加十一是多少呢?"

"是……51，52，53，54，55，56，57，58，59，60，再加一，是61！"疆江用瞎蠓串当算盘珠。

"对了，是六十一。那么六十一减去五是多少呢?"

"六十一减五，……六十一减五……六十六！"

"不对，六十一加五是六十六。"

"六十一减五……六十一减五……"又一只瞎蠓叮他的脸，他"啪"地给了自己一个耳光，将瞎蠓打死。"爸，我找瞎蠓去了，六十一减五我不会算！"说得泄气，眼睛又不亮了。

"就要到奶奶家上学去了，你不是说要考第一吗？六十一减五都不会算怎么考第一呀！"

疆江眼睛又亮了："那好。我再找几个瞎蠓去，够六十一个我就会算了。从六十一个瞎蠓里拿出五个瞎蠓，剩下的就是了！"

乔连长叹口气。他不怪儿子笨，怨自己，那天晚上不该喝酒，喝了酒不该失去控制，不该，不该……

三

黑幽幽的江水，静静地又急急忙忙地从岛边流过。没有风，也不过船，辽阔的江面便看不到一朵浪花，偶尔有几个漩涡，也是黑黑的，像岁月幽深的井，装了许多许多心事无处诉说，都沉进江底了。

乔连长弄完瓜秧，拄着锹把望了会儿江水，便开始挖沟。

太阳开始热烈地烤人。乔连长在身边拔了些黄蒿和马莲，拧成两个遮阳的帽圈，一个戴在自己头上，一个扔给儿子。儿子打够了瞎蠓，数腻了瓜，便来到爸爸挖沟的地方玩水。玩得兴起，索性脱光衣服躺在里面凉快，滚得泥猴儿似的。连里养的猪不知怎么跑过来一头，慢悠悠地躺在水洼里泡凉。疆江爬过来，骑在猪身上恶作剧，那猪也不叫，不动。疆江惬意地喊："爸，你看着点，我骑猪能数一百个数，1，2，3，4，5，6，7，8，……"

疆江数数的声音很有节奏，乔连长随着这节奏一锹锹甩泥。一个数，一锹泥，就像小岛一件件往事，在他眼前滑过。

岛子周围，只有战事以前靠近陆地一侧的水湾里有过鸳鸯，几千发炮弹把岛上的冻土和岛下的坚冰翻耕过几遍之后，鸳鸯也不来了。在妻子没来这儿随军以前，岛上只有连队养的猪里有异性。妻子来岛第二年夏天，一个战士突然莫名其妙地死了，上吊死的。没跟任何人发生过口角，家里也没来信，领导不但没批评还刚刚表扬过他。那么好的一个兵，怎么会自杀呢？

……

水洼里的猪被疆江碰痛了眼睛，"嗷"一声站起来，把疆江掀翻在泥水里。疆江哭起来。乔连长一股无名怒火蹿上来，抡胳膊狠狠拍了猪一锹，好像是猪害死了那个战士，现在又来害儿子。那无辜的猪被拍疼了，叫着一溜烟跑出瓜地，蹿进草棵和树林里。瓜秧被它抖断好几棵，还踩坏几个半生不熟的瓜。

乔连长把儿子领到船边，用清水洗净身子，穿好衣服，不叫他再玩泥水。没别的好玩，疆江就闹着要回家跟妈妈玩去。水沟还没挖通，乔连长不能回去。为哄儿子多待一会儿，他说："疆江，爸把最黄的那个瓜给你摘来吃，你一边吃一边数爸爸挖了多少锹泥。快上学了，不听话，不会数数怎么能争第一呢？"

爸爸一提，疆江才想起还得等太阳多晒一会儿甜，瓜甜了好摘下来吃呢，便不嚷回家了："爸，我用手帮你挖，你挖一下，我也挖一下，边挖边数！"

"那好，爸和疆江比赛，看谁挖得快。谁挖得快那瓜就给谁吃！"

"行，比赛，我第一。1，2，3，4，5，6，7……"

父子俩有节奏地挖着。太阳在天上看他们，大江在地上看他们，微风吹动瓜田四周的蒿草和花儿为他们加油，林中的鸟儿叽叽喳喳为他们叫好。

"91，92，93，94，95……"

四

星期天两顿饭，这是北方部队没上条例的铁规矩。所以中午过了乔连长也没领儿子回去吃饭。太阳斜了，最热的时候已经过去，乔连长怕饿着儿子，就故意慢挖几下，叫儿子争了第一。"疆江干什么都第一，上了学肯定也能第一。还剩不多了，咱们歇歇，吃了那瓜再挖！"

疆江在爸爸前头飞快地跑到做了记号那个瓜前，摸了好一会儿也没舍得摘，但是嘴里涎水已满了。"爸，咱们先别吃，拿回去跟妈一块儿吃吧！"说时眼睛又亮些了。

劳苦家庭的孩子，每一句与年龄不相称的懂事话，都会叫大人感动的。乔连长一手摸着瓜，一手摸着儿子的头："疆江真是好孩子，你说得对，妈妈今天帮叔叔们拆洗被子，最辛苦了，这个最好的瓜应该让妈妈先吃，这瓜是妈妈和你种大的！"他把另一个稍差点的瓜摘下来，"咱们吃这个！"

疆江捧着瓜跑到江下边，蹲下去，小心翼翼地把瓜浸在清清的黑水里，洗得十分干净了，才跑回来递给爸爸："我不会吃，你先吃，我看看！"疆江真的第一回吃瓜，他确实不知该怎么吃。

乔连长心里苦丝丝地接过瓜，用拳头捶裂一道缝。掰开，将太阳晒黄的大半的递给儿子，自己要了贴地那小半的，味觉器官做好充分准备才咬了一口。几乎一点甜味也没有，甚至有点苦。他很失望，又想起政治处主任怎样选瓜的文章来："涝瓜水，旱瓜甜……"

他一心一意嚼着没有甜味的瓜。这是妻子、儿子的心血和心意，能说不甜吗？他装出甜的样子："疆江，甜吗？"

疆江照着爸爸的样子咬了一口，新奇而庄重地嚼了一会儿说："甜，爸，甜！"不知他那块瓜因为朝着阳真的有点甜味，还是因为他在岛上吃的蔬菜都不带甜味的缘故，他把那"甜"字说得很重："真甜。爸，我上学要是考了第一，明年回来你能把最甜的瓜给我留着吗？"

25

"能！疆江好好上学，考了第一，你不回来爸爸也要把最甜的瓜给你送去，还有西瓜，明年要种西瓜！"

疆江吃得更甜了，最后连瓜根都吃进嘴里。瓜根恶苦恶苦的，他咧着嘴叫起来："爸，一块瓜咋两个味呀，瓜把不甜！"苦得那样他还是用"不甜"两个字表达。乔连长越发感到儿子懂事。学算术是笨一点，可多懂事。不是酒后……唉！他回答儿子："因为甜是苦变的，所以瓜根苦。你把那个最黄的也摘吃了吧，苦就冲掉了！"

疆江不肯摘，坚持留给妈妈。他趴在江岸边，手抓着柳毛子，将头伸向江里，吸了几口水漱嘴。漱完向空中一喷，阳光下出现了一小条彩虹。他拍着手看了一会儿，虹没了，他忽然问："爸，春天那些大冰山咋没了呢？"春天倒开江，这里发生过冰洪，好吓人噢。

"都化了，顺江流海里去了。"

"海比江大多少？"

"大老多了。"

"海离这儿远吗？"

"不远。"

"那你领我划船去看看海吧？"

"不远的海是别个国家的，去不了。"

"咱们国没有海吗？"

"有，你回奶奶家上学就能看见海了，离奶奶家很近。"

"那快挖吧，水干了，瓜熟了，我好早点和妈妈去奶奶家看海！"

乔连长抚摸着儿子的头，父子又一块儿回到沟边挖起来。那沟，快要挖通了。

五

太阳一不烤人的时候，就显得特别好看。白桦树呀，小叶樟呀，草呀，芍药花呀，也都跟着显得好看起来，江水的味道也开始往外溢。瞎蠓好像永远不知道人是讨厌它的,也早早跟着出来和人亲近。

疆江因为用手挖泥,一打瞎蠓的时候,就把黑黑的泥也打在身上、脸上。乔连长不叫他挖了,让他到江边洗洗,准备回去。他自己再甩上几十锹也就差不多了,那浑浊的一洼泥水就要流进大江里。

"疆江,你看,那是不是老虎来了?"乔连长忽然孩子一样惊喜地逗儿子。

疆江吓了一跳,惊惧地顺爸爸眼瞅的方向一看,是妈妈来了。妈妈今天穿了花衣裳,虽然没有那回的老虎阿姨漂亮,也年轻多了,真好看。他顾不得嗔怪爸爸吓唬他,急忙往瓜地跑去,摘下留的那只大瓜,藏在背后,奔向妈妈。

"妈,妈,我爸说你是老虎!"

"去你爸的,我看你们爷俩像老虎。看你这一身泥,洗洗再扑我……"

"妈,你看!"疆江变戏法似的拿过藏在背后的瓜,举给妈妈,像举着一颗太阳。

妈妈很意外,接过瓜看看根,看看顶,又弹了弹,怪道:"你们爷俩真够老虎了,瓜还没熟,就往下生拧!"

疆江受了委屈,眼泪像两股溪流越过脸上的泥沼。他赌气走到爸爸身边又去挖泥。

妈妈笑了:"倔种,跟你爸一样!"她把瓜递给丈夫,"剩这点我挖吧,你们饿了,还不一人一半吃它,装什么蒜!"不容分说抢下锹,把瓜塞进丈夫手里。

疆江看妈妈没怎么理他,眼泪更多了,闷头使性子,一个劲儿挖。妈妈把锹一脚踩上去,挖起满满一锹泥,故意甩给儿子看:"疆江越长越出息了,上了学耍脾气肯定也是第一名!"

乔连长拿着瓜,心情也像瓜一样,有苦也有甜。他蹲在江边洗瓜,同时在心里自言自语:再过十天,妻子就要带着疆江走了。儿子的学究竟能上得咋样?"倔种,跟你爸一样!"他耳边响着妻子的话,又想起那天夜里酒后的事。

27

……天黑了，她约好的最后一次见面时间已到。去不去呢？去了怎么回答她呢？见了面没有个肯定的回答是不行的。就自己本意，要回答就是说行。而表示行，就是让她做牺牲。我那家庭，还有战争，不定哪天又打炮弹。怎么能让她做这么大的牺牲呢？说不行，既不情愿又不忍心。一个孤女，同班学习六年，同桌三年，同甘共苦，感情太深了啊。一天不见都想得不行，人们舆论说我们在恋爱，我不否认那是爱情。在学校里，同学恋爱跟俗话说的最不堪入耳的那事一样丢人。我就躲她，可是越躲越想。当兵走时多想见她一面，又害怕见，悄悄走了。一别三年，天天梦里见她。她突然真的出现在岛上，我又蒙了。千里迢迢奔荒岛来找我，目的还能有别的吗？要走的头天晚上，她非要给她留个准话，她最后通牒式地给了我个见面的时间和地点。时间到了，我还没往那地点去，因为不知去了该怎么办。犹豫的时候，忽然看见一瓶酒。人说酒能壮胆。没有主意、没有勇气时多喝点酒就有了。时间已过，来不及多想，也顾不得问是谁的酒，一口气喝了三分之一。酒上了头，人就像进了另一个世界，忽忽悠悠走进了月下幽暗的桦树林。她早等在那里。

"你来晚了！"

"我喝酒了！"

"想好了吗？"

"想好了。"

"怎么办？"

"不行！"

"理由？"

"没有理由。"

"你不愿意？"

"不是。"

"你不是男子汉！"

"不定哪天落炮弹我会牺牲！"

"你牺牲我就自己一辈子！"

"我们家……"

"我生是乔家人，死是乔家鬼了！"

……

浑身的激情加一点温度就沸腾了。不知是谁先扑向谁的，我们融为一体。不知什么时候耳边响起一声："不许动！"哨兵发现了我们，以为是敌人……于是一个重重的处分装进了档案。她带着羞辱走了，不多时来信说有了疆江，我们便举行了婚礼。疆江刚满岁，她申请随军了，一直没离开这里，跟我吃了多少苦……

乔连长洗净了瓜，正要送给妻子，突然间一声爆炸，岛子颤抖，泥水飞扬，他手中的瓜震落了。

六

白桦林间的空地上，出现了一座新坟，一块松木砍成的尖碑上写着疆江的名字。疆江在水沟就要挖通的时候碰了地雷。那是一颗十几年前漏下的雷。怎么炸了疆江啊！

疆江的妈妈哭干了眼泪还坐在坟前伤心。"伤天害理的地雷，咋不炸死我呀，我的疆江没了！"她胳膊缠着绷带，眼睛又干又肿。

乔连长把十多个半生不熟的瓜摆在儿子坟前，默默地陪妻子坐着。

白桦叶子在微风中唰唰啦啦地响，秋草里没有花儿了，还有蝈蝈在叫。太阳温暖地照着一切，黑幽幽的大江依然无声地流着，没有一朵浪花。偶有几个漩涡，也是黑黑的，像岁月幽深的井，装了许多心事无处诉说，悄悄沉进江底了。

坐了好长好长时间，乔连长轻轻问妻子："疆江不用上学了，你……还回——吗？"

妻子已经干了的眼里又有了泪水："我……不……不回了！"

"谢谢，谢谢你……"

不知谁先扑向谁的，两人抱头又哭了一会儿，正是当年酒后出事

29

那地方。

政治处主任赶来看望他们。"我听说了，特意来看看。孩子既没了，也活不过来，还得在这里生活呢！有什么困难就提，要不要调到团家属厂去？"

乔连长的妻子平静下来，整理着头发："没别的要求。孩子已经没了……他……他爸爸档案里处分……能不能……"

主任看看自己的同年战友，心里有些歉疚："这个……我回去马上跟政委研究！"

乔连长有些冲动："研不研究我也不当回事了，我就在这里再养一个好儿子！"

默默东流的大江里涌起一朵浪花，那浪花从一个黑色的漩涡里蹿起来，像是大鱼跳水搅动的。

1985年9月13日草毕于北京翠明庄

原刊于北方文艺出版社1990年出版的小说选《三角形太阳》

雾里一团烟

边境的雾,太老实太厚道了,老实厚道得又可爱又可恨。成天成月一声不吭,你讨厌也好,喜欢也好,就那样默默地、毫无表情地缠着你。也不知它算哪国的,一点儿立场也没有,今天帮这边的忙,碍那边的事,明天又碍这边的事帮那边的忙,就免不了一会儿被爱抚几句,一会儿又被辱骂一阵:"谢谢雾小姐,帮了阿哥的忙!""婊子货,又给敌人打掩护!"爱抚也好,辱骂也好,它还是那个样儿。

此时,无所事事的雾,不知不觉就溜进洞里,像是想看看全副武装的战士怎样睡觉。

天然一个山洞,可容纳六七个人,现在只有四个人,一个副连长和三个战士。四个人不是一个单位,执行的任务也不同。副连长是边防守备连的,平时就住这个洞。另外三人是野战军的一个战斗小组,昨夜住到这里等待命令,到时跟随其他许多战斗小组一块儿去夺取对面敌人占领的高地。离总攻时间还有将近一天,外面又有人站岗,他们可以尽情睡。

雾挤到他们身边了。浓浓的,厚厚的,一抓就可滴水的雾挨他们站了好久,才只有副连长打了个喷嚏,睁开眼、揉揉鼻子又伸巴几下胳膊,既像抻懒腰,又像推那雾走开。

黏糊糊的雾是推不开的。

副连长把睡觉时坐歪了的身子正直,便伸手往衣兜里掏烟和火柴。一醒来，嘴里有一股无可奈何的滋味在漫延，那是烟瘾虫也醒了，开始爬动。爬到嘴边时，一支烟也叼在嘴上了，大重九牌是前线最好的烟。烟虫和烟一接触，他就彻底从丝丝缕缕的梦绪中挣脱出来，全身都清醒了。

划了好几根火柴，都没划着。"讨厌的雾！"他嘀咕着把三根火柴捏在一起，嚓嚓地划着。咔啦一声，火柴棒上跳出一团火苗，像一支火炬，把雾沉沉的洞子照亮了。烟立即就上前和火接吻。火被烟吻得直，烟也激动得脸通红。雾呢，像怕烧着，又像不好意思看，慢慢往后躲。

副连长吞吸了烟和火的爱情结晶，品味了一小会儿，呼地从鼻和嘴喷出来。三根烟柱像三只胳膊，把雾推得直趔趄。连续不断地喷了一会儿，一团烟慢慢膨大，雾渐渐被推得远了，大雾里一团烟，烟里坐着人，睡着和醒了的军人，简直是神话和诗的意境。

已近上午十点了，还似明没明的。副连长一边抽烟一边看三个抱枪坐着睡觉的战士，思想无法集中。从自己上军校时候的事忽然又想到上回出击在这洞里住过一夜的那几个战士。坐着难熬，他们竟跳了好一阵迪斯科。大个子战士多才多艺得让人嫉妒。他把五个钢盔往地上一摆，又加两个罐头盒子，里边撒上不等的土，竟用两根枪通条奏起钢盔打击乐来，其余几个就跟着曲子跳迪斯科。回来时副连长没见到大个，说是牺牲了。一会儿他又想到军校的几个同学。有一个在后方，学的是军事，分到部队却改行当政工干部，提升得挺快，已是副教导员了。好几个如他一样上了前线，因为分到野战军，有机会参战，立功的，成了战斗英雄的，也有牺牲了的。

他忽闪一下又想到自己那个朋友。"朋友"两个字蛇一样在眼前一蹿，他连忙闭上眼，摇摇头，将这两个字甩开了。为防止它再出现，他便认真看眼前三个兵怎么睡觉。

他们好像什么思想负担也没有，不紧张，不惆怅，睡得那么安稳。看那个班长，气喘得均匀而有节奏，喷过去的烟被他吸住又吹开，闹着玩儿似的。小胖子牛样壮，喘气噗噗的，不管雾还是烟，一点儿都无法接近他的脸。瘦瘦的白脸喘气微弱得几乎看不出来,若是激战过后他这样躲在阵地上,谁都会以为早停止呼吸了,脸上一点血色没有。可他随身带的武器弹药以及饮食用品一点不比别人少,也是整整六十斤：TNT炸药块二十斤,冲锋枪七斤半,手榴弹十枚,手雷两枚,饭袋八个,罐头两盒,防毒盒一个,子弹……只比班长少背一台"步谈机"。

白脸儿大概做梦了,忽然张开嘴大喘起来,吸进了几缕烟,引出一阵呼风唤雨的咳嗽。副连长不小心也被烟呛了,和白脸儿对着一阵咳。白脸儿、班长和小胖都醒了。从昨晚一直睡到现在,要不是因为洞遮雾挡黑夜似的,早该醒了。

初春的雾凉人,三个战士都打开了喷嚏,副连长叫他们起来活动活动,当心感冒。三个人都起来到洞外面活动手脚。

好个弥天大雾哟,天、山、树、草、人都被什么钥匙也打不开的雾锁住了,太阳也被锁住了。尽管雾像毛毛雨一样把到处都弄得水渍渍的,谁也没骂,因为这雾对埋伏大有好处。

三个人伸开双手捧着浓重的雾搓脸,一会儿就有了精神,也热乎了。回到洞里,每人吃一袋"方便面",便又无事可做。

副连长掏出烟来招待野战军这三个兵。"抽烟,抽吧,干坐着怪难熬。"

不管会抽不会抽,副连长每人甩了一根,又划火给点上。"不抽白不抽,也是别人给我的,放心抽吧,这几天鬼子炮不灵,洞口落过十来发,有四发是臭弹!"

四支烟都点着了,你一口我一口地吐烟,烟阵便越来越大,越来越强,逐渐把雾挤向洞口。

"咱们的炮弹咋样?"班长问副连长。

"臭弹很少,一炮接一炮响,步兵一呼唤马上就覆盖过去!"

"这回炮兵要万岁一下!"

"是得让他们万岁一下了,不能光步兵万岁!"

胖子："上次打,听说有个小子把敌人收拾光后得意忘形了,跳

33

他妈'踢死狗'迪斯科，刚跳几下，让炮给打死了！"

　　白脸："也弄不清谁的炮打的！"

　　副连长："是有这么个人，大个子，出击前在这洞里还跳来着！"

　　胖子："作死嘛！"

　　班长："本来战斗已经结束，为抢他的尸体，又牺牲了十二个人！"

　　白脸："尸体抢回来也得火化嘛，干吗非用十二个战友的命去换一具尸体?!"

　　胖子："战友的尸体不能丢给敌人！"

　　白脸："战友的命珍贵还是战友的尸体珍贵？"

　　胖子："反正人不能不讲感情！"

　　白脸："愚蠢的感情就不能讲嘛！"

　　班长："你愿意自己的尸体落在敌人手里？"

　　白脸："看什么情况嘛，非得战友的命换，我宁可落到敌人手里！"

　　胖子："那好，你要死了我们谁都不去抢！"

　　白脸："谁去抢，我的魂儿也要骂他愚蠢！"

　　副连长："这事……不好办！"

　　……

　　说完尸体兴致没了，干坐着就又都想睡。靠墙睡太凉了，兴许腰都出毛病了。副连长出主意，干脆背靠背迷糊吧，正好四个人。先是副连长和班长，胖子和白脸，可是白脸撑不住胖子，副连长也觉得班长有点儿重，便重新排列组合，胖子和班长，白脸和副连长。

　　这样暖和了，也舒服了，但无论如何睡不着，互相的呼吸声总是波动着对方，何况睡得实在也不少了。不知怎么，睡不着又不兴奋，不兴奋又睡不着。副连长虽说是别连的，既是干部就有干部的责任感，不让身边的战士轻松愉快点不免有失职感。他曾想到打扑克，四人正好凑手。可惜身边没有扑克。讲故事吧，又没这本事。有本小说也行，可以念小说听，也没有。他忽然想起铺下有本小人书，是个中学生冒蒙寄来的。

　　他伸手摸了一会儿，摸到了，一眼又看见书皮背面的字："……

我不知是谁在看这本书，但我想一定是位严峻的战士，也许比我这十六岁的女孩大不了几岁，可以称作哥哥吧。不知名的哥哥啊，你在哪儿看这本书？是猫耳洞吗？什么样子呢？哥哥啊，是什么力量支撑你在远离故土和亲人的阵地上生活？……希望以后多联系，我期待着远方哥哥的回信。一个未见面的小朋友，雷丽。"落款的称呼使副连长又像看见了蛇，读小人书的念头飞了。他得到这本书后并没回信，小朋友寄出的希望一直在他铺板下压着，不是他看不起小孩子，也不是他不善良。他心里有个伤口还未结疤，尤其落款中"朋友"二字叫他心里特别不是滋味。他摸了摸兜里接到半个月一直未回复他也一直未离身同时从此使他对"朋友"二字产生恶感的信来。

"朋友算个什么玩意儿？剩面条！馊馒头！焚烟的高粱米饭！"副连长把小人书塞回铺下，又掏出兜里的信，不知看多少遍了，还掏它干啥？他冷不丁想到是不是给野战军这几个要出击的兵念一念，或许他们会感兴趣，不至于无聊地度过出击前难熬的时光。也许他们会发表些使他受启发的见解。即将投入拼杀的人是不会有偏见的。

他试探着说："我知道谁也没睡着。我在步校时学过军事心理学，我能猜到你们在想什么。"

胖子是个好戏儿的人，兴趣一下子就被逗起来了："别唬，心理学书我看过，没那么神儿。"

官和兵只要不是一个单位的，说话就很随便、平等。

"同样的书要看谁读，不信你们就试试。"副连长进一步逗引他们的情绪，"如实把自己想了什么写在纸上，我也把猜的写在纸上，当场一对就知道了！"

班长也有了兴趣："副连长也得把自己想什么了写上，这才叫官兵一致！"

"可以。不但写，还可细细讲给你们听。"他摸出平时用的卷烟纸每人发了两张。三个兵拿着纸看魔术似的想，守备部队的干部挺有意思，作风跟野战军不一样。于是睡意、倦意都忘了。好奇、神秘、不相信等等心情捉弄着他们，都认真把自己方才在想什么写了。

副连长先把自己的纸条写好放下，才让三个兵一一打开纸条。

班长：我想到怎样立一次功，还想到一件对不起母亲的事。

白脸：我想到可能会死，又想到如果死了谁会想念我。

胖子：我想的都是以前做了哪些对不起人的事。

三个"野战军"挑战地盯着有趣的副连长，像是催道："快点把馅露出来吧，土八路连副！"

副连长看着纸条，点着烟，抽了一口，想想词才打开自己的纸条。上写："你们想的肯定是，亲人、仇人或者友人。我想到一个'朋友'。"他抽了烟，精神头很足："看看你们写的！立功就是杀敌人，敌人就是仇人吧？母亲无疑问就是亲人！对象、朋友以及想念你们的人不就是友人吗（或者是亲人）？一点儿都没猜错吧！"

三个野战军收回期盼的眼光，有点失望的样子，就这等猜法啊，唬人。胖子不甘心让土八路连副吹呼一回，挑战道："副连长想的……是个什么朋友？真心联系群众的话，就该讲给我们听听！"

副连长目的就是要讲出来让他们听，见班长和白脸没吭气，问："都愿听吗？"

"都愿听。"

"战场上这种事也用不着保密。"副连长用两只胳膊分别碰了碰白脸和班长，"讲之前你们能不能说说啥叫朋友？"

"这没啥可说的，朋友就是两人不错呗！"

"很要好！用友谊做纽带拴着的两个人。"

"两人总愿意在一起，那就是朋友。"

"算了，算了，很明白，朋友就是朋友，很珍重的一个词儿！"

"行了。听我讲吧。我这个'朋友'是女的，念念她最近一封来信，你们就明白了。原来是小学老师，后来考上师范大学，快毕业了。"副连长狠吸一次烟，余下的捏死了，开始念信。

……你好！

收到你的挂号信已经好久了。说实话，做出这样的决定我心里也不是滋味。今后我们只能做个朋友了。

　　自从我朦朦胧胧懂得生活的部分含义后，我一直在想，我的生活伴侣一定是能够使我与他都能获得幸福的人。然而现在，我们天各一方，互相的处境不能算是愉快更谈不上幸福了。这不能不使我想起父母的叮嘱，在个人问题上一定要慎重考虑，要把握住自己一生能不能幸福。生活是实在的，不是想象更不是空中楼阁。当时我只是想，我能够使你幸福（只要我们精神丰富），同时你也说过要让我享受到别人能够享受到的幸福。可是现在，你连幸福都不能保证，这不能不使我感到自己生活前途的渺茫。说难听一点，这是自讨苦吃。

　　我历来就希望世间所有人都美满幸福（至少每个人都有这种可喜的自我感觉），当然不能排除我。或者再说自私一点，希望我生活得更好。也许正因为这样，才使我真正验证了希望与失望成正比的函数关系。

　　当然造成这样的结果不能怨你，是我太自私了，为自己想得多，为别人想得少！我的生活范围是以我为圆心的一个圆周。正因为这种自私的生活范围限制我不能不做出这样的决定。希望你忘记我们以前的誓约。但我们还可以做朋友，有事我一定帮忙。祝你顺利！

你的朋友　丹晶

　　念完信，副连长心里不好受的滋味愈加浓了，但声音却不重，是控制着、压抑着的激动，甚至带有悲哀意味地说："到底是文化人，有修养，有礼貌，有肚量，临拉倒还说做你朋友，帮你办事！"他将压抑着的激动放开来，捏出一根火柴愤怒一擦，没用第二次竟划燃了，深长地吞吐了几口烟，看那烟和洞口的雾怎样混合在一起，"你们关于朋友的说法都对，很对，可我……从此对这两个字没了好感！"

　　三个野战军不知该表示愤怒好还是表示同情好，都用友好的眼光看着友军的副连长，同时也勾起各自的心事。

因为沉默，雾又从洞口外往里挤。

沉默半晌，和副连长背靠背的白脸说："不管咋样，你是干部嘛，应该比我们心宽。咱们在战场成天生死未卜，人家这样也可以理解嘛。咱们真要死了、残了，到时人家咋办？"白脸感觉到副连长的背在起伏，知道他一定很难过，便找这些宽慰的话说。可这一点不像战士跟干部说话，恰恰相反，平时有些准则战场就不适用了。

"人得讲点良心不是？又不是咱们非要上战场，服从国家需要不该受尊重吗？他们还恋爱过！"胖子想帮副连长消消郁闷，痛快一点，所以说得很愤慨。

白脸："人家不是说还是朋友嘛，这不也很尊重嘛！"

白脸慢声细语的话使胖子觉得他立场不对。胖子："屁话！不管咋说她做了亏心事。非要吹灯，打完仗吹不好吗？"不会抽烟的胖子笨拙地连吸几口，忽地一吐，因正斜瞅着白脸，一股烟便全冲白脸去了，"谁做亏心事，死了都要后悔的，活着也会不安！"

班长伸手管副连长要烟，顺势说："有句古诗不错，'死去原知万事空'。少做点亏心事，求个死后生前都心安理得算了。跟她计较以前恋没恋爱过，没啥意义啦！她既然这样了，不值得计较！"班长一口把烟吸了一截，眼珠子有点红，"战场上一点包袱不背最好。这事儿，说出来大伙听听就算包袱卸了。"为让副连长有个陪伴而减轻点痛苦，也为了自己也放了包袱轻轻松松出击，班长说自己的事："我纸条上写想立功，这不是假话，但真正的动机是什么？我头两个月还是师政委的警卫员。政委大女儿跟我好，背着父母什么都跟我说了，不光说，还做过一些事。后来她又跟一个参谋好了。我受不了，才死活要求下连参加战斗。我就是死了也要当个战斗英雄给她看看。政委不知内情还到处表扬我思想好。好什么！我想死是为了让他女儿活着心里不安，所以现在一点儿都不怕死！"

其他三个都很意外，也都受了感染。副连长心情一下轻松了许多，递给班长一支烟，又给白脸和胖子扔了一支，像是感谢。

白脸:"别叫人说当兵的小肚鸡肠。你们该写信还写嘛,该说话还说嘛,别谈情说爱就是了。朋友嘛,有事还可以互相帮助嘛!"他拿烟摆弄着,"我跟你们看法不同。我是失恋才来当兵的嘛!她和我一个车间,被新去的大学生撬了嘛!一见她面我就难过,天天上班又非见不可,调单位又调不了,就来当兵嘛。走时我连句话都没和她说。人家大量,到火车站送我,还送了几本书。我很受感动,觉得自己渺小了嘛。到部队我给她写封信表示感谢,她也回信谈了好多嘛,到现在我们还通信嘛。除了不谈情说爱,什么都可以谈嘛,也挺好的嘛。那个大学生的情况她也说,我嘛,当兵后又认识了一个,情况也跟她谈嘛!"

白脸一番话无疑像重磅炸弹,使洞中气氛整个变了。班长和胖子都没听他说过这事,心里都像多了扇窗户。副连长更惊讶,甚至想:野战军的兵厉害,不显眼一个白脸,挺有思想的!他带着敬意同白脸开玩笑:"白脸倒是好办,后来怎么又认识一个?"

"脸再白也不抵'干部'二字好使嘛!副连长不耻下问,我可以讲讲嘛。可得声明,我这个只是朋友,谈情说爱一句没有过嘛。人家才是高中生,不能往那上开玩笑!"

"白脸鬼着哪!高中生就开始培养,上大学再慢慢改称呼不迟。讲讲,怎么认识的?"胖子从没和女人通过信,问时又新奇又遗憾。

"不是班务会,随便说吧,严肃不严肃没关系!"班长也非常想听。

"领导批准了嘛,我就讲。可得声明,我要死了,不许拿这当笑话传!"

胖子:"啰唆死了,不趁活着乐呵乐呵,留着和尸体一块儿火化咋的?"

"就是!"副连长用背催促白脸。

白脸有些自豪了,没想到出击前自己还能成为左右一个山洞局势的人物。

"简单说吧!"他说,"往前线来时不坐闷罐车嘛!到昆明时不是有学生列队欢送嘛。学生不是有些个用竹竿儿挑着小本子嘛。赶巧我不是坐在窗口嘛。我看准一个年纪大的（说实话长得有点像我工厂时那个），车一过，我探身就把她挑的本子抓住了嘛，咱连谁也没看见，就这么回事嘛！"

"白脸鬼呀，本子写什么了？"胖子被惊迷了，"有照片没有？"

"照片后来寄的嘛，是张集体照。本子写的，名字和通信地址嘛！"

"准还有别的！"

"还有首诗嘛。"

"肯定背烂熟了，让我们听听！"

"又不是专写给我的，当时你们要得着本子，你们也就会背了嘛！"

"啰唆死了，背吧！"

白脸咳了咳嗓子：

有个战士
　　　　参加了空前的战争，
在燃烧的战场上跋涉不停。
　　起初
　　　　他看到胜利的一天，
只是在梦中……
有过撤退，
　　　　也有过冲锋，
他战胜了所有的伤痛和不幸。
　　唯一地为了胜利的
　　　　　　一天，
他宁愿献出自己的生命！
他没有一次
　　　　流过一滴眼泪，
也不知道
　　　　什么是疲劳和惶恐……
只有一次

他泪流满面，
　　那便是胜利的一天。
　　这样的战士我就爱他，
　　爱他就是爱我的祖国，
　　尽管我才是个高中生。

　　白脸背诵得流利而深情，他不知默默诵读过多少遍了，即使他被炸得手飞腿断、头破眼瞎，只要还有一点意识，他肯定就能背诵得出。洞里气氛进一步变化，不再有戏谑的语气。诗意在扩散，弥漫进烟里、雾里，像净化剂，吸进肺腑就在心灵中产生作用。

　　胖子："白脸，你命不错，可别埋汰了战士的名誉！"

　　"也就是个朋友嘛，非得谈情说爱才通信，那不对嘛！"

　　胖子："不管朋友还是别的，你们都有个人通信。我老哥除了母亲，写信的全是男的。对母亲，我还有件后悔的事。她带着弟弟守寡，那时我硬不同意她改嫁，现在想，我有多浑哪！"

　　副连长脑中一道闪电忽然把胖子和小人书连在一起。他把小人书重又摸出来，再看书皮背面的字："……也许比我这十六岁的女孩大不了几岁，可以称作哥哥吧。不知名的哥哥啊……希望以后多联系，我期待着远方哥哥的来信……"他心里生出雾一样浓重的愧疚。收到小人书好多天了，竟因对"朋友"二字讨厌而一直把女孩子滚热的希望压在冰凉的床板下。现在他觉得这封信由胖子回最合适了，胖子不正是小朋友想象中的哥哥吗！他把小人书递给胖子："你看看上面有字，你负责回信！"

　　胖子看完字，既高兴又很遗憾。他盯着"雷丽"两个字："写信我倒愿意，可一旦我回不来咋写？书不就和我一同火化了吗？"又留恋地读了两遍那字，"还是留给别人吧！"忙又更正了，"还是留给你吧，你不也没人吗？又不出击！"

　　"不，我'朋友'的信还没回呢，还得给她回！"

　　班长忽然往起一站，他忘了是两人互相靠着的，把胖子闪了个仰，就势也把胖子拉起来，对三个人说："趁现在待着无聊，干脆都写信吧，写完放副连长这儿，能回来的话咱们就自己邮，回不来副连长代劳！"

白脸和副连长也不坐着了，写信的想法获得一致赞成。可是没有纸，笔也只有三支。

副连长翻了一通自己的铺和挎包，信封倒是够了，没有字的纸眼前只一张。四个人拧了一阵眉头，又发现烟盒和罐头盒上的商标背面写字也挺不错。于是副连长把剩下的几支烟又甩了一圈。

纸笔都有了，没个妥当的地方写。洞里太暗，到洞口又太湿，有稀泥不说，毛毛雨似的雾很快就会把纸湿坏。

白脸问副连长有没有手电。正好有一支。白脸一拍枪托："这就妥了嘛！"他叫班长和胖子把冲锋枪刺刀打开，三把刺刀在洞中央副连长的地铺上支成三脚架，手电筒倒着一挂，可供三人写字的吊灯便有了。以前他这样干过。

三脚架每空可伏一人，白脸推说刚邮走一封信，不想写了。"你们快写吧，我看小人书去，不过我提醒你们，谈情说爱的话一句不能提嘛！"

白脸拿了副连长一筒铁盒酸辣菜罐头当小凳儿坐洞口看小人书去了，其他三人开始写信。

白脸一看见书皮背面女孩子写的字，不再往下翻了：……不知名的哥哥啊，你在哪儿看这本书？是猫耳洞吗？什么样子呢？哥哥啊，是什么力量支撑你在远离故土和亲人的阵地上生活？……

白脸激动了，激动得很厉害，但他这种性格内向的战士外表还是那样平静。他想象她会是什么样子。眼前茫茫一片雾海，雾中出现的只是用竹竿儿挑着本子那个少女的形象，他用整个灵魂看着那雾。让他思绪绵绵的春雾，像少女话中流露的情意那样浓重，那样神秘，他心儿颤颤着默默说："——好心的妹妹啊，我们正是在猫耳洞里看你的小人书呢！雾大得能洗脸，也大得能挡住敌人眼睛。现在什么都看不见了，只能看见你，谢谢你。我们就要出击了，读了你的话心里很暖和……"

刺刀上面的手电光射在铺板上,有烟环和缕缕烟丝在光柱上缭绕。铺上,光圈的边缘压着三张信纸的边缘,一张是白纸,一张是烟盒纸,一张是罐头商标纸。纸上都只是一行字。

丹晶:你好!
雷丽同学:你好,十分感谢你。
军生同志:你好,你问政委好。

三个人都攥着笔在凝神理着思绪,琢磨用些什么话能把自己的感情表达准确。

要算洞口最静最静的时刻了。烟啊,雾啊,远远的还有鸟鸣,不知是什么鸟,嗓子被雾润得水灵灵的鲜活。老鼠也趁静出来转悠,有单独的有结伴的,在洞里唧唧地窜。它们常常这样,书背上的糨糊,信封的胶水,领章上的油渍以及纸币上的手汗味都是它们寻觅的对象,现在它们有的爬到写信人的脚面来了。没人有心思惹它们,眼光心思都在光环笼罩着的信纸上。

笔动了。
二行。
三行。
一行接着又一行。
……

呼的一声,像一条响尾蛇嗖嗖叫着从洞顶的雾中飞过。白脸最先听见了。他仰起头看。又一声嗖叫飞过,还有一条火光。

咣——咣——
炮声!
接连不断的炮声啊!
雾紧张起来,山也痉挛了,地震一样抖。
白脸看表,离预定的出击时间还早哇。他提醒班长打开步谈机和连部联络。连长正向他们呼叫呢。意外情况，出击提前了。

什么钥匙也打不开的雾锁终于被炮火烧裂了，炸碎了。

三个野战军战士神速丢下笔、信和小人书，只冲副连长喊了声再见，就精灵一样出了洞口，钻进破碎了的雾里，洞中的烟也被他们带走出去。

三个战士已不见了身影，副连长目送着，直到出了洞口的烟也消逝在碎雾中。

原刊于1986年第4期《春风》丛刊

小河上有座桥

一

很高很高的瞭望架下，是一条流速很急的大江。江水虽然流得急，表面却很平缓，要不是有巡逻艇时而飞一样地驶过，还很难看到一朵浪花。江水黑黑的，只有流到急转弯处才能无声地冲出几个漩涡。黎明的江上罩着浓雾，看不见水，江便像朦胧的白色了。

越过朦胧的白雾，新兵张小宝的眼睛正通过高倍望远镜向对岸观察。

异国的小村庄和军营也都笼罩在雾中，看不见房屋也看不见坦克阵地，只看得见远处绿色的山林和山林上边微微透出的红色。慢慢地，太阳像烧红的圆铁在罩着雾的林子边上露出了头，不一会儿，便像一只用圆规画出来的金红色大圆圈跳了出来，上面绕着几缕轻纱一样的淡云，下面是粉红的霞。就在淡云和红霞融到一块儿的时候，张小宝身后我方山上的一头牛"哞——儿——哞——儿"地叫了。接着，一只布谷鸟也叫了。清脆而悠长的叫声传过去，引得对岸山上的一只布谷鸟也叫起来——"布谷——布谷——布谷——！"这边的叫一阵停下来，那边的又叫一阵，那边的叫一阵停下来，这边的又叫一阵，声音都那么好听。不一会儿，两边的布谷声中都有了和谐的伴唱：那边是几只小鸟，唱声又快又细，像用泉水刚刚润过歌喉；这边是几只青蛙，叫得又慢又长，好像嘴里含着水。

太阳在唱声中升高了，雾也散了，看见了异国坦克阵地、村庄、军营、村边的牛和羊，拖拉机，摩托车，小轿车，三角屋顶的民房，民房上的电视天线……忽然响起了哨声，一家民房的门先开了，一个军官慌忙跑出来，紧跟着又出来个妇女朝军官喊什么，军官停下来把她推了个趔趄。

"排长你看，他们的军官在打女人！"张小宝说完却没听见排长应声，忙回过头，见排长正双手举着小望远镜朝相反的方向望出了神。

"她在看书？"排长燕北举着望远镜，边看边自言自语。张小宝发现排长的脸色有些激动，眼里亮晶晶的好像闪着泪光。燕北发现张小宝在观察他，忙放下望远镜，掩饰着自己的激动说："注意观察，别东张西望看西洋景！"

"排长，那边有个军官打女人，你看看！"

"不属于敌情，我不看了。"燕北放下望远镜，匆匆走下瞭望架。

张小宝和燕北是老乡，所以他对燕北一点也不惧怕。燕北刚走，他就用小望远镜对准了排长出神望过的那个地方：绿茸茸的禾苗地里坐着一个粉红上衣蓝裙子的妇女，还有一个穿花衣服的小女孩。那妇女捧着本书在看。呃，是她，排长在看她！

张小宝曾几次被排长派去给她送过鱼，送过柴，还帮着修过房子种过地。她的情况他不清楚，只知道她叫陈探月，长得很漂亮，待人热情，心地善良。一派公差去她家做好事，大家都格外愿意去。他想，听说排长家里都有对象了，有对象的人还老这样……啧！

张小宝又看见排长从营房里出来，朝陈探月那个方向走去了。好奇心使张小宝忘了观察敌情，他用小望远镜瞄准排长，发现排长没有背枪却背着个挎包。排长前面就是一条河了——一条从远方流来汇入大江的小河，营房和瞭望架在小河这边，小河那边有个小村庄。小河上有座桥，到村庄去必须从桥上过。排长走上桥头了。粗大的圆松木桥是排长带人新修过的，比原来还多加了木栏杆，木栏杆刷了白油漆,和桥下黑幽幽的流水相映衬,很是好看。水里该映出排长的倒影了,排长却停住脚步,站了一会儿,转了个圈,又返回来,爬上了瞭望架。张小宝装作什么也不知道的样子,继续观察。燕北说:"张小宝,你过河去帮着铲铲地!"

"帮谁呀?"

"从桥上过去,别蹚水,在桥北边那块黄豆地里。"

燕北让张小宝用望远镜朝他指示的方位看。陈探月已丢下书本开始铲地了,小女孩却趴在地上像是哭闹着让她抱。她哪里顾得上抱女儿,挥着巴掌吓唬了几下,又匆匆铲起来。张小宝不禁一阵心热说:"排长,那……这儿……"

"我替你!"

"我自己……"张小宝是愿意去的,因为每次去尽管帮着干了很多活却不觉累,而且总是带回很多愉快的感觉,他猜想别人也一定这样。大家都愿意做的事自己就让给别人。"排长,你去吧,我自己……"

"你自己去吧,就说排长派的!"燕北已经接替张小宝在观察了,说话时眼睛正对着高倍望远镜。

"排长,还是你去吧,我……"

"少啰唆,去吧,执行命令!"

张小宝只好自己去了,临走他还故意看了看排长的挎包。燕北没把挎包交给他,催促说:"还不快点,都快吃早饭了。"

二

早饭后又去上哨的时候,刚走出营房,燕北就迫不及待地问张小宝:"小宝,她没说还有啥干不过来的活吗?"

张小宝正弯腰采一束粉红的石竹花,听燕北没头没脑这一问,怔了一下说:"呃,没说。铲完地我想再帮她挑挑水,她硬把我撵回来了。对了，她还一再嘱咐我谢谢你。"说着又弯腰继续采花。蓝的马兰，红的野百合，白的芍药，桃红的韭菜莲，金黄的蒲公英，遍地里都是，迈一步几乎就能踩住几朵，燕北却无心看一眼，又问："谢谢我，怎么要谢谢我呢？"

"你不叫我说你派的吗？"

"你呀，我的意思是别担心班长批评你私自出去做事。"赶紧又问，"她怎么说的？"

张小宝把一朵蓝得像能流出汁液来的马兰花插进枪口："她说，'可真该谢谢你们排长，他老是想着派人来帮我干活。他自己不来干，老派战士，你们没意见吗？'"

"你怎么说的？"

"我说，就我们一个排住在这里，当排长的事可多了，观察、训练、养猪、种菜，搞军民关系，做思想工作，够操心的了，能支派开就不错了，哪能样样都亲自干呢。她就说，'那你就跟排长说说，你们有啥干不了的针线活只管拿来，要不我也过意不去。'"

"那不行，她负担够重了，什么活也不能让她做！"燕北见张小宝没再往下说，又问，"再没别的吗？"

张小宝把手中的花儿摇了摇："没了。"

"她好像在地里还看书了，你没注意她看的什么书？"

张小宝手中的花已拿不了啦，一边挑不好看的扔着一边说："是有一本书，能有一寸厚，名叫……'静静的——'，忘了叫静静的什么河了。"

"《静静的顿河》！"燕北捡起张小宝扔掉的花，有点儿激动，"一定是《静静的顿河》！"

"你怎么知道？"

"我从她家里借过，写得真美！"

张小宝想象不出书里描写的会是怎么个美法，又采起花来。燕北却仿佛走进书中描写的风光里去了，同时又遗憾自己不会写书，要是会写，这里不是比顿河两岸更美吗？在这儿当兵八年了，冬天那尖刀似的风和铺天盖地的雪,春天大江解冻时壮观的冰排,夏天小河的鱼虾,甚至瞎蠓小咬哇,都使他难忘。秋天了,蘑菇、木耳、山果啦,以及红了的山黄了的地都使他感到非常非常的美。八年三十二季,迎来八批新兵,送走了八茬老兵,哨所附近的每一座山,每一个人甚至每一条狗都在他脑海里不可磨灭了。巡逻了、潜伏了、抓特务了,时间每过一年,就使他对这儿多一层感情。耳闻目睹和亲身经历的事足够写一部小说了。他又恨自己没有雄心壮志,还不如人家……"小宝,你没注意她怎么样?"他说的"怎么样"是指她的精神状态,可张小宝以为是问长得怎么样了。他琢磨,排长今天怎么啦?看排长问得很认真,只好吞吞吐吐说:"我看她——她很——"他想说很漂亮,但又觉得不严肃。忽然,跟着上哨的狗噌地从身后跑过去,顺口说道:"跟咱们这个'二毛子'差不多,挺精神!"二毛子就是这条狗,是有一年大江涨水从对岸游过来的,没人找也不愿回去,哨所就养起来了,调皮的战士给起名叫"二毛子"。

燕北忽地停下来,受了侮辱似的斥责道:"什么'二毛子',侮辱人!"

张小宝慌忙解释说:"一看见咱这狗就说走嘴了。"

"嘴上不会放个岗吗?"

张小宝认错说:"她心眼可真好,铲地时我不小心踢了锄尖,脚上踢个小口子算啥,我都没当回事,她哧啦就在衬衫下边撕了一条子给我包。挺好一件衬衫,她就撕了!"

燕北眼睛随着张小宝说出的"哧啦"声一亮,说:"正好昨天我在供销点买了件女衬衣,你再跑一趟给送去,顺便把排里早晨打的鱼拎两条!"

"排长,她管你要衣服啦?"

"损坏东西要赔,还等人要?"

"排长,你昨天就知道她今天撕衣服?"

"不,不是特意给她买的!"

张小宝虽然是个新兵,毕竟也十八九岁了,懂得一些人情世故。他想，早晨排长挎包里装的肯定就是衬衣，还说不是特意给她买的。衣服是人家自己撕的，用不着谁赔嘛，有心送给人家就直说，何必……未免有点……怎么说呢……他试探着问："排长，她男的是军人？"

"你问她是不是军人家属？"

"要不你咋老想照顾她呢？"

燕北摇摇头没再吱声。已经到瞭望架了，燕北默默往上走，张小宝跟在后面没好再问，他猜排长一定有心事。他盼排长憋得慌了时能主动流露几句。换了哨好半天，燕北一声也没吱。张小宝从观察镜里看见对岸早晨那个打女人的军官，正在江对岸钓鱼，忽然找到了话头："排长，你说那边的军官也都是党员吗？"

"你们这茬兵想事真怪，谁知道他们是不是党员？"

"我看不是，要不怎么打女人呢？"

"这也算党员标准？"燕北笑了。

"当然算了，你对女同志多尊重，人家自己撕的衬衫还要赔，他呢，能比吗？"

张小宝的家乡话勾起了燕北的乡情。在家乡，人们把怎样对待女人当作衡量一个男人品德的重要标准。对女人没有好品质的男人，官再大，才再高，貌再美，也得不到人们的敬重。他想到自己的父亲。父亲当地区革委会主任时，以工作需要为借口，把从小结发的母亲休了。那几年，父亲经常在大会上讲话，在报纸上登文章，名声大着哩，可在乡亲们心里，位置渺小着哩。他跟了母亲而没跟父亲。生他养他的母亲给了他多少善和美的营养啊。他本能地爱一切勤劳、贤惠、善良的母亲。张小宝的话使他心里很热，他口气缓和下来："小宝，你想过找对象的事吗？"

张小宝脸稍微红了一下："说没想过那是骗人，不过可没认真想。"

"没认真想说明也想了。怎么想的？"

"那都是空想，排长，讲讲你真格的吧！"

不知怎么回事，燕北竟像小孩子受了大人盼咐似的，真说起来，而且好像张小宝是个有丰富经验可以给他当参谋的兄长。

"我看还是咱们家乡人那个说法对，一是模样俊，二是品行好，家庭条件不必太挑剔。"

"太挑剔不好，也不能一点不挑哇。听说家里有好几根线呢，挑妥了吗？"

"挑是挑妥了，还不知人家愿不愿意。"

"什么样的？"

燕北不好意思地鼓了一会儿勇气："就是，就是……今早给你包脚那个……"那个什么呢，燕北没找出恰当词儿来。

张小宝吃了一惊，有点不相信自己的耳朵，但确实又听清了，就是那个陈探月，一个带着三岁女孩的寡妇，莫不是个军人留下的寡妇？"排长，我承认她是好女人，但你要娶她，我坚决不同意。不怕人家笑话捡个寡妇？"

本来在内心激烈斗争的时候，燕北也这样问过自己，并且这也是他一直下不了决心的障碍。现在这话忽然又从一个新兵嘴里说出来，却激怒了他："胡说，谁笑话捡个寡妇？"

张小宝慌了，好半天才委屈地说："她本来就是寡妇嘛，听说还是个'二毛子'！"

"胡说，不许你说'二毛子'、寡妇的，去年的今天，她还不……不是呢！"

三

去年的今天。

夜里。

下了一天的大雨，仍然不停。大江小河都涨水了。小河上那座木桥受到威胁。

燕北连夜带着战士们冒雨加固桥身。天黑得什么也看不见，只好

51

把哨所的汽车开到桥边，明灯照亮。探月的丈夫也赶来和战士们一块儿抬木头。和他抬一根木头的那个战士崴了脚，冷不防跌落水中。就在那个战士眼看就要被洪水冲走的关头，探月的丈夫跳下水把战士推上来，他自己却被洪水冲走了，吞没了。黑黑的夜里，怎么也没找到他，第二天才在下游捞到了尸体。

哭红了眼的探月从丈夫衣服兜里掏出一块手绢。那是绣着两条金鱼的手绢，丝线的颜色，鱼儿的形状，都是她亲手选择和设计的。鱼的眼睛，一只是用她的中指血点成，一只是她丈夫的中指血点成。中指连心，用连心的血点成鱼儿的眼睛，象征两人恩爱之心至死不变。双鱼手绢是他们的订婚信物啊。探月把手绢收起来，克制着自己不再哭泣，让战士们把丈夫抬走了。

这情景燕北全看见了。女人失去丈夫的痛苦，他从母亲身上看到过，但那是被遗弃的痛苦，里边有许多对负心丈夫的恨呢。而同年轻爱人的永别比交织着恨的分离要痛苦得多啊！这年轻女人真坚强。很快，同情和敬佩之心驱使他暗暗了解到探月的身世。祖父是解放前从山东流浪到江边淘金的光棍汉。无家可归的生活使他与异国、异族但命运相同的女人结了婚，因而探月的父亲就是混血儿。他又和一个混血儿女人成亲，生下探月那年就去世了。探月的母亲按着中国劳动人民的道德观念奉守着女人的贞操，用自己辛勤的劳动供养探月，长大了，念书了。念到全中国的学校都停课闹革命那年，她只好回村和母亲一块儿参加劳动了。那时她已到了青春妙龄，二十几户人家的小村，有数的小伙子不是没人爱她，但都不敢爱。她奶奶是外国人，二毛子父亲和二毛子母亲养大的三毛子能爱中国吗？说不定她母亲是个特务，她是个小特务，不然为什么叫探月？想多刺探些情报将来好越境。县里的造反组织到小村来开辟农村根据地的战略家们知道了这件事，又发动群众把探月的母亲揪斗了。除了"特嫌"的罪名外，还挂了只破鞋，说她把外国资产阶级生活方式带到了中国……一个寡妇，暂时顶个"特嫌"名慢慢抖搂，总有一天能抖搂清的。一挂了破鞋，跳进黄河也洗不清啊。她跳进了清清的黑龙江。这样，探月成了孤女。胆怯的小伙子离她更远了，勇敢点的也只是犹犹豫豫偷着跟她说一句半句话。犹豫中，山村里来了上海知识青年，其中竟有一个不信邪的小伙子，大胆爱上了她。他们结合了。丈夫劳动之余学写小说，立志把边疆的生活写成书，探月就加倍劳动，全力支持。他们简直是全村最美满的婚姻。

还没尝过爱情滋味的燕北，被深深感动了。他怀着不知是谁赋予他的责任感，背着探月给部队领导写信，向政府有关部门反映情况。政府为了照顾她，决定给她办准迁证，同意她迁到婆婆那儿去。燕北满怀喜悦把这消息告诉她时，她却说："我哪儿也不去，我要在这儿把女儿养大。"

燕北劝她："你婆婆那儿比这儿条件好，孩子会更有出息！"

她说："出息也要在这块土上出息。小孩她爸为什么到这儿来，不就因为这儿人少吗？他还要为这儿写一本书，没写出来就去了，我非要在这儿住下去，把书写出来！"

燕北不禁感动而且深深自愧了。他每天都在对战士进行热爱边疆的教育，并且以为自己对边疆爱得很深，却万万没想到远不如眼前这个女人。他忽然觉得这混血儿寡妇很美、很美，甚至不愿去想世界上会不会还有比她更美的女人了。那些天，他还莫名其妙地研究一阵优生学，而且得出了结论：异族通婚，后代聪明，远亲婚姻是一种进步。悄悄地，探月在他眼里一天比一天美丽，连那小女孩都那么可爱：凹进鼓溜溜小额头下的黑眼睛，小小的高鼻梁，长长的腿，这不都是美吗？怎么有人把这当耻辱和笑柄呢？

自从燕北觉得探月很美很美以后，他再也不敢过河去了，大事小事都派战士们去做。他把河上的桥当作碉堡，一走到跟前就让无形的火力阻住自己。可是每次被阻住退回去后，他又不可扼制地想走过去。今天，去年的今天，整整一年了！无论如何今天应该带点东西亲自过河去看看她。他早早起来，把早已买好的衬衣装进挎包，什么都准备好了，结果还只是站在高高的瞭望架上把眼光和心送过了河。

四

　　孩子般善良的张小宝被燕北说服了，他摆弄着望远镜说："排长，那，今天你非得自己去送衣服不可！"

　　一个人，当他对某个问题十分矛盾的时候，突然受到某种刺激而暂时站到矛盾的一方激烈地向另一方进攻，另一方又突然宣布投降了，他会感到胜利来得太突然而不能立即去受降。燕北此时突然觉得张小宝的赞同，心情就有点这样。

　　"好小宝，谢谢你，今天我有事，你替我去吧，我床头柜里还有几本稿纸你也带去，顺便再把她看的《静静的顿河》借来，一共四本，一本一本借，回来我买好东西请你！"

　　张小宝用挎包装了衣服和稿纸，拎着两条鲫鱼过了河。他不像以前去那样轻松了，仿佛去执行一次神圣的使命。哨所的二毛子狗也像知道他这次任务很重要似的，跟来了。

　　探月的家在村子最西头。松木板障子围成一个四四方方的院子，两间囫囵大红松构造成的"木克楞"房，窗明几净。屋前放了十几盆花，屋后是几棵山丁子树。院门口栽着两棵美人松，又庄严又美丽。松下蹲着一条半大黑狗。寡妇门前是非多，她母亲那么虔诚地守寡还惹了洗不清的是非，所以丈夫死后，探月赶紧向哨所要了这条狗，好吓唬来惹是非的人。村里任何人进院这狗都不留情面，主人不出来迎接，谁想偷偷进去那不可能。张小宝走到门口时，那狗不但没叫，还像热烈欢迎一样把门扑开了。一来是张小宝来过好几次了，二来这狗是从哨所要的，跟张小宝来的这条狗就是它母亲，所以凡是穿军装的人都不咬。母子两条狗一块儿撒了几个欢，才跟张小宝进院。

　　狗跳起来扑屋门时，在屋里伏桌写字的探月才发觉，见是张小宝，忙擦擦写字时刚哭过的眼睛迎出来。张小宝同情地说："大嫂，排长又叫我来给你送点东西。"放下鱼就把几本稿纸掏出来，"排长说你有用。"

探月感激地接过纸:"你们排长,叫我怎么谢他呀!"

张小宝忙又掏出一件粉红色的衬衣,递给她,她疑惑地:"这是……"

"排长非叫我今天把衣服送来不可,可急哪!"

"粉红的,真好看,叫我给他媳妇绣朵花吧?"

"不是,给你买的。"

探月的脸抽搐了一下,突然泛起红润,自觉冒失了:"这可不好!我撕了一条破布,你们要赔一件新衣,好像死了小孩她爸你们就欠了还不清的债!"她非让张小宝把衣服拿回去不可。

"不是,大嫂,不是还债。真不是,我们排长拿自己的钱特为你买的!"

探月心里突突一阵乱跳,对正在老老实实摸鱼玩的女儿说:"别把鱼弄坏了,弄坏了叔叔不喜欢你啦!"等平静些后,又偷偷看一眼粉红色的衬衣,暗自品了一下张小宝话中的味道:"排长拿自己的钱特意给你买的!"她的心又突突地跳个不停。排长,那个又结实又漂亮,帮办准迁证,常带战士到村里助民劳动的小伙子,他真好。她又想起他领着战士们在田头唱歌时,回荡在整个山谷里的歌声。他真稳重,一次也没来说过闲话,总是派战士来帮忙干活,今天竟派了两次。为什么又以个人名义送我这件粉红衬衣?是巧合还是知道我最喜欢这个颜色?探月把衬衣抖开在自己胸前试了试,大小肥瘦都合适。这也是巧合呢,还是用心琢磨了好长时间?她装作若无其事地问:"你们排长家离这儿很远吗?"

"可远了,坐汽车,坐火车,还得坐船。"

"在城市还是在乡下?"

"城市。我们在一个市。"

"那你准知道他家都有啥人?"

"有个当官的爸爸。妈妈是工人,还有个妹妹。"

"就这几口人?"

"就这几口。"

"怎么还不……成家?"

张小宝开始卖着关子展开工作了:"刚挑妥了一个,还没正式求婚。"

"城市的农村的?"

"农村的呗。"

"爸爸在城里当官,他也当官,能找农村的?"

"他爸爸同他妈离婚了,他和他妈在一起,他自己这不也在农村工作嘛!"

"喔,她在哪儿?一定很好看!"

"那当然好看啦,一点不比你差,就在眼跟前。"

"眼跟前?"

"我的眼跟前!"

探月脸忽地红得红布似的,嗔怪道:"小张怎么学得这样,再乱说撵你走了!"

"大嫂,不是乱说。我们排长不久就会当面来跟你说的,要不今儿个咋叫我来送衣服呢?"

探月把身边柜盖上的水碗啪啦一声碰掉地上,碎了,水洒了她一鞋,粉红衬衣差点从手中滑掉,眼神惊疑、慌乱、激动而又不知所措了。太意外、太突然了!张小宝以为自己的话刺乱了女人的神经,慌得要走。探月突然又镇静了,拉住张小宝说:"如果不是你说瞎话,请你告诉燕排长,不行!"

"为……为什么不行?"

"你就说不行就行了,我还不了解他!"她说完进里屋把衬衣叠整齐又还给张小宝,"拿回去,谢谢他,就说我还不了解他,不能收他的东西。"

张小宝不肯接,探月硬塞给他,小女孩却上前抓叫着,"我要,这衣服好看,我要!"探月还是硬抢过来塞进张小宝挎包。张小宝无奈,只好装了衣服走了。一出门想起排长让借那本书,探月也谢绝了:"我正用着,请他原谅。"

张小宝拎着挎包像个败兵似的走出探月家,走上了小桥。

五

粉红的衬衣放在燕北的床头柜上,像朵蔫了的荷花。燕北呢,头枕双手,军装和帽子都穿戴着,闭目躺在床上,一动不动,其实这大半夜他一点也没睡着。张小宝带回的衬衣和口信简直像一桶冰冷的江水,哗啦一下把他刚沸腾起来的激情浇熄了。他躺在床上好难受,实在躺不住了,悄悄下床,背了手枪,又把日记本和衬衣一同装进挎包,轻轻出了门,朝营房外面的瞭望架走去。

"排长,你干啥去?"

"还担心我投河自杀去?查哨。你干啥去?"

"我……我上厕所。"

"那你就回院到厕所去,不要跟着我,小鬼头。"

张小宝见排长情绪没问题,放心地回去了。

燕北登上了被夜风轻轻吹着的瞭望架,望着深邃浩远的星空,星空下辽阔神秘的原野,原野上急速奔流的大江,心情顿觉轻松了许多。北疆的夏夜很短,还不到两点就已曙色熹微了。他隐约望见了大江彼岸的坦克阵地和阵地上偶尔闪射的探照灯光,也看见了大江边上点点跳跃的渔火,渔火倒映在江水里,闪闪烁烁。

在小河那边,小村还在沉睡,只有河里的青蛙不知疲倦地唱着。倏忽间,像神话意境一样,小村庄最西边那座小房亮起了灯光,幽远而肃穆的田野里唯一的一盏灯火。啊,是探月家的灯亮了。为什么这时候亮灯?一夜没睡呢还是睡梦太多醒得太早?那么意外而突然的请求她简单地就回绝了,人的心理是不会那么简单吧?她是因为对丈夫爱得太深而不愿再获得新的爱,还是因为守寡而失去了被爱的信心?人的本意是不会不愿得到爱的,她只不过缺乏勇气和信心吧?而勇气

57

和信心的缺乏是什么造成的呢？世俗的偏见和人心的隔膜吧？对，是隔膜，她不是说不了解我吗？她确实不了解我，我也不太了解她啊。我还没有勇气跟她谈一次话呢。人们心中的河啊，多架几座桥，河两岸被隔离的心田不就可以沟通吗？如果她因为不了解我而不相信我的爱是真的，她就应该大胆地走过桥来了解我。是的，应该……哎，也难怪，应该的事太多了，我不是也应该主动走过河去，为什么也不敢去呢？大胆些。如果组织有规定不同意的话，我可以打报告，就地转业，在这小村里当民兵，照样可以保卫和建设这块疆土，而且是一辈子。

他极度兴奋地打开挎包去掏日记本。由于手在抖，把衬衣也带出来了。呼地一阵风，险些把衬衣吹走。他慌忙一抓，抓住了衣角，又一股风吹过，竟然抖落出一块白手绢，就是探月绣给丈夫那块订婚的双鱼手绢。见鬼了吗？燕北刚想去拾，风已把手绢吹下瞭望架，像一只白蝴蝶，忽忽悠悠飘向空中。

灰雾裹着的太阳慢慢跳出来了，河两岸又都响起了清脆的蛙声和悠长的布谷鸟的叫声。燕北猛然从沉思中醒来，一阵风似的走下瞭望架，整了整军容，拾起手绢，揣到贴身的衣兜里，快步朝小河上那座小桥走去。

原刊于北方文艺出版社1990年出版的小说选《三角形太阳》

违约公布的日记

有个战士不知怎么就信任上我了,还很有点佩服的意思。当然这都是我的感觉,这类话他一句也没说。

我执行完战区采访任务要回返那天,刚好他所在的部队要向敌人发起一次反攻,他被编入了突击队。同我告别时他拿着一本日记说:"在战场混了两年,还没参加一次战斗。这回轮上还不知能不能活着回来。如果回不来,日记就归你了。但要给我保密,不能让领导知道,也不能让我父母亲友知道。能给作家提供点儿创作素材,也算没白活一回。当然,不死的话,你还得寄给我!"

他的日记我是回后方看的。很吃惊。小小一个不起眼的战士竟有这么多想法,表面怎么一点儿都没看出来?!

编辑们听说我去了前线,都来索稿。我笔拙一时写不出成品,索性违约将那战士的日记选抄了些应付一下。怕惹他生气,只好改了姓名。其实我真希望他能生气。生气的话,不就说明他还活着吗?

8月29日

今天该记些什么?什么都平平常常,没啥价值!

阵地已上了三天,连个越南人的影儿都未见。对了,昨天在越南的公路上有人说话，电筒蛮亮的。67号高地打了一发红色信号弹。一排大概发现了情况，打了三发炮，投一枚手榴弹，这才有点惬意。

　　一晚要站三个小时岗。初上来不知怎么搞的，总好打瞌睡，不过警惕性还可以，不要被越南特工队摸走就好。

　　这里一切都那么叫人难以说清。坐在山上除了看见山以外什么也看不见。山是老高老高的，青悠悠的，很迷惑人。路却不能走，稍不留心，地雷就会找你玩。

　　九个人睡一间小棚，大概横有三米，长有四米，五块床板九人睡。除特殊自私的老兵外，其余是两三个人睡一张。我的铺睡仨人，天又热，挤在一起汗气熏天，难受得要命。这就是我们新一代最可爱的前线山头兵住的地方。我们怎么不可爱呢？应当是可爱的。万岁，山头兵们（包括我）！

　　可王金雁为什么不爱我呢？我这个最可爱的人可是爱着她啊！爱得要命，她却不知道，知道一点又不相信，即使相信也不对我表示什么……

9月8日

　　有病了，好像是一种致死的病（是不是肝将要硬化？），却不想说出来。在阵地上，说出来既给大家添麻烦，也让领导怀疑是不是泡病号，只有过些日子看情况了。得好好干，不能给家人丢脸。我也不想让谁理解我，能用我就用，不用拉倒，到时回家，倒也不错。

　　人活着，能做大事就去做，不行就从事平平常常的工作。

9月15日

　　收到小飞一封信，挺有意思，抄下来算今天的日记吧。

谷峰兄：

你的病是否好了？要注意好好保养，讲点卫生。不是我说你，以前我们在一起时你就是不注意的。你们一定比我们更苦。我们炮兵也是一天累得他妈没法说，最近搞了三次紧急集合，觉他妈也睡不好。

刘娟是不是给你写信了？她也给我来了一封，但把给我俩的信装错了，我一打开，看见的是，谷峰，你好……真好笑。你把我那封寄来，我把你的寄你。

义弟小飞

9月26日

上阵地一个月了。

想想，人活着为的是什么？我不求早死，也许会早死，我不寻多活，也许会多活……

我多么地渴求得到爱情！然而爱情的门总对我关着，似乎我对她有什么罪过。是的，我有个罪，未向她忏悔。但是，我的心已默默地忏悔了，她却还不来。我的心是多么地渴哟！请来吧，心上的人儿，我不能没有爱情。相信我，我愿献上我的真诚。我说不出更多的，但我知道我真诚地对待爱情。

今天小飞把刘娟的信转来了，给我俩写的差不多都是那样的话，只不过那首小诗不一样，没啥意思。王金雁咋不来信啊，哪怕说几句刘娟这样的话也好。没啥可记的，还是把这封短信也抄了吧。

谷峰同学：

你好！

从你给同学们的信中知你现在的心情既高兴又矛盾。你高兴自己能有为国出力的一天，但又对人生感到依依不舍。说真的，看了你的信，使人不得不严肃起来。我抽空给你写这封信，为的是祝你身体好，工作好，生活愉快。但愿你是个乐观派，遇事要冷静，要经得住挫折。赠一首小诗给你——

假如生活欺骗了你，

不要悲伤，

不要心急，

忧郁的日子需要镇静，

相信吧，

愉快的日子即将来临。

这信要是王金雁的就好了。等着吧，看那愉快的日子啥时候来临。

10月6日

昨晚站岗时，14号洞放出一个单发，以我的判断是斜射向南的。隔几分钟就传来了吵嚷声，原来一个新兵枪走火把三班长打死了。

人死是那么容易，又那么快。三班长那么年轻，没有一点病，好生生一个身强力壮的小伙子，也还没娶媳妇，就这样带着自己美好的梦进入了墓穴。要是鬼子打死的也好说是烈士，枪走火死的，尽管也算烈士，毕竟说不出口去。

人死是伤心事，我怎么不见悲戚，只认为他没有死，只是复员回家了。从此我俩再也见不着面而已。

敌人未见着一个自己先就死了，未免气人。这是什么原因造成？总觉得，老连长走后连队就差了。我甚至怀疑干部不如我，管理水平怎么能这样？

想想三班长的父母，抚养孩子是多么的艰辛。长这么大了，本可以用不着多久就能吃儿、用儿了,一旦听到噩耗,该怎样痛心……

10月7日

今早3点45分,18号山脚响了一颗雷,接着22号21号打了几发曳光弹,不一会儿18号就比较激烈了。他妈的,怎么回事,莫非侦察大队出击受阻?

静静的夜听着有节奏的枪声,比较舒服,站着岗也不会有孤独感。这里并不是死沉沉的山岭,也有市镇叫卖的热闹,也有枪炮声的热闹,只不过一个用生命换取,一个用嘴巴唤取。

生命在于延续,并在延续的生命中探索、发现、创造。而我的生命在延续吗?若延续的话,为啥那么多人会死去呢?你们创造的是什么?对,是国家的安全,人民的乐业。我发现了这个真理,应该高兴。

这篇日记该写几号?管他呢,就算7号吧。

10月12日

我的天,这是人住的地方吗?呼啸着的山口狂风,霹雳中的大雨,摇摇欲坠的矮棚。风吹得人似乎要上了天,我们可爱的小屋也在风中几乎丧生,幸好我们全力抢救。真可怜,我们的家居然如此不堪一击。可爱的地方,留下了可爱的人的辛勤汗水,可栖身之地为何如此让可爱的人伤心。

千疮百孔、八面通风、四面漏雨的家,伤透了八十年代"最可爱的人"的脑筋,但生活在灯红酒绿中的同龄人怎么会知道呢?

漏进屋里的雨把我的床给打湿了,叫我如何睡觉——还好,这不是冬天,不然我又得失眠一夜。唉,大自然既要如此,只好摊摊手,做个无可奈何的动作而已。

雨停了，风小了，一切归于宁静。山依然很庄严、可爱、诱人。再伴有雨后的蛤蟆和青蝉组成的大合唱，韵味无比。

山老鼠凑热闹，东啃西嚼的；天上的小星星也眨着我猜不透的春波。山沟中乳白色的雾和静悄悄的山村构成一幅绝妙的图画，可惜我不会画。简直是神仙住的地方，可这里的神仙们都在思凡，谁愿意当神仙呢？

人生的烦恼可真多，我的心换上一颗石头就好了，不致翻来覆去地思这想那……

真怪，我很怕听到或看到男女私情的东西，只要有这种东西入眼进耳心里就酸溜溜的，眼也会发胀。这是为什么？爱情怎么会把我搞得如此懦弱，男子汉的气魄到什么地方去了！

11月30日

转眼又快一月，心里、脑里空空然也。日复一日，无甚大事，只一味想家，又回不去。只有等待，等待吧，等待老兵复员再瞧瞧。现在虽然站岗放哨，心却早飞回了家，简直度日如年，想得到爱情，可有谁会爱我。老爷们儿，快让我去"看病"吧，解决好个人问题，看看家乡风貌，母校可爱的小同学的脸，自己的父母姐弟，也好再回来安心干革命呀！

老同志们，你们太不了解我的内心了。我不是不愿满怀热忱地为自己伟大祖国贡献光和热，只是我的心确实被故乡的风土人情紧紧勾引住，着了迷，摆不脱，只有将就现在的心情了。

无聊。看哪都无聊。我不会闲吹牛，吹也只干巴巴几句就没什么话了，书也看不进。死也不是，活也不是，简直太无聊了……无聊，无聊也！

12月1日

　　越南鬼子又在搞什么名堂？车子往来不断，一条长龙似的，莫非它们又要搞什么军事行动不成？是不是窥探到我们的炮兵已撤走，只留下少数火炮和部队在北线，准备来搞一下。

　　鬼子们你也真无赖，给你舒适安静的日子过，你不愿，却来寻求刺激，未免有点狂妄了吧！来吧，只要你们不置我于死地，碰在我枪口底下可没你们好运气，得要送你们下地狱去见阎王。

　　你们千万别来！你年轻我也同样年轻啊！谁死谁伤谁残都不好。我还没有结婚，若死了，父母可得一笔抚恤金。残废了，国家养着。而你们呢？兄弟，大概比不上我吧！听说你们很穷，立二等功才奖给几斤苞谷！连年打仗，死的人太多了，上回兄弟部队抓到你们的俘虏才十五岁。我们的炮火十分强大，你们一动，我们就开炮，好多尸体都成了粉末。何苦哇。我们呢，中几块弹片、几颗枪子，尸体还在。我去参观过了，烈士墓修得不错，你把我打死了我是要进烈士墓的，受到人们的瞻仰。所以你们还是别乱动的好！

12月7日

　　今天一下收到两封信，真是难得的大丰收，阵地上还能有什么盼头？信就是每天最大最具体的盼头了，虽然写得都很长，也都给它抄下来，边抄也是品尝丰收果实啊。先抄大猛的，这小子当大学生了还肯给我回这么长、这么热烈的信。不错。

谷峰兄：
　　你好！

好兄弟，从你信中隐约看出一种难以形容的忧愁。是啊，人生下来就意味艰难和痛苦，当然欢乐和幸福也有，只是我们还没尝到。

　　我俩都不是幸运儿，随风飘荡吧！看了你的信，眼里都充满泪花了，但我没让它掉下来。我在生活中已磨炼得坚强了。现在我们有些大学生思想也空虚着呢。大学生不被社会理解，而大学生也不理解社会，这是很令人失望的。我已不像先前那样片面、自私、猜忌了。

　　我俩相隔千里万里，这是现实，不是我掉了泪我们就能马上回到以前共同生活的日子里，但我相信，我们总会相见的，无情的战事总会停止吧！

　　现在我们正进一步正规化。纪律约束紧了，还增加了不少社会活动。前段时间我们班搞了抢救大熊猫的募捐活动，搞得还可以，有些小孩都捐钱了。

　　谷峰兄，战争是无情的，我只望你保重自己，而且要勇敢地消灭敌人。我将为有你这样的同学而自豪。还有报考步兵学校的事，我认为你应该报考。是的，一旦你考上，可能永远离开故乡。但那也没什么，不要过分地留恋过去。一个人不要总相聚，人生哪有不散的宴席。我以前也像你一样，对过去总是留恋，但现实生活改变了我。我认为到哪里都一样，哪里都有欢乐和痛苦。你听我开药方，没别的，就是叫你考步校，那是你的前途所在。

　　我俩不在一起生，但一同为祖国献身。小峰，在你将为祖国献身的一瞬间，脑子里一定第一个想到我吧？我真诚的朋友，我将为你狂呼，你是"最可爱的人"，是我一生中最难忘的朋友。

　　我不愿你牺牲，但战争是无情的，到时你要努力去冲，同学们为你自豪。如你胜利归来，我将第一个上去拥抱你！

　　我劝你不要为爱情伤心。爱情是属于勇士的，你也不例外，你会得到真挚爱情的！朋友遍天下，知己能几人，你有什么心事能向我说吗？我一定替你保密或帮你的忙。

听说你同王金雁好，是吗？我祝贺你们。她这个人脾气不好但心好，直，这是做人所难得的。我最讨厌那些虚情假意，故弄玄虚，势利心强，不实在的姑娘。那种当人落难而背弃，当人走运而拢来的姑娘。以前我喜欢她的刚直，现在我更钦佩她的实在。你真幸福，祝贺你，我会把她当好妹妹看待的。

我现在虽上大学，但一切并不如意，先不说了，回来后再谈。我常到我俩在一块儿的地方，独自欣赏夜景。

快回来吧，我的好兄弟，我等着你！

同学们永远记着你这位边防战士，大家都想念你，为你担心。

祝战场立功

胜利归来。

大猛啊，大猛，谢谢你，谢谢你，今天像吃了许多好东西一样，也像得了许多赠品一样，我都有点拿不了啦。虽然已很晚，但我兴奋得睡不着，我把舍不得点的一截蜡拿出来了，找了一个猫耳洞把小飞的来信也抄完。小飞，也谢谢你，你和大猛给我写了这么长的信。

谷峰兄：

你好！

实在对不起，上次写信实在太短，那天晚上我一气写了十四封，都是一个样。请多多包涵，别怨了。

这几天过得既可以又无聊，可以说是不像想象的那么差，也不像有的人那样厉害地想家。无聊，就是没啥意思，整天只有看电视，打羽毛球，打牌。到镇上玩了一次，还是无聊，而且被几个痞子百姓扔了炮仗。

现在你还想王金雁吧？唉，没办法，上帝怎么造出我们这样的多情人。既然已是这样的人，我也不好再多说什么，但还是要劝你几句，天涯何处无芳草。我们现在年龄还不算大，见过的好姑娘也没几个，何必就认定一个不放呢，何况落花有情，流水无意，这样的单相思是毫无意义的，只会使自己陷进深深的痛苦而不能自拔。《香港狂人》上有句话：单恋是真正的痛苦，它是个无边的苦海。老兄，我恳求你不要涉足这个苦海了。以前我和××相处的日子也曾像你一样（当然我现在的情况和你不一样），那味道我是知道的，很不好受。所以我认为你还是抛掉这无谓的思念为好。如果不能一下忘掉，那就让劳累来帮助你，狠狠地干活、锻炼，那样一定很累，晚上一躺下就睡着（你晚上还失眠吗？我想可能不会像你在家时那么经常了吧），那样可能有效果。

　　听我的劝告吧，老兄，忘掉王金雁，至少不要考虑和她交朋友的事。

　　峰兄，还记得我们临参军前的一些事吗？考军校、搞创作、写日记。你现在还准备考军校吗？我想你应该考，这是为了你能离开现在的地方。你信中说已做好牺牲准备。作为你的义弟，我不允许你这样打算。你一定要好好地活着，三年后在故乡我们再团聚。在战斗中你要想着我，大猛、王金雁等你所有的朋友。要有活下去的信心，当然不是要你当逃兵或是怕死鬼。这是为了我们的友谊，为了我们过去在一起时曾无数次幻想过的未来。为了未来，一定要活下去，也要勇敢，更要机智、灵活。

　　你现在天天写日记吗？我希望三年重见后，我们能互相看看各自的日记，各自三年的军营生活、学习、思想等就可以了解了。我相信那样是很有趣的，你说对吗？

　　对了，只是看了××给我寄的一本《梅里美小说选》，觉得还可以。我想你可不能像我这么懒吧？要读点书！

我们应该经常写信劝劝同学们，好好参加补习，可以对他们说，我们保卫着他好好学习，他要是不努力，可就对不起我们了。你的轻武器先上，不行的话我的炮兵武器再支援。哈哈！

听说你们边境上越南兵常来偷人，是吗？你千万要小心，不要被偷去。你可不能拿自己的生命开玩笑，否则就是牺牲了，我也不会为你流泪，而且要狠狠地咒骂你，让你的灵魂也得不到安宁。

祝愉快、平安相见！

12月20日

老兵复员走了，热热闹闹的，突然变得如此冷清。我留在阵地上面又倍感孤单空寂了！然而心里面往往会有各种情趣却无从用语言来表达。

唱几支歌儿吧，兴奋兴奋。但歌唱多了，趣味无了，厌了，不知用怎样的东西来充实自己。闲下来真空虚得可怕，又开始思东想西了。爱人，爱人在哪里？事业，事业在哪里？一切都无从知道。想完了后仍是可怕的寂寞，禁不住又长吁短叹。我始终不是强人，乃是一般的庸俗之辈，人世间创造了我，而我却不能给人世留下什么好的东西，真有愧在这样的社会上生存。无奈，只有苟延残喘，活到哪天算哪天吧。待到何时自己才能奋发起来呢？我成不了什么男子汉，是个老婆娘似的人物。我痛心啊！然而，我已走进了消沉的深渊里，里面黑乎乎的，看不见啥，令人一阵阵发慌，久而久之反而习以为常了，心安理得，甘愿在黑暗里偷生，坐在一个别人看不见的角落里，时而想奋力走向光明，时而灰心丧气，时而把眼睁开，黑乎乎的鬼怪盯着自己，想叫，叫不出，想逃，黑洞洞伸手不见五指……到处是绊脚的东西，还未迈出一步，人就倒下去再也起不来了，是死了吗？是的，已经死了。魂灵坠入了地狱里，躯壳却留在阳世，这样的人活着有什么价值呢？

啊，我的上帝，该知道怎么做人的人而不去如此这般做人，该是多么可卑可鄙，欺骗自己神圣的主啊。主，请你给我惩罚吧，也许这样，我的灵魂会从地狱解脱出来……给我以惩处吧，主，圣明的主……要不我就会整日地成为一个叫花子……

世界为何要有如此的烦恼于我，为什么我不能再去爱另外的女子偏要痴情于她，难道世界上除她之外，再也没第二个她吗？这么诚心诚意落得的是什么下场？苦闷，彷徨，痛苦，心里难以抑制地悲哀，可我不能不爱她呀。她是我心中的上帝，没有她我该怎么生活。为了她我可以牺牲一切，断送自己年轻的生命。然而，要得到她是不可能的，只有把深深的爱埋在心底，不让她迸发出来。这既是活着的爱，也是死去的爱。最好让她在我心中死去，那么我就可以得到重生，用新的生命去奋斗！

12月28日

眼看就过新年了，越是节日越紧张地战备，今年通知新年不许喝酒，不许放鞭炮，那不太寂寞了？哪天打上一仗，听听枪炮的响动也好，就顶放的鞭炮了。

小飞来了信，他怎么也像我似的苦闷，这几天好像比我还不如，也得写信安慰和鼓励他一下。还是把他这封信抄下来吧。

谷峰兄：
　　你好！
　　现在的心情真是越来越苦闷，工作和玩时还不怎么样，躺到床上和站岗时各种各样令人烦恼的想法就涌出来了。想得最多的是将来的生活和爱情。你说，我将来就这样一辈子算了吗？这有什么意思呢？不想这样，又怎么样呢？写作！

而我又没有为之奋斗的恒心，总想还早还早，这是很错误的一种想法。可是我这人太懒。这懒惰真是我一生中最无可奈何的仇敌了，我就要毁在它手中了。这懒惰毁了我许许多多的兴趣和爱好，想着想着，禁不住要流泪了。

爱情，结婚，一般来说是顺序出现的，而我只喜欢前者，厌恶后者，我真不敢想象我怎能欣赏那"锅碗瓢盆交响曲"，而我一向又懒于料理家务。如果有了小家庭的话，那不知会弄成什么样子。我都打算过单身汉的生活，但看今后的发展趋势了。这些想得太多就常常在梦中和××欢度我希望的好时光……另外，我也常常想到死，但不是现在，而是四十岁以后，我想不出到了那个垂暮之年再活下去还有什么意思。按正统的观念来看，我这种想法是没有正确的人生观了。管他呢。

唉，当兵所牺牲的东西太多了，而地方上对当兵的太那个，电影上也是把当兵的演得傻乎乎的，其实一点不然，当兵的是受了纪律约束，要不然……

同学来信说××还是爱和街上那些……在一起，但她自己来信却说不和她们来往了。你对她希望太大了。我认为不可太相信，也不可不信，只有这样挂着，等回家以后再见分晓。

祝如意　快乐！

1月10日

又是一个难熬的日子，坐着找不到什么干的，心里闷得慌，似乎有什么心事。浑身无力，软稀稀的。去挖了一下山谷那块菜地，发了一身汗，洗洗舒爽了些，接着又是难以忍受的寂寞。

这一阵劳动使我感到，要做一个勤劳的农民是多么的不易。少时不知稼穑耕耘的艰辛，总觉一切做起来是简简单单，伸手即得。而今我以自己亲身经历的劳动生活来想象一年四季拿着锄把的农民是甚滋味。难道说他们不苦、不累吗？天哪，我才干了一小下，就觉得非同小可，非常吃力，真不能想象长年累月在地里的人们是怎么想的。

我多愿老天爷减轻农民的负担呀！求你有个风调雨顺，让天底下种地的人们少苦、少累些，松活些，多有时间去干点别的事，那我不知要多感激你呢！

像我这样一个单薄的人，顶着大太阳，汗流浃背一锄一锄地锄着地，这倒没什么。而种子撒下去，就这样干燥着，种子会发芽吗（即使发芽，也长不出好庄稼）？而用桶去担水，这么大一块地，要用多少桶水，人又要有多累。老天爷你知道吗？若你经常下点雨，滋润滋润土地，种地之人就要减轻多少负担了。还好，你老人家终于洒了点水，干了这么久，我知道你是于心不忍的。谢谢你开了恩，要不我又得去担水，累得饭不想吃，什么都不想做。

我不知什么时候往家里发的信，现在连音讯都没有，也不知邮去的钱收到没有，丢了多可惜，那是我省吃俭用攒的呀！

1月25日

近来喜欢反问（当然是自问自答），但有的却回答不出来。今天偶尔所得，做此记录。

一、今天看书，说到怎样引导子女，开发子女的智力，我就想出这样的问题：

子：爸爸，人为什么会在地下，不在天上？

父：因为地球有吸引力。

子：什么叫吸引力？

父：你喜欢爸爸、妈妈吗？

子：喜欢。

父：这就叫吸引力。

（真好笑，我才二十岁多几天，却说出如此的话，可谓想儿心切啊!）

二、人们常把大地比作母亲，然而大地的父亲是谁呢？我想了半天（不是，也就几分钟）得出答案，大地的父亲就是生活在大地上的人们。可又找不出强有力的论据回答别人的反驳就拉倒了。事后又找出些根据为自己辩护，其实也是是非颠倒，乱来一套而已——

中国古时候北方单于的母亲也是自己的妻。

鲁班是木匠所叫的爷，他创造发明了许多东西，被称为鲁班爷。爷，顾名思义当然就是男的了。

这样那样的科学发明家创造家也被称为这样之父那样之父的。比如爱迪生就被称为"电之父"。当然他给予了人那么多，使那么多人能知道这样如何那样如何。我把在大地上劳动的人们称为父到底贴不贴切呢？反正我坚持：①因为他们是在大地上耕耘；②因为他们也在使大地日新月异地变化；③他们创造许多东西来装扮大地；④他们发明了许多改造大地的工具等；⑤使大地生机勃勃，斑斓缤纷；⑥按中国传统习俗（这当然是诡辩）父劳动，母给予……

算了，啰七八唆的，也说不清楚，有闲时再慢慢地想吧！

1月28日

今天零时老山被整团的越军入侵，伤亡惨重，肯定有的高地已被夺下，这是毫无疑问的。炮声隆隆，使我们这儿也无法宁静，现在还响着呢！

虽然我们这儿头上没横飞着炮弹，但我觉着也不会安静多久了。

　　以我的观点，打就来他个猛打，幸存者就永远离开这里，阵亡者就永远睡在这里。

　　来吧，我可是想当"战斗英雄"了，成全成全我吧，"可爱的"越南同胞们，我的心都飞到了你们身上，我的枪子可要尝尝血是什么味道了，要不它该说我待它太薄了。

　　以上这些日记整理好叫编辑拿走了，忽然收到谷峰来信。啊，他没有死。岂止没死，仗也没打。我赶忙把这封信交给编辑部，连同他的日记一块儿发表了——

刘老师：
　　您好！
　　……
　　那一仗没打成。不知什么原因，推至今日还未见动静。也许我这个"突击队员"白当了一回。不过看架势却又像非打不可。若真的不打，未免让我失望，你听了肯定觉得好笑，我把遗书都写了，好几封，并且已经发出，隔段时间家人、朋友还不见我去信的话，大概都会认为我死了吧？让亲友们提心吊胆地度日，这也许是前线战士的一种乐趣吧?!

　　现在先不忙给他们回信，要打也没几天了。我们连仍是主攻，我担任火箭筒手。若有暗堡火力点什么的，一般来说我可以做到弹无虚发的。我很自信这一点，也许成绩显赫的时候，可以四海扬名。

　　据我了解我们要攻高地的情况，胜利的把握是绝对的。敌人阵地上驻的是一个加强连。我想，当炮声一响，我们冲锋陷阵后，把敌人打得一败涂地胜利而归时，心情一定是非常激动、非常幸福的，不激动、不幸福是绝对不可能的。

　　刘老师，也许您收阅此信时，我已静躺在墓穴之中，受到人们的敬仰、垂泪了。这很可能是事实的,对于我来说,死也找到了其所,这可是一点不掺水分地把青春和生命献给祖国了,一点都没给别的什么人。

其实我并不想死,也不愿死,因为自己毕竟才踏上人生的旅途哇。这种想法不能算一种罪过吧?请您相信,我是一定能活着回来的,并且要立功才罢休。

总之我现在心情极矛盾,又极为亢奋,既贪生又不怕死,不怕死之余又要求自己能活着,在贪生与不怕死之间勇往直前。倘问我,在战场上向后稍退一点便为活,向前一点便是死,二者之间必选其一的话,我是要向前一步的。有强烈的求生欲望就当逃兵,那是多么可耻的行径啊!

等着我归来的好消息吧,到时你把我的日记寄来,我再继续写。

这儿桃花早开败了,您那儿还穿棉衣吧?真不可想象,几页纸能享受两样气温,我却没这个福气了,怪羡慕这几页纸的。

遥祝安乐!

原刊于1986年12月号《芒种》文学月刊

军营狗事

军营有狗吗？狗的事有什么好说的？

如果让时光之水倒流一大截，或最近没走过一趟边防军营，我也会如此发问的！

一

有一年春节，具体是哪年春节无法问清了，反正是改革开放以后的某个春节。冰封的辽东那条界江，本已盖了厚厚的雪被冬眠了，老天却像怕江水冻坏似的，急忙又撒着漫天雪棉加厚着冰上的被子。刮脸的北风却故意取闹，忙活着要把新棉吹走。江冰却无所谓，默默伏在江水与雪棉之间，不动声色。已是傍晚，遥远的落日卧在天边山头迟迟不肯落去。

江畔某边防连营房里正热气腾腾，炊烟和厨房的香气屋里屋外欢快地串着。酒宴已经备好，司务长再次请示连长指导员，是否准时开饭。两位连首长一致表示，再等一会儿。等了半个小时，司务长又来请示，还等吗？连长和指导员仍一致指示，必须等！

他们要等的，是武警边防中队的教导员，他走时说好的，一定回来和大家一起吃年饭，年年如此，今年也绝不变。但太阳等不及，已经落了。那时部队哪级领导都没有移动电话，所以只有耐心等待，因教导员一再嘱咐了，他一定回连队吃年饭。

中队教导员家在丹东，妻子从老家随军已三年有余，年年丈夫都在前哨连队和战士们一同值班过年。今年他儿子病重住院，团里通知叫他务必回去，正好连里也缺几样年货，他就赶回去了，走时再次跟连里交代，一定等他一块儿吃年饭。大家等得有些饿了，但没人好意思提出别等了。

等着等着，连队的大黄狗忽然吼叫起来，全连都被吓了一大跳。司务长以为狗等不及发怒了，请示连长指导员，先让狗吃完算了。我当过二十多年兵，没听说哪个连队的狗几时吃饭还要请示连首长。这个边防连的狗却与别的狗不同，它和战士有同等的伙食待遇，食堂里还有它固定的餐位呢。可是，这狗不仅不先吃，仍继续吼叫，而且跑到屋外，脸朝已日落多时没了一丝微红的天边越叫越狂，叫一阵又回头冲大家怒吼几声。起先战士还批评那狗，说它受优待还不领情，有点居功自傲了。狗不听，叫得依然凶，叫声甚至有些惨烈了，而且边叫边后腿立地站起来，前爪合十，不停作揖。指导员失声说："不好，有情况啦！"便和连长一同带人往狗吼的方向奔去。那狗率先跑在前面，终于在天黑得人影模糊时，发现了江上有一处很大的冰眼，冰眼的水面漂着一顶军帽，帽里子上写有教导员的名字！一切都明白了，教导员和他为连队带的年货与他搭乘老乡的马车一同沉入江中。黄狗不叫了，叼起军帽，发出呜呜的哀鸣，绕冰眼直转圈儿，然后探头趴在冰沿哀鸣。受教导员无微不至关怀长大的黄狗，叫了一阵不见动静，便奋不顾身跳进冰眼，潜入水中，拼命挣扎一阵竟然咬着衣袖将教导员拽出水面……

后来老连长转业，从野战军调来一位新连长。部队一般是不这样调动干部的，这是因新调来这位连长家离这个边防连队较近，他父母双双长期患病无人照料，部队领导特殊关怀照顾的结果。但是，他也带来了野战军与边防部队不同的作风。野战军每个连队都不养狗，而边防守备部队哪个连都离不了狗，这他不懂，见全连官兵都把狗当人待很是生气，行动和言语常有表示，所以狗对他很反感。有次他酒后冲一个喂狗的炊事员大发脾气，狗冲他吼了几声，这恰如酒火上浇油，他竟掏枪要把狗毙了。喂狗的炊事员用身体护着不让，竟被新连长给骂了：跟狗混，能混出兵样吗？话音没落，枪声响了。一身老式军装那种颜色的黄毛大狗应声倒在血泊中，喂狗战士一声尖叫昏倒在地。这下惹了众怒，全连战士自发联名向上级写控告信，要求处置新来的连长。指导员怎么劝阻也不行。战士们控诉新连长军阀作风，打死狗，等于枪杀战士感情。因此，新连长真的被上级调离。

后来，一条新狗又在这个连队长大了。

二

又一个冬天，全年最冷的12月里一个最冷的傍晚。就因为那个傍晚最冷，辽东界江畔另一个边防连队营房里，正在电视机前看新闻的连长忽听一阵声嘶力竭的大喊，不好啦！二丽死啦！！二丽死了！啊啊啊！！！

三年前，二丽的姐姐大丽先死了，死时十二岁，相当于人活七十岁了。而此时刚死的二丽，时年十四岁，已相当于人活八十多岁了。八十多岁！风烛残年啦！！赶在最严寒的日子里，一口气没喘上来就憋死了！！！电视机前的连长什么新闻都看不下去了，蹲在二丽身边任眼泪奔流不止。好不容易止住了，才叫来卫生员和他一同为二丽整容，又安排文书和炊事班长打棺材，然后亲自带一个班战士到坚硬如铁的冻土地挖了个墓穴，将二丽埋葬了，就葬在连队通往边境小火车站中途经过的那个隧洞的入口外。不想，第二天有战士去给二丽上坟，发现二丽被盗走了。方圆十几里就十几户人家，连长亲自挨家走访，在一位老乡家院子里发现了，正放在屋外冻着。为不伤军民关系，要回狗的同时，连队送给老乡家一条猪后腿。

为防再出意外，连长重新安排下葬方案。他亲自动手，把自己床头那块硬实木板抽下来，用手锯拉出一头尖顶，又把尖顶木板两面刨光，用毛笔在正面写上"无言战友二丽之墓"；背面写上"与边防共存，与日月同辉"。又用自己的一条旧军裤给二丽缝了件简易的绿衣服穿了。下葬时，把附近几家老乡也请了来。一同在二丽坟前开了个追悼会。二丽这位边防连无言战友的事迹，让老乡也流了许多泪……

连队到火车站，足有十多里路，不仅要穿过一条昏暗的山洞，还要经过阴森森一大片树林。连队每个探家或出差的官兵要走了，二丽都知道，它必定要一直送到车站，直到火车开走，它才肯独自跑回连队。望着二丽只身跑远的身影，哪个被送的人不满含热泪？又哪个能忘了千里迢迢从家里给它带回点好吃的？连队哪里有了事，都少不了二丽的身影。就连节假日连队开联欢会，都要给它安排一个节目，它总是欢乐地跳上台，先朝大家点三下头，算是三鞠躬敬礼，然后认真打几个滚儿，然后再点三下头退下去，连队这一专属二丽的保留节目名叫《向战友致敬》。每次一听晚会主持人报出这个节目名时，二丽就撒着欢儿主动跑上去了。还有，每有谁单独执行任务了，它都主动跟了去，甚至去时还会帮忙叼点什么东西。所以连里根据大家的要求，明确规定二丽享受和大家同样的伙食标准，而且一日三餐，食堂都有它的固定餐位，节日的会餐也同样……

听了二丽生前这些故事，老乡哪个还会想吃它的肉啊！每到重要节日，也悄悄到它坟前烧点纸，放上一些吃食。

三

我刚当兵那阵，边防部队也是有狗的。但听了以上几则狗的故事，强烈的忏悔之情油然而生。那时，我早已从愿意跟狗为伴的毛孩子变成刚摘下红卫兵袖章的边防军战士。那会儿，一提狗，真的会有很多人想，狗算什么东西，别说狗啊，亲爹娘出了政治问题也得划清界限的，狗也得讲政治。

刚到部队时，新兵只穿军装，不发领章帽徽，也不算正式军人。此时领导最怕的是还不习惯"三大纪律八项注意"的红卫兵穿着军装胡来，所以星期天外出得由老兵带着。但一回营房时，炊事班喂养的大黑狗噌地越过哨位把我们新兵拦在门外，狂吠着坚决不放行。站岗老兵说，带回好吃的没？带了扔给它点！我把兜里的饼干摸出一块扔过去，大黑狗闻都不闻，仍叫着不让我们近前。另一个造反派脾气比我大的新兵张口冲大黑狗骂道，你哪路黑帮，敢不让毛主席的红卫兵进营房！大黑狗反而叫得更凶。我也不由得跟着骂，嘿你个黑五类癞皮狗，看人下菜碟！大黑狗仍不让进，造反派脾气大的那个新兵弯腰捡了块石头朝大黑狗打去，并骂了句狠的，砸烂你个头号走资本主义道路当权派狗头！没砸着狗头，只擦了一下狗尾巴梢，那新兵又捡起块石头朝狗头砸去。站哨老兵不敢制止造反派新兵的革命行为，便把军帽先扔给我说，戴上军帽就没事了。果然，一戴上有红五星的军帽，大黑狗不咬我了，但还冲打了它并且没戴军帽那个新兵狂吠。那新兵一气之下便直接把大黑狗骂成了已被打倒的国家主席。那时候，随便哪种坏事，往头号走资派身上骂，一点事儿没有。全国上下，人人都可以把狗头挂在嘴上，张口就能乱砸一番，但部队这条大黑狗觉得自己有军籍似的，没戴领章军帽的人，怎么着也不让进。待我们新兵也戴上领章帽徽正式编入班排，大黑狗的态度也彻底转变，不仅不咬，晚上还陪我们站岗。边疆的大山里站夜岗，无论天气多好，都很恐怖，但一有大黑狗陪在身边，就踏实得有了贴身警卫似的。我们便不仅不再叫大黑狗"黑五类""走资派"什么的，反而叫起"雷锋"或"刘英俊"来，因为它不仅不歧视我们了，我们还亲眼见它黑旋风样刮到营门外那条路上，将惊马拦住，使一个小学生免遭车祸。尽管后来听说那小学生的爷爷是富农成分，我们还是为大黑狗临危不惧的英雄行为感动。但是有一回，一个老兵找我到营房外一处墙角谈心，正好遇见大黑狗被它救过孩子那家富农老乡的大白狗难解难分地骑着，大白狗激烈地抖动，大黑狗却一动不动。那时不懂事，问老兵，老兵说，大黑违犯"三大纪律八项注意"第七项啦！我问，大黑被骑着，那不是白狗违犯第七项吗？老兵说，大黑是母狗，在咱营房墙根儿发生这事，说明是它勾引了人家白狗。在我幼稚的新兵心里，勾引甚至比调戏更严重，我便觉得很耻辱，抓起一块土坷垃朝大黑打去。大黑却一动没动，仍任白狗不停地动着。我又捡一块土坷垃朝白狗打去，白狗也既没叫也没停止抖动。我不由更加气愤，想去踢开它们。老兵说，不许动，这会要它们命！我脸红心跳，气愤大黑给连队丢了脸。老兵却说，"三八线"又不是给畜生划的，少管闲事！老兵们把"三大纪律八项注意"简称为"三八线"，说罢，就拽我换个地方谈心去了。以后一见富农家那条大白狗，我们新兵就喊，"白五类"又来闯"三八线"了，并且扔土块打，白狗只好跑到远离营房处遥望大黑，舌头淋漓地淌着哈喇子。

后来发现大黑狗肚子逐渐鼓起来，我更蔑视大黑作风不好了。等到大黑肚子越来越大，还夜夜陪我们新兵站岗，我也没从心底原谅它。后来，大黑生下三个白地儿黑花小狗崽，我也跟着别人骂过"杂种日的"。杂种日的还没断奶，它们的妈又开始陪我们站夜岗了。正好那阵指导员爱人来队探亲，听我们新兵骂狗崽的话太难听，便像批评自己学生似的质问，你们是解放军，怎么可以骂这种粗话，跟谁学的？我们说，指导员总讲要守住"三八线"，狗崽它妈作风不好！指导员爱人气得去质问丈夫。指导员笑对妻子说，边防一线部队，军民关系是大事中的大事，部队的狗不能和老乡的狗乱来！妻子又质问丈夫，你儿子也是我们乱来的？！指导员说，那狗是富农分子家的，和我们不同！妻子说，我父亲不也打成走资派了吗？！丈夫说，我们不是也得同他划清界限嘛！妻子说，你现在不照样和我同吃同住吗？！丈夫说，那你说我们怎么处理这两条狗的关系？！妻子说，仨狗崽也是老乡家狗的儿子，送一只过去，再送袋米谢谢人家，不就是亲家了吗，何苦成天看着管着，还骂自己狗作风不好，有你们这样的吗？！

指导员再讲不出理来，但认为白狗主人家是富农成分，不好大张旗鼓这么做，便私下让妻子悄悄办了。白狗主人家非常高兴，把指导员妻子送的狗崽起名拥军。反过来，指导员妻子也把连队俩狗崽起名大民、二民。后来这事还是被团里知道了,政治处批评指导员政治水平低。后来,大黑又与大白偷闯"三八线"并再次怀崽,而被逐出军营。夜里听大黑在营房外呜咽,指导员受不了,叫妻子让老家来人把大黑领走。

  远离营房的战士和大白及自己的儿女,大黑天天不吃不喝,不久郁郁而死。最近,我还做过一次向大黑忏悔的梦呢。

2015年8月写于沈阳听雪书屋

原刊于2016年《啄木鸟》

秋 声

一

睡了整整一个夏天的风早已醒了，越来越活泼，犹如顽皮的小男孩在恶作剧，悄悄将一片小小草叶吹落在闪亮的光头上。光头正痒得很舒服，风又忽如可爱的小女孩戴了兔毛手套轻轻一拂，草叶又落到光头的手上。他的手粗粗糙糙，感觉不到痒，但却意会到，秋天来了。这是战场上的秋天。光头深深吸了一口气，品味着，像在品味一杯阵地上难得的凉开水。

"我发现，秋天比夏天凉了。"光头停住手中削压缩饼干的小刀儿。

"喊，这也用你发现！"密楂楂的平头上已挂上了好几根小草，他在帮光头做生日"月饼"。

远处的山谷里一声清脆的枪响。他们听惯了，就像听春节过后小孩子们放的零星小炸鞭。又有几声，还夹着一声长长的驴叫，很好听。

"我发现，阵地再美也跟公园不一样。"光头又说。

平头瞟了光头一眼："你见没见过公园啥样？"

"电影上见过好多回了！"

"那也算不上什么发现。"

光头也不争辩，似乎对平头的挑剔已习惯了，何况他也承认，这

83

确实算不上什么发现，只不过是他有个"我发现"的口头禅而已。他挪了挪屁股下当板凳坐的钢盔，一边削一边望着远方。

以他坐着的山头为圆心，以他的视力为半径，四周遍布着层次分明、色彩斑斓的山群。远方那淡的夏绿和浓的秋黄，在薄雾的缭绕下成了一片彩色的海洋。有的拔地突起，有的缓丘绵延，也有怪石林立式的。他俩坐在筑有工事的山头上，高高的、粗粗的、密密的芭蕉茅从山谷里漫上山头。

国境线被炮火烧焦的山坡上，几丛粗壮得高粱样的芭蕉茅立在小风里，宽宽的茅叶已经焦煳，比高粱穗子还大的茅花却白白的。

茅花在风中摇曳着，光头觉得心里隐隐有股波浪在涌动，他控制着没让这波涌泛滥开去，好像一泛滥就会将美丽茅丛中数不清的地雷碰响，在那雷声中怎样结实的身躯都会裂成碎块。

"我发现，谁都得有个生日！"

"我说，世界最大的发明家就是你了！你没发现你母亲是女的？"

"发现了！昨晚正好梦见她，说她没死，梳两根大辫子。梳辫子能不是女的吗？"

"那要看她哪年死的，清朝是男的梳辫子！"

"生我那年死的呗，我才十九岁。扯什么清朝。"

"你到底见没见过你母亲？"

"见是见过，我才一岁，见着也等于没见着。"

"那你怎么扯你母亲说你今天生日？"

"我妈告诉我爹说的。生我的时候，我爹出民工了，一年才回家。我妈告诉他，我是在高粱红时生的。生那天有人送了一包月饼。高粱红时送月饼，能不是今天吗？我家那儿只有中秋节才吃月饼！"

"平常就没有吃的？"

"肯定没有。我家那儿穷。"

"不是有户口吗？那上面写的是啥时候？"

"户口不知怎么填的3月。3月高粱怎么会红呢？3月怎么能吃月饼呢？"

"你爹真糊涂!"

"也可能上学那年怕岁数不够改的。"

"以前你爹哪天给你过生日呢?"

"我十岁他就没了,以前也没过过啥生日。"

"今年怎么日头从西边出来了?"

"是她非要我过,我不说出个日子,不让她笑话?"

"她是谁?"

"上个月骑自行车来的那个呗。她不是认我做弟弟吗?"

"她呀,我当她说着玩呢,你小子怪有福的!"

"我也寻思说着玩的,哪承想来信说给我邮了十九块月饼,还说中秋节我过生日准许能吃上月饼,邮出半个多月了,还没见影儿,不知让哪个给扣了。回信还得说收到了,吃着特别甜。"

"干吗编这么美,一旦人家没邮,岂不笑话当兵的傻!"

"哪能没邮,她绝不会说谎,忘了她唱《四季》时都哭了?"

"也是。一辈子都忘不了。"

"所以,我要说没收到,她准得再邮。咋好那样折腾人家,自个儿做算了。"他掂着一块刚削好的小"月饼","我发现,越小的东西越高级,微型手枪、微型相机、微型月饼……"

"'功'可是越大越好,偏偏我光立些个'微型'的,连等都不够。"平头嘴上这样说,心里在寻思:"功也没立过,真窝囊,那个女大学生连句话都没跟我说。却认光头做弟弟。非立个大功告诉她不可,要她认我做哥哥,我和她同岁,或者……"

二

南疆的秋天确像感情深厚的人,仲秋了还温温暖暖的,秋阳下,光头和平头都觉得有些乏,仿佛胳膊和腿上被子弹穿了洞,力气都从洞里流走了。这几天并没打仗,也没修工事,怎么会这么乏!

"我发现，秋天就是乏人！"

"春困秋乏嘛，这是谚语，用你发现！"

"在家我也过过秋天，怎么没这么乏？"

"在家你住猫耳洞吗？在家你穿衣睡觉吗？在家你一个月不刷牙、不洗脸、不洗澡吗？"

"在家还不能立功呢！"

"那是呀，在家你还没过过生日呢！在家你还有姐姐呢！……可我，也没立功，也没得着姐姐……白乏！"

"算了，说这些也解不了乏，还是来点具体的吧！"平头撂下小刀儿，从挎包里摸出行军壶晃了晃，"昨天连部烧开水招待师长，我偷了半壶，有几个月没喝开水了，喝吧，精神人！我趁热时还放了几块糖。"他把水壶递给光头，颇有些遗憾地说，"要不是在阵地上，过生日咋说也得给你买瓶葡萄酒和香蕉什么的，讲不了了！"

光头加紧几刀把最后一块月饼做完了。月饼只有手表那么大，一块压缩饼干做两个，一共十九个，摆在一本打开的破杂志上，像一堆像棋子。他这才从平头手中接过壶，打开盖儿舔了舔，确实有点甜味。他刚喝一小口，就把壶还给平头："你多喝点吧，每回都是你下山背水。喝吧，吃'压缩月饼'没水不行。我知道你的胃。"

"今天你过生日，就别管我的胃了。"平头举起壶，"为一等功臣的生日，干口凉水！"他喝了一口，"我只这一口，当酒了，剩下都是你的。"

光头这回喝了一大口，甜丝丝的凉水一咽下去，全身的乏像被冲跑了，他十分激动："伙计，你万岁！"

"万岁！"平头举手默契地和光头碰了一下，两人一齐把两个整月饼投进嘴里，咯嘣咯嘣嚼起来，像在咀嚼"万岁"这个词。

万岁在阵地上并不惊人。一两个月不出太阳，衣服、被子湿漉漉的，冷不丁太阳一出，大家就抱出被子高呼"太阳万岁"。好长时间抽不到烟，团长突然派人送条烟来，烟虫们就喊"团长万岁"。遇到敌人攻阵地了，情况万分紧急，一呼唤炮火，排山倒海的炮弹就及时雨样向敌群落去，大家就跳着欢呼"炮兵万岁"……如果刚投进嘴里的月饼像真的一样好吃，他们也会喊一声"月饼万岁"的，可压缩饼干甜腥腥的味道已经吃腻了，喊不出"万岁"来。他们嚼着，互相都听得见饼干在对方牙齿下变碎的声音。谁也不说话了，努力往真月饼味儿上想。

身边一箱打开的子弹，颜色和花生米一样，还有一堆香瓜样的手榴弹。

"真的花生米和香瓜就美了！"光头想。他急着咽下干燥的月饼，咽呛了，一声咳嗽喷了平头一身。平头用手扫了扫："叫你喝水，你偏不喝，倒霉的还是我！"

"我发现……"光头咳嗽着，"干咽这玩意儿不行！"

"你早该发现了，喝吧，别再让我倒霉！"

光头顺从地喝了，咂咂嘴，"从来没过过什么生日，捡了个姐姐，给我过生日，有意思。"

"大学生们过生日才有意思，买生日蛋糕、生日蜡烛，还送生日礼物。"

光头看看月饼："她为啥要给我过生日呢，人为什么都要过生日呢？"

"说明谁活一岁都不容易。头一星期丁虎子还和咱们守阵地，现在没了。"

"我发现，人能活下来就不易。"

"你打死七个敌人，立一等功了，更不易！"

"都是机会，你遇上也一样。"

平头把一块月饼抛起来又接住："也不一定，兴许我枪打得不如你呢！"

光头好像没听见这话，按着自己的思路说："过生日应该给亲人吃好的。听说出生时最痛苦的是母亲。"

"那是。"平头把刚想往嘴里送的饼干放下，好像自己不应该吃生日月饼了。

光头很难得平头一句"那是"，便感到自己真正有了发现，于是就地用脚蹬了个土坑,把一块小月饼放进去,脚往回一拉,埋上了。他想这块月饼是给母亲的。他做得很麻利,甚至平头都没注意。

光头又往山腰一个地方看了看。那儿也被染了秋色的芭蕉茅覆盖着,他心里看得见有一堆长了小草的红土,那是一匹白马的坟。春天的时候,光头牵它到山下驮水,水驮回来了,马也被汗水洗透了。卸了水,他还没来得及饮饮马,那马就自己钻进茅丛去吃草。草没吃上几口,踏响了地雷。轰隆一声,那块红土便成了白马的葬身之地。

光头甩石子样把一块月饼朝那堆红土投去。

妈妈究竟什么样呢?真梳两根大辫子吗?光头想象不出妈妈具体的样子,也就想象不出妈妈吃月饼的样子。埋进土里的月饼妈妈是吃不到的。为妈妈唱支歌儿吧。唱啥呢?

对,她!她不是教过一首《好妈妈》吗?

> 总是那样开朗又温柔的好妈妈,
> 听到哭声赶紧将我抱起,
> 就像躺在摇篮里一样,
> 摇啊,摇啊,
> 妈妈!
> 想到您,就是天空阴沉沉,
> 也像看到蓝天一样感到愉快明朗。

风轻轻拨弄着茅花,婆婆娑娑,窸窸窣窣。这是秋声!歌儿在茅丛的根部悄悄绕着,绕着……

啊,妈妈!眼里含泪。快看,她的两根辫子慢慢松了,散了,披了一肩,遥远北方的风将那满肩黑发吹起,向他飘来,飘啊、飘啊,他站在阵地上伸出了自己的双手……

怎么,是她?是她来了?她在向高高的阵地上头攀登。崎岖的红泥小路伏在芭茅丛中,被湿漉漉的雾缠着,她滑倒在红泥路上,白色登山鞋变成了红色,淡蓝色的筒裤被染成了迷彩服……她第一个见到的是光头。平平庸庸的一个光头。若在大学里，看见这样一个光头她会不屑一顾，顶多带着怜悯或嘲讽看他一眼；而光头也会把她当作一个怪物，表面不予理睬，心里暗暗恨她的。可在茅花遮掩的战壕里，她却激动地扑上去，摇晃着他的手，连说："战士万岁！战士万岁！"光头也不觉她的话虚伪，不由自主地回了句："大学生万岁。"

她跟着他走过阵地。忽然一发冷炮落在十多米处，光头一把将她推倒。炮弹炸了，山结结实实晃了一下。她爬起来，不敢再大摇大摆地走。他却没事似的。

"这儿是真正的生死线！"她惊魂未定又满怀敬意地说。

光头没有吱声。

"跟你母亲如实说过吗？"

"没有母亲。"

"……跟父亲说过吗？"

"也没父亲。"

"……跟姐姐呢？"

"我是老大，也是老小。"

"……那你都给谁写信？"

"……"

"你立过功吗？"

"就一次。"

"几等？"

"一等。"

"一等功！怎么立的？"

光头指指离得很近的对面山头："我打死过七个。"

"七个？！"

"……"

"立功喜报寄给谁呢？"

"在床底压着。"

"……"

"你希望过有姐姐吗?"

"这怎么能希望?"

"你愿意有吗?"

"这不是愿意不愿意的事。"

"我,做你姐姐行不?"

"……"

"没听见吗?"

"你问问连长吧。"

"我又不是给连长做姐姐,问他干啥!"

"还是问问。"

"你自己同不同意?"

"我没意见。"

"那以后就把立功喜报寄给我吧,有啥事写信跟我说。"

她真的来信叫他弟弟,说立功喜报已装进镜框里了,还问他的生日,寄来了生日月饼,十九块……月饼叫谁扣了呢?

也该寄点什么给她!

战士喜爱的歌曲里怎么没有一首是歌唱姐姐的呢?

……

"我发现,歌这东西很了不起!"光头说。

平头:"这又不是你发现的。"

光头疑惑地看了平头一眼,从身边揪了根蕨草丢进嘴里,不时嚼一下。感情深重的秋天啊,漫山遍野里,相思树、红豆、刺秧、山苞米、浆果……都成熟了。

三

战士们那嗓子,憋着在阵地唱歌反而够累的。光头唱了两三遍就停了,他顺手去翻放月饼的那本破杂志,那是平头昨天偷水时顺手从文书铺底抓来的。大概每个猫耳洞都传遍了，没了皮，没了目录，边角都打起了毛毛卷儿。翻开的那一页登着一首诗：

> 月儿升起来了
> 亮亮的
> 仿佛在浪的舞台上
> 被音的交响推出
> 涛声流水拂过我的面颊
> 柔如亲人的爱抚
> 今夜
> 心像月儿一样
> 纯洁　安谧　宽舒

光头不懂诗，看见月亮正好露出了头，便忽然感到诗这东西不错。仲秋的月亮出得真早，太阳还挺高呢。

"我发现，诗这东西也很了不起。写一首诗大概也不比打死一个敌人容易。"

"那是。"

"得是好诗好歌儿。你要能打死一个大的，比如营长、团长什么的，一个就能立大功！"

"做梦都想立大功，可是机会就不喜欢我。"

"会写诗就好了。不知她会不会写。生日礼物她要不寄月饼寄首诗来，也就不会丢了。"

"大学生能不会写诗？人家是嫌你不懂才寄月饼的。她只是认你做弟弟。你也不想想诗是写给什么人的。"

"你连月饼都没捞着呢！"

"哼，你瞧着吧，我要不立两次大功让她给我寄诗，不算小子！"

"我就不会再立？不让她的镜框再装一张喜报算我没尿儿！"光头冷不丁发觉自己憋了尿，把水壶递给平头，"喝了就得尿。我解个手去!"

光头猴儿似的跳下堑壕,三两步蹦到远点的地方,又猴儿似的爬上壕沿,在芭茅后边开始解手。同时眼习惯性地向对面敌人阵地望着。

"我发现,解决一个矛盾就有一次快感。憋泡尿撒出去都这么舒服。"

忽然他眼珠子要飞出去似的,眼皮迅速将要鼓出的眼珠子擦了几下。

"又发现她了!"他揉揉眼,"妈的,第八个是女……"

只百多米远的敌人阵地上蹲着个女兵。光头看清了确实是女兵,就是上次发现没来得及打的那个。

这样的距离,用狙击步枪瞄住她,稳稳当当只一枪,必定成为光头功劳簿上的第八个,可他盯着却没有动。

女的……一个女的……

母亲。女兵。大学生。

他跃下堑壕跑回平头身边。

"我发现……又是她!"

"谁?"

"上回溜掉那个女……"

平头一把操起狙击步枪:"让给哥们儿吧,你都七个了,我还一功没立!"

"别……不……"

"财迷!"

"不……下次!今天我过生日。"

"生日干这种事不吉利是不?我打,我不过生日!"

"别,今天还是中秋节,她们也过!"

"你小子不替我想想,我还没立过功呢!"

"我一定帮你。下次不管遇到啥样的,我都叫你打。或者……来不及叫我打了也算你的!"

平头无奈,只好撂下枪:"你小子留着看吧!"

光头不和平头计较，麻利地把剩下的七八块"月饼"用纸包好，拔根长草一捆，跃上了堑壕。

眨眼工夫，"月饼"向女兵飞去了。

凭光头的臂力和投弹的准确性，"月饼"没有理由不落到女兵身边，但他还是突着眼珠去看是否确实落到她身边了。

满山坡的秋蒿草都消失了一般，光头眼里只剩下了女兵和"月饼"。

女兵猫儿似的不见了。

突然，一声枪响，清脆犹如嘹亮长歌穿过空谷。

光头应声倒在茅丛中，不一会儿，搭在他胸上的一穗茅花尖儿红了。

平头跪下身失声叫着光头的名字，悔不该让战友去扔"月饼"。

当平头呼叫开光头的眼睛，那双无邪的眸子已无神了。

……

遥远北方的风将两根大辫子吹散，吹成一头披肩黑发。黑发顺风向南飘来，向南，向着阵地………女大学生已经攀上山头阵地了，浅浅淡淡的衣裤变成了令人眼花缭乱的迷彩服……

"也没——问过她——生日——以后你——代我做她的弟弟……"

光头那双失神的眼睛突然亮了一下，然后慢慢地闭上了，像一盏油灯被风吹熄。

四

中秋月升高了。

又高又深。

圆圆的。

像一只大大的眼睛，看着阵地上漫山遍野的茅花和秋草。风睡着了，黑黑的秋夜一动也不动，白白的茅花一动也不动。

平头睡不着，起来在月光下转，偶然发现堑壕边有个茅花扎成的小圈圈,头戴的伪装圈那么大。

茅花圈上还拴着拳头大的一块石头。茅圈变了形,石头下有个小坑坑。

"哪儿来的!"平头惊疑得睁大了眼睛。秋夜里那满山满谷的茅花都变成了小圈圈儿。

1986年3月草于哈尔滨—佳木斯—饶河农场途中
原刊于1986年6月号《解放军文艺》

心　灵

> 畸形靠近着美，粗俗藏在崇高背后……
> ——雨果《〈克伦威尔〉序》

一

军人性子就直，残废军人更直。一个双目失明却戴眼镜的残废军人在众人堆里晃了晃手中探路用的长竹竿，当着厂长面就直言不讳嚷道："这是'五讲四美'讨论会，应该让'黄支委'主持！"

"对，'黄支委'主持，老黄最有资格主持这样的会！"一伙双目失明的残废军人七嘴八舌响应。人都说瞎子戴眼镜多一层，可全屋戴眼镜的几乎都双目失明。

"同意！"坐在手摇车上的残腿军人们齐声赞同，语气都很自豪，仿佛座下的手摇车不是残废人的交通工具，而是大元帅的指挥车。

"黄支委"坐在手摇车上，被大家用手、用嘴、用眼光推到屋的中间。他是满屋残废军人中唯一戴眼镜而没双目失明的人，宽阔的额头上几条粗重的皱纹犹如大平原上几条弯弯的河流，灰白的头发齐整耸立，五官端庄，身躯伟岸，威武英俊的大鼻子上与失明人的墨镜截然不同的白边花镜后面那双眼睛平时总是慈祥的，此时却被重重心事搅扰得忧虑而焦灼。

"老婆不让抽烟了咋的？抽支烟提提神，好好主持！"随着逗笑声，三支香烟同时从左、右、前方飞到老黄手中。他烦躁地吸了一口烟，惶惑地一吐："随便说吧，干吗非得我主持？"吐出的浓烟里分明有难言之苦。

"五讲四美"讨论会，理所当然由他黄山丁主持了，他虽然和大家一样都是普通的休养员，但他德高望重，又是休养员党支部的学习委员：1964年参军，六十四岁，下肢完全瘫痪，肚子上插根导尿管还主动担当木盒厂最累的角色——木匠；荣军休养院的木盒厂就是他带头办起来的；他每天带着那根尿管推刨子，插管处常磨得血刺刺的，从不吱声，有一回尿道口生了块手指头那么大的结石，他自己用镊子一下就夹出来了；年年评上劳模，得的奖状挂满了半面墙……

也不管他愿不愿意主持，发言已经开始了。

"汽车司机应该心灵美一美，弄辆汽车哪都停，把我眼镜撞碎了两回，心里哪有我们失明人？"

"有的领导心灵也应该美一美。我家门前那条路没灯，晚上出门摔跤，我建议安个灯，他说什么，'两条腿都没了，晚上不在家好好待着，老出去跑什么？'我他妈腿都没了，还能出去跑破鞋？"

"注意点，语言不美！"

"语言不美咱可没'跑'，有人语言挺美可真'跑'了！"

一阵哄堂大笑。

黄山丁触电似的哆嗦了一下。这句语言不美的话不是冲他说的，他却心虚地抬不起头了，眼前又闪出昨晚看到的情景。"金橘她哄我，骗我……"他在心里骂着，推说上厕所溜出了会场，想找个清静地方躲一躲，但总是碰见人，便索性离开大院，顺着公路朝山谷小镇的郊外摇去了。晚夜看到的情景总在他眼前晃动，他心里骂着金橘也骂着自己，"黄山丁啊黄山丁，光荣一辈子，到头来却丢人，现眼……"

二

"叔叔，你的伤最重，吃橘子吧，这是我栽的树上结的！"戴红领巾的十六岁小姑娘捧着橘子对趴在病床上看书的解放军说话，她身后还有个戴红领巾的小男孩。

"谢谢小朋友，你叫什么名字？"瘫卧在床的三十五岁的排长黄山丁接过橘子笑问小姑娘。他除了跟敌人打仗，几乎什么时候都是说话带笑的。

"金橘，金子的金，橘子的橘，不是菊花的菊。"小姑娘一边回答着解放军叔叔的话，一边扒开了橘子。

"叫这么好听的名字，怎么不穿件新衣服哇！"只看见地主小老婆吃过橘子的黄山丁，手捧着金元宝似的橘子瓣，心热地望着小姑娘问。

"我不爱穿新衣服，我爹也不爱穿新衣服！"她不肯说自己家穷。

甜甜的橘子在黄山丁心里泛起了苦味——苦惯了的硬汉子受不了苦孩子赐给的甜啊！他已经看出来了，她是个要强的穷孩子，她肯定没有妈妈——女孩哪有不张口闭口提妈妈的哪，她却光说爸爸。他眼睛湿乎乎地把一支钢笔和一个好本子给了她："这是叔叔慰问你的，拿去吧，好好学习！"

金橘见叔叔的眼睛湿了，也流了泪："叔叔别难过，我知道你的伤很疼，我有空就来慰问你！"少先队员小姑娘的心里，哪个叔叔的伤最重，哪个就是最可爱的人。

不几天，金橘又拿着橘子来了，黄山丁也早托护士给她买了件新衣裳准备着。她果然没有妈妈，三岁时就跟爸爸生活，现在念小学五年级。

"叔叔，讲讲你受伤的故事吧！"小姑娘听老师讲过朝鲜战场最可爱的志愿军叔叔，她就是把黄山丁和老师讲的最可爱的人同样看待的。

黄山丁笑着告诉她，他的伤不是敌人打的，是解放蓬山岛前挖工事砸的。这使小姑娘很遗憾,为什么是砸的哪,敌人子弹射的或刺刀扎的多好哇!她不是希望他挨敌人的子弹和刺刀,而是觉着跟敌人搏斗伤的比砸伤更光荣。不过他挽回了她的遗憾,他给她讲了不少他亲自参加过的战斗故事,其中也有受伤的故事,但那伤都好了。

"伤最重的那个排长叔叔真了不起,打过辽阳、打过营口、打过锦州,还打过塔山,打下北京又走着打到咱广东,剿过许多次匪……"金橘不时擦擦嘴,对曾跟她一块儿去慰问黄山丁的小男孩讲着,生怕自己唇上的唾沫会把排长叔叔的名字玷污了似的。她对排长叔叔五体投地地尊敬和爱戴,使那小男孩都嫉妒了,但她哪里能知道,仍在讲:"你看看地图,排长叔叔从北边打到南边,什么车都没坐,全是用脚走的,连袜子都没有……叔叔说他们家冬天下大雪,比《白毛女》电影里的雪大多了,一二尺厚,到处都是白的,不像咱广东这海边,冬夏就是个绿……"

小男孩和金橘家邻居,平时常和她一块儿学习,帮她担水,玩。自从家旁边的医院来了这重伤的排长叔叔,金橘没时间和他玩了,他生金橘的气了,也生排长叔叔的气。天真的金橘竟没察觉,照样常常去给排长叔叔送野菜、洗衣服、唱歌,让排长叔叔高兴,盼排长叔叔快点养好伤。黄山丁也隔三岔五让小金橘给她爹捎回些钱,因为她爹有病不能干活。

忽然有一天金橘哭着跑来管黄山丁叫了一声大哥。

"怎么了,小橘子?!"黄山丁惊怕地哄着她问。

"爹死了,爹让我管你叫大哥,让我以后就跟着你!"小金橘哭成了个泪人。

黄山丁把这些情况报告了党组织,并且月月给金橘钱供她上学,但没让她叫大哥。他代替了她父亲的职责,她又享受到了父亲在时的温暖,她也知道了山丁叔名字的来历。

山丁是东北山上长的一种果树。果子像黄豆粒那么大,生时是绿的,又酸又涩,熟了红得像玻璃珠子,又面又甜。叔叔出生时正是家里一棵大山丁子树挂满红玻璃珠子的时候,叔叔的妈妈没奶,是用山丁子果和玉米面把叔叔喂活的,所以叔叔叫黄山丁,家里有父母和哥哥,其他什么人也没有……

红玻璃珠子似的山丁子果和山丁子叔家乡比《白毛女》电影里还大的雪,以及山丁子叔慈爱的心满满地占据了金橘无瑕的心。

山丁子叔的伤一天天好转,金橘的心却越来越不安:"山丁子叔可别走哇,我离不了山丁子叔!"

黄山丁也开始吃不好睡不着了。伤口虽然愈合,脚却无法治好了,从腰部往下,半个身子完全瘫痪,不能走,不能坐,大小便都得人侍候。继续行军打仗是不可能了,连能否在部队待下去都是个事。还有这个金橘,走了以后她怎么办呢?他发觉自己已经不知从什么时候起无时无刻不在惦记着她了。有时她一天不来,他就像丢了东西。也不知怎的,他不愿管她叫小橘子了,而且想和她说说话时也变得拙嘴笨腮的。他恼火自己,三十五岁的人怎竟在十六岁的小姑娘面前这样。有一次金橘来给他念书听,他翻身的时候不慎把军衣两个胸扣揪掉了。他坐起来让金橘给钉。金橘用双线钉完一个扣子,正要用牙咬断线的时候,黄山丁突然紧张得支持不住躺倒了。金橘正弯着腰,一条双线是可以把她就势拽倒的,她冷不防被拽倒在叔叔胸上。

黄山丁的心一阵急跳。当兵前他是木匠,身体壮得像牛,两条胳膊有劲得很,邻居家的姑娘曾偷偷和他拥抱过一回。那回他浑身都在发抖,差点晕过去(后来那姑娘被地主的少爷强娶去做了偏房,他再也没看见她)。而这次,人都倒在胸上了,他只是心突突急跳了一阵就平静了,身体却无动于衷。他不由自主流出了眼泪:完了,整个下肢实实在在瘫痪了,麻痹了,自己已经不是一个真正的男人啦!

金橘见他流了泪,以为是针扎的,忙心疼地用手抚了抚他的胸,不慌不忙,完全像孩子对待长辈。黄山丁说眼里掉进灰土磨的,不要紧,她才又给他缝另一个扣子。他心上的伤口却长久地疼痛着难以缝合。

医院终于通知黄山丁,治疗已经结束,定为特等残废,马上就得回到家乡的残废军人休养院去生活。他不想告诉金橘偷偷地走掉,但金橘已经从别人那里知道了,她收拾好了包裹非要和他一起走,邻居那男孩的父亲答应收养她,她还是要跟黄山丁去。黄山丁既怕金橘跟去,又怕金橘离开他,他不忍心拖累她。但当她愈是坚决表示要跟他去的时候,他心里反倒越舒坦。他真不明白为什么自己的感情竟不能服从自己的理智。他如实向部队做了汇报,得到的指示是,除了妻子,什么人也不能带。他既高兴又难过地把这指示如实告诉了金橘。

金橘咬了一阵嘴唇忽然说:"那我就给你当妻子!"她唯恐他没听清又重复了一遍。

黄山丁感动得哭了:"大橘,我只能做你的叔叔,不……不能做丈夫!"

"为什么不能?"

"你问问医院吧,真不能!"

医生和院领导都再三向金橘解释:"法律上有规定,他这样的人不能结婚!"

"什么破法律,跟他结婚犯法?"

"不是犯法,他不行,长大你就懂了!"

金橘不懂什么叫不行,她以为能和黄山丁在一起吃、住就是结婚,结了婚就可以跟他走,就可以永远照顾他。可是,相差十九岁呀,又残废到这种程度,不管怎么说,部队也没同意她跟黄山丁走。她哭着跟黄山丁说:"不让我跟你去,我就上吊死!"她说得比铁石坚硬,看样不带她必死无疑。他心软了,只好写明乘车路线叫她先走。

金橘先走了,黄山丁老是忐忑不安。他既盼能在约定地点见到她,又希望她走丢算了,走丢就能自己再找回家,让小男孩的父亲收养,免得将来不可避免地要出现的那种后果。最后他听天由命了:如果她顺利到达约会地点,就带上她,一辈子带着,走到天涯海角也带着,将来真做她的丈夫。

两人真在约定地点相遇了。"这是天意,认可了吧!"共产党员黄山丁当兵前毕竟是个农村木匠,当他没有了主意的时候,是会听天由命的。

一下火车，迎接南国金橘的正是一场漫天大雪。房子、树木、山岭、田野、天地全被雪遮盖了。她抓起雪来吞吃，捧起雪来擦脸，又跑着在雪地上踩脚印，不一会儿便冻得手僵脸紫、瑟瑟发抖。夜里风雪也嗥嗥地叫，吓得她睡不着。她这才想，原来，并不像电影里那么可爱呀！

黄山丁怕她想念家乡，特意求人弄来一串煮熟、晒干，贮存到冬天的山丁子给她吃。她一咬，啥味没有："啥破'玻璃珠子'，比橘子差多了！""等到秋天你再吃鲜的，那时候山丁子比橘子甜！"黄山丁这样安慰她。

听说金橘是硬跟来要给黄山丁做媳妇的，一二百残废军人羡慕得不行："老黄真有两下子，千里迢迢领回个橘子媳妇！"金橘的耳畔整天都是亲切的橘子长橘子短的说笑声。也许是总也吃不到橘子的缘故吧，慢慢地，金橘也说东北的山丁子甜了，于是，黄山丁正式不让金橘叫他叔叔。他也既不叫她金橘，也不叫她大橘了，总是"哎""哎"地称呼她，因为家乡的男人都这么叫自己的媳妇哇……

三

黄山丁摇着小车在镇郊转到天黑才回家，没进门就冲着出来开门的金橘生硬地说："还有饭没有？"如果金橘说声有凉的，他也会把车一摇掉头又走的。可她往屋里推着他的车，甜甜地说："在锅里热着呢，上哪儿去了，叫人这一阵好找！"

四十五岁的金橘看上去只有四十岁，在六十四岁的丈夫面前就显得更加年轻。她像往常一样把丈夫背上炕，赶忙端上来热酒，咸鸭蛋和几只红鲜鲜的大螃蟹。

黄山丁中午就没吃几口饭，早饿了，在路上买了两根黄瓜吃也没顶事，要是平常他进屋就会狼吞虎咽吃起来的，这会儿看着那螃蟹却好像乌龟，一点食欲也没有。抓起一只螃蟹狠狠一掰，好好的他却说坏了："一肚子坏下水！"无辜的螃蟹啪地落在地上。他空嘴一口喝干了一大杯酒，接着又喝干了一杯。

金橘紧忙端上一杯热茶："空嘴会喝坏了身子！"她又把鸭蛋给丈夫放进碗里。

"有事就快去吧，别叫人家等急了！"黄山丁弦外有音地说着，又喝了一口酒。

金橘紧张得咬住嘴唇不知该说什么好了。

黄山丁突然"哎哟"了一声，那表情，那声音，那动作，金橘一眼就看出来了，他下午一定又吃了生东西，拉开了痢疾。金橘来抱丈夫，她要背他上厕所。他想说让她走开，可没说出来。不能说呀，没有她背她抱，他就上不了厕所，只有便在裤子里。他已经便在裤子里了。金橘给他解开裤带，给他擦着裤子，体贴、温柔，毫无怨色。

二十多年来，多少回、多少次了？

酒在黄山丁胸中烧着，浑身火热。他听凭金橘母亲一样温存地摆布。金橘啊，金橘……

"哥，道那边部队医院招女兵啦！也是护理员，条件很松！"穿花衣裳的金橘乐颠颠跑到黄山丁床前报喜讯。

荣军休养院有几个女护理员已经到部队医院报名了。金橘看残废军人在荣军院里衣、食、住、行方方面面都有人照顾，就不为黄山丁生活犯愁了。她没有工作，到对院当个解放军护理员，穿军装，每天还能看到哥哥，多好啊！

"是吗？你也想去？"黄山丁虽然脸上带着笑，但那笑多不自然，嘴角都抽动了好几下，知心人通过这点点迹象就可以猜到内心啦。他担心她当了兵会慢慢忘记他。

金橘忙收了笑。她敏感地觉察到哥哥难过了，立即改变了主意："哥，我不想去，我是想在荣军院报名当护理员。有几个护理员到对院当兵去了，正缺人！"

黄山丁这才真实地笑了："随你便，愿意当兵也行，怎么都行！"其实金橘真要说当兵，他也会笑着这样说的，只不过笑得牵强，笑得难过罢了。心灵上的一念之差啊，有时会使人改变命运。

"不，我就在荣军院当护理员，一步也不离开你！"

金橘真的在荣军院当了护理员，整天为黄山丁和那些不能自理的残废军人工作着。

不久，金橘正式打报告和黄山丁结婚了。三十六岁的黄山丁幸福得哭了：如果不参加革命，就是不残废也说不准能不能娶上媳妇（哥就没有媳妇哇），现在却有媳妇了，全院残废军人只我有了媳妇！

残废军人的婚礼简单、热闹而又奇特。凡是来贺喜的都带爆竹（大概因为多年没捞着放枪，想用放爆竹来过枪瘾吧），双响子、小洋炸，成挂的、成捆的，堆了好大一堆，然后又由老院长分给大家去放。真赶上打一次大战斗了，乒乒乓乓那个响啊，硝烟味弥漫到晚上也不散。爆竹纸落得到处都是，收发室的老头一直扫到月亮出来还没扫净。

月亮像个想要闹洞房而又来晚了的淘气娃娃，从白果树后面探头，往半夜了还不熄灯的洞房里瞧。月亮瞧见了什么？瞧见黄山丁在拉痢疾——阿米巴痢疾早就和他为伴了，老黄一时高兴吃了几根冰棍，晚上没等上床就拉开了，白脓红血，一会儿一次。金橘擦呀，洗呀，忙活了一宿。第二天两人都明显瘦了。

荣军们乘着新婚可以开开玩笑的机会逗金橘："小橘子怎么搞的，一宿就把我们山丁子树折腾病啦？！"

金橘笑一笑，没法回答。谁也不知道，她根本没懂结婚是怎么回事。

看黄山丁和金橘两个人生活得那样和睦，院党委便开大会号召残废军人互相帮忙保媒拉线，介绍成三个以上的给记功授奖。仅仅两年，有生育能力的残废军人都成了家，接着便是生儿的生儿、养女的养女。可是五六年过去了，最先结婚的黄山丁和金橘还既无儿也无女。人们这才知道，金橘嫁的是没有夫妻生活能力的丈夫。但是也怪，今天这家吵嘴，明天那家打仗，唯独金橘和黄山丁家总是太太平平。老黄省吃俭用给金橘买好铺的、好盖的、好吃的、好穿的，而金橘总是舍不得吃、舍不得穿、舍不得铺、舍不得盖，省下来给老黄用。东北的橘子比广东贵十倍，她也要遇见就给丈夫买一兜。她待丈夫好，工作也出色，年年被评为模范妻子、模范护理员，还入了党，得的奖状快和老黄一样多了。

议论慢慢也出来了："金橘越来越出息，可还是个'广柑（干）'，再干两年还不得跑哇？"这话黄山丁不可能听不见，也不可能不寻思。

第六年，金橘忽然提出要回家乡去看看她的姨。黄山丁真担心金橘会不会乘机跑了："想你姨就叫她上这儿来吧？咱们出路费，来这保管好酒好菜招待她！"

金橘见老黄不高兴，就既没回去，也没叫她姨来。这年夏天，黄山丁患肝炎到市里去住院，因为传染病医院不准许家属陪护，赶这空儿，金橘才偷着回老家看了看她的姨。

老黄治好肝炎回家一看，家里多了个刚会说话的小女孩，那小女孩举着个大橘子管他叫爸爸，叫得他心里哆哆嗦嗦的。原来金橘把姨家的小孙女给要来了。金橘天天拿着黄山丁的大照片训练小女孩叫爸。

小女孩在他俩家里爸一声妈一声地叫个不停，叫得黄山丁心一抖一抖的，眼泪噼里啪啦地掉。他放心了，金橘不会跑的。

四

黄山丁感到没脸到小工厂上班，也不好意思到院里去溜达。他借着拉痢疾想在家躺几天。可是，越躺越憋闷，病越多。

唉，金橘啊，金橘……

院里缺个理发员，谁也不愿干，领导动员金橘。金橘一问老黄同意，就干起来。她认识的人越来越多。黄山丁的小车从理发室的窗前经过时，常常听见里面传出男女混合的笑声，又一块阴云飘上了他的心头：规矩的女人哪能老跟别的男人笑呢？

偏偏金橘回到家里又笑不起来了——侍候老黄又加上侍候孩子，收拾屋子，做饭，洗洗涮涮，哪有闲工夫大笑哇！

"哎，我说，咱们是模范家庭，又都是党员，啥事多注点意，别叫人说出闲话！"老黄提醒老婆。

"说闲话那不是犯自由主义嘛，倒是说闲话的人应该注意嘛！"

可也是，啥时候笑成了过错呢？自己在车间不是常笑吗？全院都说自己不笑不说话呀！不，话不能这么说，她是女人，有丈夫的女人，老跟别人，尤其和那些同她年龄相仿的男人说说笑笑，那不是好现象——老黄常常矛盾地想。

虽然金橘笑声少多了，一不在眼前，老黄总觉得她还在笑，而且笑得那么好听，那么招人，甚至像故意往好听里笑的。所以下了班一旦金橘没按时回来，黄山丁就觉得时间格外地长。"文化大革命"正乱那年，老黄的父母写信要看看儿媳妇啥模样。当时武斗正紧，老黄行动又不便，金橘就自己带上孩子见公婆去了。老黄叫她五天回来，她说五天一定回来。

婆婆一见到儿媳妇亲得不行，天天割肉包饺子，五天说什么不让走。第七天太阳没落，老黄雇人找她来了："快回去吧，老黄在家不行了！"金橘回家一看，老黄胡子拉碴，眼窝深陷，竟有了几根白头发。他已经几天几夜没睡觉了，总以为金橘会被武斗打死。金橘赶紧给他煮鸡蛋，等鸡蛋煮熟端上来，他已经呼呼噜噜睡去了，整整睡了一个大白天。金橘这才明白，她已经成了他的灵魂，他的精神支柱，她一刻也不能远离他了。

粉碎"四人帮"后第二年，有一天，黄山丁正在家里听收音机，金橘忽然领回个生人，一个四十来岁、戴眼镜的知识分子。金橘特别兴奋地向老黄介绍，说是院里新调来的卢医生——她的老乡——二十多年前和她一块儿到医院慰问老黄的那个小男孩。黄山丁早就不记得那个小男孩了，想啊想啊，终于从积满厚厚灰尘的记忆仓库的角落里找到了他。一晃都这么大了，要是不知道这一层，老黄在外边见着这么个戴眼镜的人还得敬着点呢!

金橘老乡的到来,使老黄想起了解放金橘家乡的那段难忘岁月。他激动了,叫金橘烫酒炒菜,他要和卢医生喝一喝。老黄的话滔滔不绝,从烧了地主的房子跑出来当兵,讲到怎样赤着脚从东北打到广西,又从广西进了广东,受伤、住院、和金橘相识……酒喝得不少,感情也很融洽,卢医生也讲了自己结婚、"文化大革命"中又离婚、现在仍无儿无女的经历。

"再找一个嘛,你这条件比残废军人不是强百倍吗?农村有的是好姑娘愿意跟,户口也好办!"黄山丁拿自己的理解劝卢医生。

卢医生苦笑着没法回答老黄,他不好意思跟老实巴交的老荣军讲爱情……

黄山丁欢迎卢医生常来家串门,有啥活只管拿家来做,但卢医生总也不来,有时老黄摇着小车去请他,他说有事都推托了。

去年年终授奖大会上,卢医生、黄山丁和金橘都得了先进工作者奖状。黄山丁乐得不容分说把卢医生拽到家又喝了一回酒。

……

昨天,黄山丁过了六十四岁生日,他又把卢医生拽到家,卢医生给老黄买了一兜橘子贺生日,金橘也特别高兴烫了头。三人都从来没有过地愉快,都喝了过量的酒。忽然,来人叫卢医生回院给急性阑尾炎患者做手术。卢医生扔下酒杯急忙走了。不一会儿又有人来找金橘,叫她帮忙做一项手术前的准备工作(手术室负责这项准备工作的护士外出了,只有理发员能做)。这个活金橘可没干过,她不好意思去,就没去。马上又有人送来个纸条:"金橘,急性阑尾炎很危险,请你务必来帮帮我的忙,你是理发员,别人都不会。"是卢医生写的。

少年时的友情具有多么奇妙的威力呀!金橘也没征求老黄的意见就跑去了。做完那项准备工作金橘又留在那儿帮卢医生打下手,她担心卢医生刚喝过酒会晕、会吐、会出事故。

手术做完了,卢医生没晕、没吐,也没出事故,但却汗水淋漓,疲劳不堪。金橘仍担心他会晕、会吐、会出事故,便送他回宿舍。她给他打了洗脚水，给他沏上热茶。当她把茶端给他的时候，他突然晕了，真的晕了。她上前扶他……

老黄的手摇车从来都是无声无息地行走的，就如老黄那沉默寡言、无声无息的性格一样。他摇着车子来找金橘，手术室没有，理发室也没有，他才神差鬼使来到卢医生宿舍。门虚掩着，门缝里漏着灯光，却没有说话声，他扒门缝一瞧。天哪，怕不是眼花了吧，他瞧见自己当木匠时同邻居那个姑娘所发生的事。

他扬起铁钳似的手，险些一拳将门砸开，但是又放下了……

五

躺在家里瞅任何一件东西都会使黄山丁眼前出现那天晚上看到的情景，他老希望是眼花看错了，但那情景总是向他申明，没错，真没错。他苦恼极了，破天荒自己挣扎着爬上了手摇车。他鼓励自己，别抬不起头来，别人也许都不知道。

老黄的手摇车刚经过理发室门口，大院里忽然来了好几百参观的青年人，打洋伞的、穿高跟鞋的、戴太阳帽的，还有花裙子、喇叭裤，五颜六色，把他弄得眼花缭乱。

一伙姑娘看见他竟呼啦一下围上了："老大爷，向您致敬！"

老黄冷冷地看着姑娘们，心里说："哼，穿得花枝招展，洋里洋气，向我致敬？"

姑娘们不会看人脸色行事，仍围着黄山丁问："听说你们休养之余还办了木盒厂，您也在厂里劳动吗？"

"你们是哪儿的？"冷冰冰的话与姑娘的语气正好相反。

"××市家具厂共青团的！"姑娘们七嘴八舌介绍开了，"她是我们厂团支部书记！""她是电刨工，先进生产者！""她是电锯工，模范团员！"……

黄山丁望着她们的洋伞和花裙子心里划魂："刨工？一天能刨多

少料板?"

"老大爷您别见笑,我一天只能刨五立方,太少了。你们厂的刨工呢?"

黄山丁大吃一惊,心想:好家伙,张口就是五立方还说太少,自己费劲巴力,尿管口不知磨破了多少次,一年也就刨五六立方啊!他含混地回答说:"我们是工娱性劳动,干多少算多少,不计数。"

姑娘们马上敬佩地说:"人家这才叫共产主义思想,把劳动当成生活第一需要了!"

黄山丁听不明白什么叫生活第一需要,只觉得这气氛使他尴尬、困窘,热汗顺着白鬓角大颗大颗地淌。

穿花裙子的姑娘把洋伞举到老黄头顶:"老大爷,咋不穿半袖汗衫呀?大热天戴厚布帽子,穿厚布衣服对身体有害!"

一个小伙子上前给老黄扇风,并且为花裙子姑娘溜缝:"老大爷,她是我们厂医院的护士,说的符合医学!"

黄山丁最看不惯小伙子在姑娘面前献殷勤了,气呼呼想走。这时金橘从理发室跑出来,她以为老黄出了什么事。她挤进人圈问老黄:"正病着怎么出来了?"

姑娘们看金橘穿着雪白的大褂,以为她是医护人员,便建议说:"同志,你们应该劝这位大爷别穿这么厚!"

金橘脸刷地红了:"……嗯……啊……"她要推老黄回家,老黄说不用,自己摇车往小山后面躲清静去了。金橘也怕姑娘们再问别的,急忙回到理发室。

老黄摇车来到小山后一棵大白果树下,摘掉帽子,脱下外衣,顿觉像从蒸笼里钻出,清爽透了。他闭眼仰靠在车背上,想让乱糟糟的脑子歇息一下。

哒嗒……哗啦……哒嗒……哗啦……一阵失目人用竹竿探路的响声和小收音机里《我们的生活充满阳光》的歌声同时传过来。黄山丁睁眼一看,啊,老吴太太!

要在以往,黄山丁一定老远就喊:"老吴太太,这儿凉快!"老吴太太也一定会马上循声过来，两人有滋有味地从蝈蝈唠到长虫，再从长虫唠到白果树上的鸟儿，然后又转到《南征北战》电影里的张军长身上……他们总能自然而然地唠到一块儿去，比跟金橘唠嗑融洽、和谐多了。这时黄山丁却屏住呼吸躲着老吴太太，因为此时除了金橘的事他什么也不想说，而和老吴太太谈金橘的事不大合适。

哒嗒……哗啦……哒嗒……哗啦……双目失明的老吴太太偏偏朝黄山丁这里走来。黄山丁心跳得快要从嗓子眼蹦出来了。好险，老吴太太的竹竿差一根草叶那么宽就扫着老黄的车轱辘了。老吴太太轻松地从老黄身边照直走过去，老黄松了口气，汗水又湿淋淋淌了满脸。

哒嗒……哗啦……哒嗒……哗啦……老吴太太用竹竿探路声紧紧把黄山丁的心攫住了，想摆脱也摆脱不了。

老吴太太是在朝鲜战场被地雷炸瞎炸崩失去夫妻生活能力的。残废后她怕连累结婚不久的丈夫，回国后自己偷着给法院写了离婚申请书，离婚了，一直在残废军人休养院过集体生活，年年也都是模范。她一身轻松，无忧无虑，乐观而又坚强……

哒嗒……哗啦……哒嗒……哗啦……这响声快要消逝的时候，黄山丁忽然不由自主地摇动小车追老吴太太去了。

黄昏来临，夕阳一片火红。

写于1982年6月丹东五龙背
原刊于1984年10月号《鸭绿江》

我啊，我

一

我又提回了两壶开水，满满的。我不像老同志们那样，总好一杯接一杯地喝水，但却总是一壶接一壶地打水。不是天生有这个嗜好，你想想，全室十几个人，有的军龄等于我的年龄，有的党龄等于我的年龄，还有的干龄等于我的年龄。而他们的年龄不是比我父亲大，就是和我父亲差不多。工资不是比我高一倍，就是比我父亲高一倍。如果还像以前，不犯错误就按年头晋升军衔的话，怕有的已授少将了。他们常常羡慕地对我说："你们这一代真幸福啊，我们那阵……"享受着令人羡慕的幸福，打打开水那不是应该而又应该了嘛！所以每当谁把暖壶拿起来，壶身倾斜到45°角才勉强倒满时，我便赶忙去打。

机关统一组织学习，全室十几个人都来了，一人泡一杯茶差不多就得两壶水。我提着两壶水刚一进屋，好几个人就一边拧着水杯盖一边夸奖说："咱们小宫就跟有些年轻人不一样，年终评先进时，这得算一条！"随着滚开的水倒入绿莹莹的茶水里的噗噗声，我的心里也不自觉地跟着翻滚上一阵，但却说不上翻滚出来的是啥滋味。我的确和有些年轻人不一样，本来全室数我最年轻，可常常有人跟我开玩笑："也不知你是哪年参加革命的，光看头发，数你资格最老了，看白得!"

我也学会了自我解嘲,说:"不会白瞎白呗,都和母亲同龄了(新中国成立那年生的),才白了三分之一,白得很不够哇!"

也许是听出了我这话里含了淡淡的苦味,老同志就安慰我了:"小宫那是少白头嘛,何况是又黑又白。不信你看,没白的比我们的可黑多了,像你们老家黑龙江的土一样,油黑油黑的。我们的虽然没白,可是有点发灰哟!"这样一说,我心中那点淡淡的苦味便像冲了四五遍的茶一样,淡而又淡了。

讨论时不许干别的。他们品茶,我只好品味品味他们的话。少白头?古人不是说三十而立吗?三十二了,还少白头?"莫等闲白了少年头……"虽然算少年不大恰当,但算不算等闲呢?领导和同志们不总是说"小宫跟有些青年不一样"吗?还作为青年代表参加过一次全国性的大会……白是白了,也不算太等闲……吧?

噗哒!一大撂子报纸杂志落到我的办公桌上。我靠门最近,暖壶、电话都在我的桌上,公务员理所当然就往我桌子扔嘛。《中国青年》《青春》《青年作家》《人民文学》……都是我最爱看,每天都盼着快点来的杂志,我心里痒痒地把它们往桌角推了推。学习时闲扯一阵没人说什么,看看书可不行。等着休息吧!

室主任看着报刊,又看了看手表,说:"这阵讨论得不错,提前休息一会儿!"还没等我伸手,杂志已被抓光了,我只拿到一张《解放军报》。主任忽然举着一封从报纸里抖出来的信说:"中华人民共和国司法部?嗬,司法部还有熟人!"

"谁和司法部有熟人?以后再有冤假错案走个后门可有扑头了!"

祖辈都是农民,只有父亲当过中学教师,也退休了,有冤假错案也不至于惊动中华人民共和国司法部,所以我也不关心谁在司法部有熟人,一心翻着报纸。

"给,老实巴交的怪能保密,和司法部还有联系!"随着这话,一封印着中华人民共和国司法部字样的信落在我手中。信封上清清楚楚地写着我收。我不禁一怔,什么事把我牵扯到司法部去了?想了一会儿，断然自己绝没做过什么值得司法部纠缠的错事，才把信撕开了。我急忙先看落款，啊？是她！站在身边的主任已看见了这个名字，感兴趣地问："女的？这么洋气的名字！怎么认识的？"

我被问窘了，支吾了一下，冷不丁被我的姓所启发，灵机一动说："我叔叔的女儿，新调了工作单位！"说完心还突突地跳，脸也红了。我故作镇静把信装入衣兜，等又去打开水的时候在水房里慌忙看了一遍。回来后，大家都讨论了些什么，我一点也不知道了。我在一句一句想着信中的话。

二

"小宫同志：你好！接到这封信你一定很奇怪吧？我是宫丽莎，还记得吧？去年国际俱乐部联欢会，一别已是半年多了……"

啊，是的，记得，记得的。

去年秋天，我去北京参加代表大会期间，正赶上全国青联举办一次联欢晚会，邀请与会青年代表参加。整个大会几千名代表，青年人不多。平时就总跟老同志在一起，开个会还是和老同志在一起，我可真是个从未年轻过的青年人。好容易遇上青年人联欢的机会，去！

和领导请假的时候，慈祥的老人戴上花镜把我的请柬细细看了一遍："联欢会有什么意思，这么好的京剧不看，喊，年轻人！"见我脸上现出了近于央求的表情，才无可奈何地说，"那你把看京剧要车的事再交代个人，你那张京剧票也留下，黑市上几块钱一张呢！"

我紧紧张张赶到国际俱乐部时，几百名青年男女自由的谈笑声像春天的甘霖在东飘西洒，像夏日的海潮在澎湃喧哗。我仿佛一个久病初愈的老人第一次走进春光明媚的海滨浴场，真想纵身投到清新的海水里畅游一番，焕发焕发青春的活力。但这气氛对我太陌生了，冷不丁无论如何也适应不了。我想找个年龄和我差不多的军人一块儿坐坐，而全场寥寥几个军人都不大年轻了。当我在无数交叉扫射的陌生眼光中慌忙找个位置坐下时，麦克风里响起了诗一般的祝词："……祖国的春天真正地到来了。青年人是春天的花朵，愿青年朋友们在春天里为祖国怒放出浓郁的芳香吧！祝大家尽情地交谈，欢舞……"

乐队忽然奏起了舞曲，节奏逐渐加快，一双双舞伴像小小旋风一样跳起来，四周的座位几乎都空了。我像到了异国他乡，既振奋又新奇。虽然我不可能投入这欢快的激流，却如饥似渴地想了解它。我真盼望能长出十双眼睛来，把所有细节都看清，都记住，甚至都能理解。可是除了新奇之外，却无法理解。我掏出本来，急速地记录着舞场的情景和我的心情。记着，记着，乐声停了，跳舞的人们像刚从最美好的地方归来一样，脸上洋溢着欢笑，纷纷回到座位上又开始交谈。有两位青年女同志坐到我身边，看了看我，见我什么反应也没有，俩人便自己说起来。跳舞时我已看见她俩了，一高一矮，打扮一"中"一"西"。全场只有她们这一对是女同志和女同志同跳。她俩在说："跳得真别扭，把我脚都踩疼了！""叫你跳男舞步，你也得把我踩疼的！"

舞乐又奏起来了，人们又成双结对踊跃奔向舞池。一"中"一"西"打扮的两位女同志向身边看了看，又一同走向舞池。这回我才注意到，她俩跳得确实有点别扭。我还发现，有的男同志同跳也有点别扭，而所有男女同跳的却都很和谐欢快。我边记边琢磨跳舞人会是怎样的心情。舞乐又停歇时，那两位女同志又坐到我身边。其中个头稍矮、年龄稍大、中式圆脸的忽然说："同志，您是来执行任务的呀？"我发觉是和我说话，马上停了笔，慌忙说："呃，不，我是来看热闹的，记点速记。""画呀还是写呀？""啊，我不会画！""那么你是写啦？"

我点着头，却不知和她说些什么才妥当。和女同志该说些什么呢？在她跟我说话的时候，她那个年龄稍小、个头稍大、西式长发很漂亮的同伴和一个四十多岁的秃顶男子在说话，舞曲再次奏起来时，她便和那男子一同跳起来。中式圆脸看看我，见我只是不解地望望她，她便坐着没动，座位上只剩下我俩了。待了一会儿，她问我：

"你是大会代表吧?"我点点头,也问她:"你也是吧?"

原来她是被邀请来和代表们联欢的。我特别想了解这些陌生而又和我年龄差不多的青年人,便试探着问:"你是文艺工作者?""不,我正在家里等待工作!"

"那你是怎么被邀请来的呢?""我爱人得到两张邀请票,因为有事,我就和一个女朋友来啦!"

看不出她已经做了妻子。"听说北京的舞会很多,你们常参加吗?""家里老人不让。中央领导说可以集体组织舞会以后,才有机会参加了几次。"

"你家老人在……是做什么工作的?"

"我们和公公在一起,他在国务院一个部里工作。"

公公在国务院的一个部里工作,她怎么会没有工作呢?"你公公在部里做什么?""顾问,身体也不好,在家休息!"

国务院一个部顾问的儿媳妇,一点高干子女那种目空一切的架势也没有,这使我惊奇之外又有了好感。我又查户口似的问:"那你的父母做什么工作?""都在大学里教外语。"

"那你怎么不像你的同伴也穿戴得'洋'一点呢?"

她非常有礼貌地笑了:"我是中国人,为什么要'洋一点'呢?当然我不反对别人'洋一点'!"接着,她又不解地问我,"你们军人对参加舞会的人很有想法吧?""不,不,没有什么想法!"

舞曲间歇过一次又奏起来。她问我:"没想法你为什么不跳呢?"我解释说不会跳,她打量我一番:"你的身材和年龄正应该要跳哇。"

这时那个和她的女伴跳过的秃顶男子走到她跟前,很有礼貌地点点头:"同志,您跳吗?"

看样子她不大情愿,但还是礼貌地点点头,又对我说了声:"您坐!"就跟那男子跳去了。

"同志,您没带舞伴吧?"一个小伙子走过来跟我说话。我不知怎么叫带舞伴,连忙说:"不,我是来看热闹的!"他在我身边坐下了,友好地和我唠嗑。他是电视台的灯光照明工,来录今晚的电视新闻。

听口音是我们家乡的,加上他的友好,便产生了对他的信任。我无顾虑地向他打听舞会的规矩,这才知道,一般都是自己带舞伴,这样跳起来顺当。没带舞伴的,一般都是男的邀请女的,没有女的邀请男的。出于礼貌,一般被邀请的都不会拒绝。我忽然想到,那两位总坐在我身边的女同志大概是想让我邀请她们跳舞。如果我会的话,当时那种气氛真可能邀她们的,我竟有点可惜自己不会了。我非常感兴趣地问:"一场接一场地跳,脸上都出汗了,不累吗?"小伙子兴奋地向我做宣传员工作:"不能说一点不累,过后才能感到有一点,当时只是愉快,非常愉快,对脑力劳动的人是一种最好的休息!看来你想跳?来吧,我陪你!"说着他就要拉我上场。我干啥事也没有想干就干的勇气,竟连忙推辞说:"谢谢您,真的谢谢您,我不会!""我教你,一学就会!"尽管他十分热情,我还是没敢上。

舞曲第四次间歇了,那两位女同志又回到我旁边坐下,兴奋而愉快的情绪也感染着我。电视台的小伙子对中式圆脸说:"解放军同志不会,你们也不带带他?我有工作,你们带带他!"小伙子并不认识她俩,却命令式地叫她们带我,而她们也不反感,这友好的气氛强烈地诱惑着我。中式圆脸说她刚学会,还当不了师傅,便用眼光把我推给那位西式长发。西式长发友好地对我说:"我水平也不高,但当个启蒙教师还凑合。来吧,我带你!"

我慌了,连连推托说有任务。尽管三个人好意劝了半天,我还是没同意。舞曲又起时,西式长发被别人约去了。也许因为中式圆脸正在跟我说话,别人误会我们是舞伴,便没人约她,座位上就又只剩我们俩了。电视台的小伙子没事做,见我拘束地干坐着,不容分说,硬把我拉到舞场边上教起来了。我怕别别扭扭更引人注目,只好悄悄跟他学起来。那动作的笨拙程度是可想而知的,但毕竟是进场跳了,心情和感觉像忽然产生了飞跃一样,认真了。

舞会结束后,大家都在欢乐的气氛中签名留念,握手道别。我也和电视台的小伙子互留了姓名和通信地址。这时中式圆脸跑过来拿着小本子说:"严肃的大兵同志,签名留个纪念吧!"我竟欣然给她留了名字和通信地址，并也叫她给我留了姓名和地址。她写了通信地址后又写了电话号码，并十分热情地说："欢迎你到我家去玩啊！"

她就是宫丽莎。

三

"小宫同志，你还记得我的女儿吗？那次你去我家时，她还是个在竹车里乱爬的小婴儿，现在已会自如地行走，做许多小动作，并会叫爸爸和妈妈了。也许等你再有机会来北京时，她会叫你叔叔了……"

啊，她的小女儿，记得，记得的。

参加联欢晚会后第三天，大会休息。老同志们都去串亲访友，我没有一个亲友在北京，便想到了宫丽莎。她不是热情地说过欢迎我去她家玩吗？可马上我又想，到一个在舞会上认识的女同志家去，领导和同志们会有想法的。再说，她可信吗？那么高级的干部的儿媳会如此平等待人？会不会骗人呢？现在的骗子可是很多！犹豫再三，我决定先打电话试试，如果电话号码是真的，就鼓起勇气去一次，一定撂下电话就去，不然一犹豫决心又没了。

我像在雷区行走一样，心情紧张地拨通了电话，真的是宫丽莎家。她告诉我去她家怎么走，而且又很诚恳地表示了欢迎。放下电话我就去了。拐弯抹角，在一片幽静的住宅区找到门牌号。我在门边找了好一会儿，才发现一个很旧的电铃按钮。我的手伸出去快要拉近按钮了，忽然又缩回来。她是真的欢迎我吗？她家里人呢？尤其是她丈夫……我的手来回伸缩了几次，后来还是抖抖地按了上去，很快就放开了。等了半天没人出来，我又忐忑不安地按了一次。这次时间挺长。还是没人出来。刚刚打过电话怎么会没人呢？宫丽莎说了谎？我又按了一阵，仍没人。我受了欺侮一样气愤而又颓唐地转身要走，门却开了。可那人见我声也没吱出门就走。我叫住他一打听，原来大院里有好几个小院，每个小院一家。大院的电铃是"文化大革命"前的，那时有人看门，现在是已不用了。我这才重又鼓起勇气走进大门，找到宫丽莎家那个小院。中国古式的院落和小楼，朱漆大门，绿尖顶红圆柱凉亭，还有不大的假山，假山旁边是好大一架葡萄。在屋门边没找到电铃，我便用手敲那红漆木格门，门又厚又硬，手都敲疼了，里边也没动静，只好硬着头皮惴惴地推门自入了。

大客厅的一角有位老人拄着手杖在会客。我在报纸上见过他的照片，确实是某个部的顾问，宫丽莎一点也没有说谎。我敬礼说明来意，他和蔼地点头，用手指指楼上，示意我可以上去。宫丽莎已跑过来了，接过我胳膊上的大衣，给我向她公爹做了介绍，然后领我到楼上她的住室。

我第一眼就看见一个小孩子在竹车里爬着"呀呀"直叫。想不到宫丽莎已是个母亲了。她给我泡茶，拿糖，削苹果，又边哄着她的女儿边和我谈天。她在舞会上说的所有话都已证明属实，我心里踏实了，边说话边看屋里的摆设。玻璃橱柜里装着不少古玩，墙上挂一柄古剑，这些古董都是她丈夫的。我知道了她和她丈夫的经历，我们年龄差不多，学历一样，只是经历不同。真该感谢她，萍水相逢，她竟能直率地向一个陌生人细述自己的身世，我常常感受到了莫大的信任，我也希望自己能像她那样开朗、大方、直率、坦白而又诚实、勇敢。

我想问她是怎样学会跳舞的，保姆忽然在外面喊她："丽莎，你的电话！"

四

"小宫同志，你还记得张文静吗？自去年一别也未见你来信，我和文静还常提及你。"

记得。怎么会不记得呢？最让人琢磨不透的就是她，因而最忘不了的也是她。

那天，宫丽莎接完电话，高兴地对我说："文静听说你在我家，她让我给你带好呢！就是和我一起去跳舞那个姑娘，她叫张文静。"我们的谈话自然就转到张文静身上。是一个偶然的机会，张文静的弟弟认识了宫丽莎的丈夫，他教会了他跳舞。丽莎也想学跳舞，张文静的弟弟便把张文静介绍给她。她把张文静请到家来教她跳舞，闲时常找她去看电影，听音乐会，俩人成了好朋友。张文静是工人，已经二十七岁了，也不谈恋爱，我非常奇怪，二十七岁的姑娘不谈恋爱为什么打扮得那么漂亮，还跳舞。

宫丽莎说她有好几个同班同学跟随亲戚到国外当华侨去了，都已结了婚，男人也是海外华侨。那几个同学常给她寄点衣物和小东西，她挺喜欢，因而也总想找机会出国去看看。丽莎看出我对文静有些不信任就解释说："各人有各人的爱好，她爱美爱跳舞又没影响别人什么，想出国去看看有什么不好？当年周总理他们不都出过国吗？难道你不想到外国去看看？"不管她怎么说，我就是不理解。我又像领导考干似的问："文静在单位表现怎么样？""在全厂青年工人里她技术最熟练，每月都超额完成任务！"

"群众关系呢？""和大家都不错，就是有些小伙子嫌她不谈恋爱，背地里就风言风语！"

"那她是什么家庭出身？""父母都是工人，连弟弟都是工人。"

工人怎么老想出国呢？工人怎么老想结交干部子女呢？工人还穿戴得洋里洋气，是个可信的工人吗？我终是不解，连对丽莎也不解地问："你很信任文静，也很愿意跟她在一起吗？"

宫丽莎说跟文静在一起觉着年轻、愉快。我又想起那天晚上的情景，文静说"我水平也不高，但当个启蒙教师还凑合"时，我虽然没让她带，但她生动活泼的音容笑貌不也使我感到愉快吗？我常常牢骚和老年人在一起不愉快呀！我忽然说："再见着文静时，也替我向她带个好！"

……

五

"……文静可能在5月中旬出差去你那里，她让我给你写封信打个招呼，到时候好去找你，有什么困难帮她个忙。你在北京需带什么东西快点来信，她好给你捎去。"

文静要来？还要来找我？千里迢迢来我们这儿出差，人生地生，找找我也是可以理解的。可她那么年轻，那么漂亮，那么洋气，到部队机关来找我，我的脊背不叫人指破了才怪呢！该怎么办呢？把信交给领导谈谈，看领导会表示什么态度？不行，一看这信，领导就会批评我不该在外边私自认识女同志的，即使不直接批评，心里也会这样想的。那么跟谁商量一下呢？我们室还有一个比我大几岁的知心朋友，我把信给他看了。他深思熟虑之后说："她想出国，又结交××部顾问的儿媳妇，现在又来找你，会不会是女特务哇？"他这一谈把我吓了一跳。我也深思熟虑了一番，说："特务肯定不可能。就是我见不见她呢？""要不是特务，见一见也没啥，领导要说什么我可以给你作证。不过，你还得跟你爱人说一说吧？"

以前我已跟爱人说过认识她们的经过了，她说她们浪漫。这回竟来信要找我，爱人会怎么说呢？

爱人看完信，脸上毫无表情地说："当然要见了，你陪她逛逛公园，看看电影，还可以跳个舞什么的，那有多愉快呀！"

这话的味道分明是酸的，我还怎么说别的呢？虽然我什么非分之想也没有，无论如何是不能见了。

六

"小宫同志，我已到司法部上班了，回信寄家里和司法部都可以。"

这信可怎么回呢？怎么回都不好说，但又不能不回。先用沉默来避一下吧！

5月中旬过了，我们的学习也结束了。如果文静真来的话，也该回去了。我这才给宫丽莎回信说："……我出差了，5月下旬才看到你的信，不知文静来了没有，也没听人说她来找我……"我把信投进信箱时还不安地想，文静究竟是个什么人呢？丽莎不会是受了她的骗吧？

四天后，我又提着满满两壶水走进办公室的时候，忽然发现才送来的报刊堆里有我的一封信，是宫丽莎来的。只我自己，急忙当即撕开了："……你好！来信收到。给你去信后未见回信，文静去后人生地不熟，未能去找你，实在遗憾。听文静讲，你们那里风沙很大，她无一个熟人，累加气候不适，差点病倒，办完事一天也没多待就回北京了。从信中得知你经常下部队，工作积极性很高。我上班后业务都得重新学起，工作很吃力，但我有决心向你学习，把工作搞好……"

宫丽莎一句句诚恳的话却像一根根芒刺扎着我的心。我没敢再想她是否会受了文静的骗，因为她已受了我的骗了。我不知该怎么再给她回信。她的信在我手里翻了一遍又一遍，还是提不起笔来。

唉，我啊，我！

原刊于1984年4月号《莽原》丛刊

我家属

家属这个词儿,在部队是专指"老婆"、"媳妇"、"爱人"、"堂客"或"屋里的"等等,连父母、儿女都不包括。

一

"八一"节这天早上,我家属突然带着孩子到部队来了。虽然从对象到当家属她这是头一回来,但我探家回来才几天呀,等几个月来嘛,叫人说恋老婆多不好。一见面我就不高兴地说:"也不打个招呼,说来就来!"我家属忙解释说:"出差路过这儿,顺道给你捎点东西,明天就走还不行吗?"我还是不大高兴,向来看望我家属的同志们介绍时总是这样说:"我家属出差路过这儿,明天就走!"我家属却没在乎这个,仍然很热情地招待我介绍的每个人。如果我介绍的是位领导,她就恭恭敬敬行个礼,泡杯茶。如果我介绍的是和我差不多年纪的干部,她就大大方方和人家握握手,点支烟。如果我介绍的是战士,她就热情地让个座,抓把瓜子或拿块糖。

看着我家属这些温顺得体的举动,我得意起来,一会儿对这个老兵说:"看你那衣服破得,脱下来让我家属给补补!"一会儿又对那个新兵说:"看你那衣服脏得,脱下来让我家属给洗洗!"我家属就像我手下一个勤务兵似的应和着:"快脱下来吧,'八一'了,穿脏衣服过节像个啥!"我家属越是这样,我越是得意,那得意的表情里分明显露着这样的意思:"怎么样,我这个连长不是草包吧?指挥得了战士,也指挥得动家属!"至于我家属是什么心情,我连想都没想。一个连长,在众人面前看家属脸色行事,那像什么样子?等大家走了,我才正儿八经地打量起我家属来。红扑扑的瓜子脸又文静又秀气,白边眼镜后面的一双大眼睛总是半天才眨一眨。没烫卷也没抹油的短发又整齐又自然,黑亮亮的,很顺眼。一身很干净、很合身的蓝衣服穿在匀称的身上,还利索得像个姑娘。我满意地说:"军人家属就该这样!"

屋里没外人,她倒不听指挥了,绷起脸冲我说:"张口你家属,闭口你家属,就不会说个你爱人?非听你叫声'我爱人'!"

我愣鼻愣眼嘎巴了半天嘴,到底没听她的:"部队就这么个叫法嘛,军长、师长都叫家属,我不这么叫不是特殊了吗?"

"家属,家属,好像是硬赖着嫁给你的附属品,就拿我们不值钱!"因为指挥教训别人惯了,不服从的话哪能受得了,我忽然挖苦她说:"不是我拿你不值钱,人家说我是二分钱买个媳妇呢!"

这句话可说坏了,她流出了眼泪,擦了一会儿,见我仍不说句服软道歉的话,竟伤心地说:"要是嫌弃,待会儿我就走,用不着明天!"说罢一头躺到床上,用被蒙着脸,不再理我。这下把我治傻眼了,想说句赔不是的话一时又放不下架子。等她说句让我下台阶的话她又抻着不说,我索性两眼一闭也躺在床上和她抻起来。

二

那是个带着寒意的春天。我参军后第一次探家了。我的家在东北松花江边的一个小村儿。妈妈早就患了瘫病,长年卧炕不起。爸爸是小学教师,因为对"教育革命"有看法,被人打了小报告,挨整得了精神分裂症，成天在家里骂呀："江是混的，混江，混江，混蛋江！"我离家二年，第一次迈进家门，爸爸竟一点亲热的表示也没有，还是骂，吓得苍蝇飞到他身边都不敢落一落，急忙嘤嘤嘤地飞到妈妈枕边的痰盒子上，老老实实地眯起来。妈妈也不敢大声咳嗽，把憋着的痰悄没声地吐了，哮喘着说："妈下不了炕，你弟弟还没放学，你自个先找点水喝吧，碗架子里还有点红糖！"说着眼泪就簌簌地淌下来。我鼻子一酸，眼泪也涌出来了。妈说："你爸的病，快想法治治吧，骂出事来就完了！"

有一天我打听到了个偏方，赶忙跑到县城去抓药。抓完药我又到百货商店想给妈妈买件衣服。春天了，妈妈还没换单衣呢！女售货员正待搭不理地给一个姑娘拿衣服。那衣服颜色、式样适合中年人穿，那姑娘挑了两件都不满意，女售货员就数数答答教训开了："对社会主义商业不满咋的？社会主义的商店，有毛病的东西能拿出来卖吗？"买衣服那姑娘解释说："大姐，确实有毛病，你看，再给换一件吧！"

"那可先说下，再换一件不行就拉倒！"

还好，又换的这件没大毛病，姑娘便开始掏钱。她把所有的衣兜都掏遍了，还缺二分钱。售货员拿嘲笑的眼光盯着她，她尴尬得脸通红通红的还在翻。售货员看她翻了那半天也翻不出来，撇撇嘴又说了："算了吧，钱不多，挑拣可不少！"说着嗖地就把姑娘挑好的衣服扔回货架上。姑娘想跟她争辩，又觉着少了二分钱理亏，站在那里干生气，下不来台。

我禁不住生出一股正义的冲动，迅速掏出两元钱来，使劲冲售货员一放："给你，不够还有！"

买衣服的姑娘感激得什么似的，但也没说声谢谢，也许觉得此刻的二分钱比二百两黄金要珍贵，光用嘴说声谢谢，未免太轻薄了。售货员悻悻地给她找了钱，她又把找回的钱推给我。还没等我拿，售货员把衣服往柜台一扔，钱呼地被扇到地下。我气愤地拾起钱，说："再给我拿一件，也要这样的！"

"就剩两件挑过的啦，这位女同志说有毛病，不卖了！"

真叫人气愤！手里捏着针鼻儿那么大点权力也要治治人，要不是穿着一身军装，我一定好好跟她吵一顿。考虑到影响，我一甩袖子，走了。

我拿着药，在田野高低不平的小路上蹒跚地走着。春风刮着田埂上的干土，不时迎面扑来。满胸郁闷的情绪使我惆怅地哼起歌儿来："……我的家，在东北松花江上。那里有我的同胞，还有那，衰老的爹娘……"正唱得忧伤，身后响起自行车铃声。回头躲时，见是百货商店遇见的那个姑娘。我俩都很惊奇。她下了车："你上哪儿呀？"

"回家。"

"你家在哪儿呀？"

"江湾村。"

她露出欢喜的样子："我家在江汉村！"

江汉村在江湾村下边，只隔五里，正好同路。她没有上车，显然是觉着独自骑车丢下我有点不礼貌，就推车和我一起走。

"当兵几年了？"她问。

"两年。"

"我弟弟也当兵两年了，来信总说想家，两年就能让探家吗？"

"那哪能，我是父亲有病拍了电报才让回来的。"

"你父亲得了什么病？"

"精神病。"

"精神病？！……就是……是不是……陆老……"

"就是那个'思想反动的陆疯子'！"我学着上头整他时的称呼说。

"什么思想反动！整人呗，到处整人，连买件衣服也得挨顿整！"她说得很气愤。

没承想她竟敢这么大胆向一个军人说这样的政治见解。我怀着敬意问："你了解我父亲？"

"我和他一起开过会。他是个正直的人，事事认真，要不能气疯了？！"

她这么勇敢而有见解，在商店却被弄得那么尴尬。唉，有时候一分钱也能憋倒英雄汉哪！我告诉她，她说出了我的心里话，她更关心我了："你母亲好吗？"

"不好。"

"怎么不好呢？"

"瘫病，躺在炕上好几年啦。"

"谁照顾呢？"

"有个弟弟。"

她不吱声了，默默地走着，好几次把自行车推到横垄地上，险些摔倒。后来她突然问："你真是要买衣服吗？"

"嗯。"

"给谁买？"

"我妈妈。"

"是我耽误你买了，我妈不等着穿，先把我买的这件让你妈穿吧！"

我执意不肯，她便骑上自行车走了，走出好几十米远，忽然使劲按了几下车铃，我看见那件衣服应着铃声掉在地上了。我喊："同志，衣服掉了。"

她朝我挥挥手："谢谢你，再见！"

她燕子似的飞跑了。我还站在那里望着，直到望不见了，才弯腰去拾地上的衣服。衣服落在路边的青草地上，一棵棵嫩嫩的小草一齐向我点头，像是向我表示什么。表示什么呢？

我一溜小跑奔回了家，欢喜地把衣服给妈妈穿上。还没给人家钱，她姓啥、叫啥都不知道，怎么给呢？我问："妈，江汉屯有个姑娘，戴白边眼镜，剪短发，穿得挺朴素，长得挺俊，她是谁家的？"

妈妈伤心地叹口气："打听也白打听，我听人说过，那是个'五七户'的孩子，有文化，心眼好，姑娘中的尖儿！谁也不敢沾你爹的边，她敢。没比呀。听说公社那个年轻副主任托过媒，她都没搭拢，咱不是白打听吗？谁愿给疯子、瘫子家当媳妇哇？"边说边掉起泪来。

妈妈虽然误会了我的意思，也把我说得怪难受的，我想宽慰妈一番，突然江边传来撕裂人心的呼救声："有人跳江啦！"

"有人跳江啦!"

我脑袋嗡地一涨,准是爸爸。

等我跑到江边,爸爸已被救上来了,脸呛得发青,还不停地骂着:"江是混的,混江,混江,混蛋江,我要跳下去把江治清!"骂着又要往江里跳。我上前去拉,他冷不防狠打了我一个耳光:"畜生,你也敢不让我把江治清?你给我滚!"没等我清醒过来,猛地又挨了一下。我的心被打硬了,打铁了,突然一撞把爸爸撞倒在地,叫乡亲们取来绳子,捆上,抬到家叫人帮忙给他灌药。那苦涩的药啊,就像灌到我心里一样。

假期快要到了,爸爸的病也没见好。我决意乘船把他送到精神病院去。走那天,爸爸连骂带踢地咬,怎么也抬不上船。妈妈瘫在窗口干掉泪也没办法。我咬着牙按也按不住他,身后忽然有人叫了一声:"陆老师!"爸爸眼一亮,立时消停了。我一看,呀,正是江汉村那姑娘!衣服钱还没给人家呢,叫爸爸闹得差点忘了。她说:"陆老师,我给您打支强心剂吧,打完您就更有劲同坏人斗了!"

爸爸竟乖乖伸出胳膊,让她打针。她打的是镇静剂,不一会儿爸爸就睡了。我从衣兜里掏出钱来给她,她接了,什么也没说又帮我往船上抬爸爸。我回岸上拿东西时,她悄声叫住我:"我弟弟跟你一个部队,麻烦给他捎封信!"

我没及细问,船上在喊:"快点,开船啦!"我慌忙把信塞进兜,奔上船。

船开了,浑黄的江水翻起一层层的浪。浪花溅湿了我的鞋。我沉重地转到船尾朝家望去,远远看见妈妈趴在窗台上往我这里望。我的泪止不住了,朝家扬起手:"妈——别凉着!"泪水像溪流似的下来了。

我掏手绢擦泪,把姑娘托捎的信也带出来,险些刮进江里。拾起来时才发现,信皮上写的是我收,并且没有封口。不知怎的,泪水突然就止了。一瞬间,我竟把躺在船上的爸爸和趴在窗边的妈妈全忘了。

我抽出信。

"亲爱的同志（找到个挺好的人就不容易，找到一个同志就更难了，而我觉得，你和你父亲都可称为同志）：……"光这一句称呼就把我激动呆了。我屏住呼吸往下读。

"我由衷向你表示谢意！我从你那儿得到的不是二分钱，而是千元万元也抵不住的无价之宝。我是赤脚医生，要向你学习，争取常抽空去看望你的父母，放心回部队吧，有需要我做的事，不客气地来信。再见。同志李彩娟。"

生平第一次读了姑娘的信，而且这般诚挚，虽然如此之短，却如温暖的春风吹进了凄凉的心田，草儿绿了，花儿开了，蓝蓝的天上就像鲜花盛开的草原，浪拍船身的声响就是春天的乐章。爸爸的病怎么也不那么可怕了，妈妈怎么也好像不那么痛苦了。为什么这样一封短信竟给了我如此神奇的力量啊？

回到部队我心里也不能平静。我想给彩娟写信，想写给她好多好多的话，又不好意思。一个解放军战士，给一个姑娘写那么热情的话，人家会认为你轻浮的。人家敬佩你见义勇为，如果你想到别处去了，会被看不起的。简简单单说两句客气话，又怕冷淡了人家，人家称呼你"亲爱的同志"啊。想来想去还是什么也别说，买本《赤脚医生手册》邮给她吧，忙时闲时她都要看这本书的。可人家说有需要她帮忙的事就别客气地写信，没什么事就给人邮书写信算怎么回事呀？说点事吧，叫她每次上街路过家门时进去给妈妈看看病。我这样写了，连同一本《赤脚医生手册》一并寄给她，她很快就回了信，随信还把我给她的买衣钱邮回来了，还说："那衣服不是卖给你的，如果让我卖的话，你就把二分钱扣下吧！"不久，家里也来了信，说她到家里给妈妈看病了，是带着点心去的。点心、点心，人说送点心就是点明某种心意的，她是这么想的吗？不管她怎么想，我是这么想了。我总是非常主动地回信。刚一入秋，她给我邮来一件毛背心。站岗、行军、训练，不管寒风多么凛冽，穿着它，我的心都是那么温暖，从心一直暖到脚。刚一入冬，她又给我邮来一双毛袜子，穿着它，就像安了一台发热器，从脚一直暖到心。

三

　　两颗心互相温暖着，转眼到了1979年。我刚提干当了排长，对越自卫还击战打响了。我参了战，立了一等功，战斗结束后提升为副连长。经常有单位请我去作报告，对我的讲话报以雷鸣般的掌声，献给我鲜花，赠送我礼物，领导接见我，不少青年人抢着认识我，请我签字留念，向我举杯祝酒，使我喝了从没喝过的那么多酒。尤其新奇的是，一次我被团市委邀请参加了联欢舞会，有个姑娘热烈地约我跳舞。我吃了一惊，她身材那么苗条，嗓音那么圆润，眼睛那么明亮，举止那么大方，我差点没惊得"啊"出声来，简直不知怎么好了。我说我不会，她说她教我，我说我不愿跳，她说我封建。我说我确实有点封建的时候，她已拉起我的手教开了。我笨手笨脚的，脸也热，耳也鸣，头重脚轻。她像将军指挥士兵那样发着口令，我随口令笨拙地迈着步子，竟也能慢慢合上拍了。她加快脚步，越来越快，越来越快，我感到有点天旋地转的时候，舞会结束了。她兴奋地夸奖我说："你真聪明，要是像上了战场那样勇敢，学得就更快了！"她又让我签字留念，我签了。真是战场各有不同，不同战场上又有不同的将军。在舞场上，我像最新最不够格的士兵，被她这位干练的将军指挥得团团转。我又按她的吩咐写了通信地址，但我没让她签名留地址，部队忌讳这个。晚上我回味那些新奇的镜头怎么也睡不着了。在部队里我很普通，只不过上了一次战场，杀死了几个敌人，人们便称我是英雄。大概古语是对的吧，"美女爱英雄"，不然那么美丽的姑娘怎么会如此热情地和我跳舞，还那么留恋地让我签字呢？我死死闭上眼睛想睡去，但是不行。几经辗转反侧入睡了，那情景又出现在梦中。

　　几天后，她忽然来电话请我星期天到烈士陵园去给她们讲战斗故事。真是的，一离开军人的战场她就那么容易成为我的将军。我不是情愿但却顺从地答应了，去了一看，只她自己，我非常不安。她说：

"一个人就不值得讲吗?"我只好讲了我们连的战斗故事。听完,她讲起了她自己。我知道了她叫李丽娜,是工厂的化验员,还是业余文工团的演员,父亲是厂长。谈完自己她忽然问我:"你家几口人?"

我告诉她四口,她又问:"爸爸、妈妈和……"

"和弟弟。"我连忙说。

"你没成家吗?"

我脸忽地一热:"没有!"

"有没有朋友呢?"

"谁还没有几个朋友呢!"

她笑了:"你们当兵的可真有意思,语言都和老百姓不一样。我说的朋友是指女的!"

我脸又一热,支支吾吾地说:"这个朋友哇,那……那可没有!"其实这不是心里话,我为什么没把彩娟说出来,连自己都说不清楚。

她闪亮的黑眼睛毫不掩饰地看着我,像是已经捉到了什么:"一般的女朋友也没有?"

我只好结结巴巴说有。她又让我讲讲认识经过。我就简单讲了百货商店的巧遇,讲完我就后悔自己太被动。她不以为然地取笑我:"二分钱交了个朋友,真有意思!"

这话很刺激人。我觉得那是珍贵的情意呢,人家却嘲笑说:"二分钱交了个朋友。"我不服气,在心里反驳她:"如果你了解我家情况的话,一定不会这样说的!"我却没向她讲我家的情况,也没同她争辩。为什么没有,也说不清,反正没有。相反倒是她讲了好几个类似的故事,而且都以没发展成爱情为结局。讲完,她特别说了一句:"祝新一代最可爱的人,爱情也最美好!"什么样的爱情算是最美好她却没说,这在我心里留下了个问号:"我和彩娟不算是最美好吗?"

以后丽娜常借故来找我。连长、指导员都成家了,对我这个老兵新干部很关心,以为我俩在谈恋爱,所以特别给方便条件。越是这样,我越有点害怕起来。如果是谈恋爱的话,那就该严肃认真地考虑了。

丽娜和彩娟开始在我脑子里打架。不知是彩娟离我太远还是丽娜比彩娟条件优越，我越来越感到在威胁着彩娟。尽管我曾几次试图帮彩娟使把力，彩娟还是不能战胜她。我苦恼了：中断和彩娟的通信？正式和丽娜谈恋爱？我下不了决心。虽然我和彩娟没声明过什么，但，是彩娟先闯进我心田的，并且是在我心田最荒旱、凄凉的时候闯进来的。是她用火热的心和温暖的手把我荒旱凄凉的心田耕耘得草绿花开，春色满园啊，我有理由把她从这草绿花开的心田里赶出去，而把别人请进来吗？

我最苦恼的时候，家里突然拍来电报，母亲病故了。我赶回家时，乡亲们已把母亲的丧事办完。我独自在离村很远的江边找到了妈妈的坟。黑土筑成的新坟上一棵活着的草儿也没有，插上去的花都枯萎了。风儿吹来，四周的野草发出一片低低的沙沙声，像是妈妈在伤心地说："……谁愿给疯子瘫子家当媳妇哇？"我坐在坟前自言自语发着悲声："妈妈呀，请喝一杯儿子的泪水吧，解一解您孤居荒滩的干渴。请您原谅，儿子没能娶个媳妇侍奉您一日，明年，我一定带着她来给您添坟土！"我坐在坟边任凭泪水涌流。

不知多久，有脚步声轻轻来到坟边。我睁开眼，看见了彩娟。她拿一把刚掐来的野花放在坟头说："走吧，别凉坏了！"她和我在江边的草地里走着，故意问这问那，慢慢就把我的悲痛驱散了。她到家帮我洗衣服，我想留她吃饭，就到江边去买鱼。好长时间才把鱼买回来，她已经走了。

我要回部队那天她才来，帮我收拾了屋子，又帮我扫了院子，还到井边帮我挑了好几担水。挑完了，她脸上现出高兴的样子，但有点勉强："不能送你了，祝你一路平安！"完了交给我一封信就头也没回地走了。

"……那天你去买鱼，我给你洗衣服时看了你的日记本（没征得同意就看了，很不礼貌），"她在信中说，"知道了有个丽娜同志和你很要好。当兵在外，远离家乡，有个亲人在身边我非常替你高兴。我知道你正因为我而苦恼。几年来，你一直在家庭不幸的阴影笼罩下工作着，现在又失去了母亲，够痛苦了。如果再因为我而增加痛苦，我将十分不安。我虽然爱你,但你觉得不合适而更爱丽娜的话,那就接受我给你们的祝福吧!你母亲不在了,父亲的精神病好了,弟弟也大了,家里再没有牵扯你的事了,你就安心在部队好好工作吧,如果没有要我帮办的事,就不要浪费时间给我写信了。请放心,我决不会生你的气,不会的。祝你幸福!"

读了信,我的头好像长到一个正在旋跳着的舞蹈演员身上去了。眼前的房子在旋转,院中的大树在旋转,天上的白云在旋转,远处的大江在旋转,彩娟的身影也和天地一同在我眼前旋转,好久我才头重脚轻地上了船。呜呜的笛声揪撼着我的心,我坐立不安,眼里含着的泪珠像是无限倍数的放大镜,把天空、田野和滚滚的大江连同彩娟的影子都放得高大无比。我心里斗争得十分激烈。彩娟写这信的时候一定是很痛苦的,她用自己的痛苦使我幸福,我太自私啦!但是,不少人都说爱情本身就是自私的,我的自私是不是可以原谅呢?可以的吧,是彩娟自己主动提出来的呀!再说,她又不是找不到,好多拔尖的小伙子不都在盯着她吗?

四

回到部队丽娜马上就来看我。对于母亲的去世,她给了我无限的同情和安慰,并且当面就直爽地对我说:"你都二十七啦,打报告吧,如果部队认为没问题,我和你登记去!"

丽娜的热情和勇敢鼓舞了我,我决定答应她。爱情是神圣的,应该纯洁,答应之前必须把与之有关的事统统告诉她。我把彩娟的信当场交给她,看着她默默地读完信,又把几年来和彩娟互相通信、互相关怀、互相帮助,虽没明定婚约但已心心相印、不言而喻了的关系毫无保留地说出来了。

"那么说你是爱彩娟的!"丽娜看着我,嘴角露出一丝不易觉察的冷笑,"只是后来,我才在你心目中的地位比她重要了?"

我点了点头。

"她发现你由于认识了我而苦恼,为了解除你的苦恼,她才退让的,对吗?"丽娜又问。

我又点了点头。

丽娜刚才还是晴空一样的脸忽然阴云密布,继而大发雷霆,眼光像两道闪电劈刺着我:"你……脚踩两条船!为什么不早说出来?瞒着我!我不喜欢别人瞒着我。我光明正大,没抢谁夺谁,我要给她写信,我没从她手里抢谁夺谁!"伴着雷霆闪电,眼里也下起雨来,哗哗的。见我讷讷诺诺说不出话,气得一甩袖子跑了:"我一定写信告诉她,不是抢的夺的,自愿的!"

过了两天她才来找我,脸色很难看,就像有病似的,可是一点火气也没有了,见面她就向我伸出手说:"报告你还得打,但应该是为彩娟……彩娟是位好姑娘,她是真心实意爱你的。让我为你和彩娟祝福吧!"

我没有把手伸给她,只是呆呆地站着。

见我没把手伸出来,她收回手。"我们国家有十亿人口,值得爱的人成千上万!"她说得很动情,"我没有权利遇上可爱的人就什么也不管不顾去追求!"看我木呆呆站着不知所措,她又说,"你是新一代最可爱的战斗英雄,我爱你并没有错。但发现你已有了美满的爱情之后,还去追求,那就等于强盗行为,不道德啦!"

她的话有如阵阵惊雷,在我心灵的峡谷里隆隆地回响着。

"爱情需要牺牲,也需要承担责任。在你成为战斗英雄之前,彩娟就为你做出了许多牺牲,你已有了替她承担爱情责任的义务。而我,什么牺牲也没做出。我要给彩娟写信,检讨我的鲁莽,还要和她交朋友!"

激动、羞愧、内疚、悔恨等等说不清的感情一齐在我胸中翻滚,我连连在心里痛骂自己:"你呀,你呀,你算什么英雄?在爱情面前,你竟怯懦、寡断、自私得连女人都不如,耻辱啊,耻辱!"

五

　　我再也抻不住了,刚想坐起来向彩娟道歉,却听她和孩子说起话来。她先说:"'八一'是什么节呀?"

　　"建军节!"

　　"建军节是谁的节呀?"

　　"解放军的节呗!"

　　"那咱们给解放军唱几个歌儿吧,唱完咱们就走!"

　　"好!"

　　"咱们这屋谁是解放军哪?"

　　"我爸呗!"

　　"那咱就给你爸唱。"

　　"我爸睡了!"

　　"睡了也唱,解放军太辛苦了,累得白天都睡着了!"

　　"那我先唱,我不会给爸爸写信,你会写,让我唱吧?"

　　彩娟用脚打拍子,小孩认真地唱起了在幼儿园学会的儿歌:

　　　　八月十五月儿明呀,
　　　　爷爷为我打月饼呀,
　　　　爷爷是个老红军呀,
　　　　爷爷对我亲又亲哪,
　　　　……

　　我再也躺不下去了,滚热的泪水鼓开了眼皮,用手一擦,顺势坐起来,说:"走,我领你们娘俩到公园划船去!"

　　我换上便衣,带着彩娟和孩子到了公园。排队买船票的时候,怎么也没想到竟遇见了丽娜,她同我握过手之后惊喜地看着彩娟问我:"……你们……这是……"

我看彩娟一眼,激动而自豪地回答说:"这是我……"我又差一点顺嘴说出"我家属"来,但马上就在嘴边纠正过来了,"这就是彩娟同志——我爱人!"

她们都主动伸出手,紧紧地握住,互相说:"你真好!"

1981年9月于沈阳文官屯
原刊于1984年8月号《北方文学》

遥远的天长山

看看地图上它所傍依的那座边陲小城就知道了，天长山是不太遥远的。小城像个忠实的恋人守候着天长山不知已有多久。传说有对儿不同国籍的男女为了爱情逃到荒无人烟的这儿，正在大河边安家时被老天爷发现了，搬来两座山将两人分压在两岸，说如果各自回家就放了他们，否则永远那样压着，直到隔开他们的大河干涸了没影儿了，还是不得相聚。后来两人都死在山下。压着男的那座山就叫天长山……天长山下至今还没水，但守候着它的小城确确实实是美丽的。可从前他竟一点儿都不知道，只是在地图上无数次匆匆看过它的位置就把它忽略了，忽略的原因就是地图上标志着它没有水。

这回他却专门为看它而来了，而且原因仍然是因为它没有水。但有一条通往外国的铁路。如今他这样想，水虽美丽但带给人的是阻隔，铁路并不多姿给人的却是沟通和交往。

异国情调的小城新奇而又神秘，给他一种朦胧的刺激。一到小城他就顺着铁路一步一步走到国境线上，实在无法再往前走了，他又用目光走了很远一程才顺着山谷一根枕木一根枕木走回来，转到小城街上看古朴而新鲜的异国格调建筑，看牵手挽臂落落大方的异国男女在散步……他多想迎住那位让他兴奋的异国姑娘交谈一阵啊，但是终没能。连小城的中国人还都陌生呢，在路上迎住一个中国姑娘交谈交谈的话都会被视为别有企图呢，何况外国的。他愤愤地想，有什么不可以呢，古人还说"相逢何必曾相识"呢。但仍然是终没能。

一个地方再美，如果没有让你眷恋和思念的人，你怎么会记住这地方呢？

孤独中他忽然认识了一个人，媒介是一本薄薄的小书。那本书的结尾这样写道："……小城很少轰轰烈烈过，轰轰烈烈的只是两国争夺的厮杀声；小城也很少欢欢乐乐，欢欢乐乐的只是两国友好时短暂的唱歌声；小城多多的是僵持岁月里含辛茹苦地劳作和默默地忍耐。但是，小城毕竟有一条通天路，路的尽头是天长山。生活天长地久，小城还有长久的历史呢……我们应该自由地走在那条通天路上，去迎接生活……"那书就是描写这小城的，萧红味道的凝重文笔和内向的深重情感刺激他产生一阵无法平静的兴奋。

沉闷的秋雨已连着下了两天多，难熬的孤独中多么难得产生的兴奋。雨声中他再次默读一遍那书，终于忍不住去找她了。

秋雨热情地击打着他的黑尼龙绸伞，给他想见她的渴望以大胆的鼓励。他丝毫也没想到见她的渴望会不会被不期而遇的冷漠熄灭。没想到大概就是潜意识中已有了充分的理由吧。此前他见她一面了，只是一面并且是在一个公众场合。他一见她就有一种好感，这莫名其妙的好感说不清从何而来，反正她的相貌、衣着、举止一闯进他眼里便与他的感觉产生一种默契，好像在哪儿见过，一点陌生感也没有。她好像也是。她为他添过几次水，都是恰在茶杯需要添水时及时添的，并没有谁分配她这任务，并且她不沾一点儿主人身份边儿。她是在他说过不会抽烟专靠喝茶提神后这样做的。

"我读过你一篇文章，还向别人推荐过。"她第三次添水时含蓄地对他说。

"谢谢你，谢谢。"他回答得也很含蓄。

"我写小城那本小书，或许对你了解小城会有点帮助。"

"真遗憾，我还没看过。"过后他便急不可耐通过别人找来那本小书。

他找到她的办公室。屋子本来就不大，五六个人每人一张桌子加一把撑开的伞,他就显得多余。"那本书我找来看过了。"他说的声音很小。

她站起来不把自己的椅子让给他,见别人开始注意他们,便没好意思回答关于那本书的话,但可以看出一丝压抑过的激动从她眼里流露出来。她慌忙给他沏茶,他却说不用了。他让她帮助找了一份材料便告辞出来了。在屋里人听不见处他对她说:"你写了一本《小城河传》啊!"很显然,言外之意是说她是小城的萧红。

她经过压抑的激动从眼里一下流露出许多。"不是在笑话我吧,老师?!"他的年龄是该她称为老师的。

"下班后聊聊好吗?如果没有约会的话!"

"哎呀老师,这么个小城约会谁呀!"

"那就等你啦。几点呢?"

她认真想了想,看来真是不常约会的。"老师你说几点好呢?"

"我是外来人,我不知几点好咓。"

她眨眨十分可信的眼睛:"那就七点吧?"

七点钟她顶着淅淅沥沥的雨准时来到他住处时天已黑下,他才发觉她选的时间是多么好。静静的,连声音都没有,绵绵细雨和渐浓的夜色替他们把外界隔开,没有别人,这时间和气氛太适合毫无顾忌地谈点什么了。

他拿出几个白天从小城菜市场买的西红柿放她手里,只说了句他最喜欢吃西红柿让她也权当水果吃吧,便捧起她的小书。

"中央人民广播电台'文学名著欣赏'节目,现在开始广播,《小城河传》,作者……"他幽默地念出她的名字之后就朗读起来,先是认真,进而动情,而后忘我了,全然没想到老师学生什么的。他自己也没料到读的效果会这么好,一时竟想不出什么时候朗读得这么好过。读到间歇处抬头看她一眼时,见她也十分动情地在听,他便受了鼓励读得愈加动情,整个心灵都沉浸其中了,那感觉就如同她特意为他写了一个角色适合的剧本,他在为她演出,她在为他观看,他在演她，她在看他。

不知不觉中竟读了两小时。读完时他眼已湿了，她也是，而且湿得比他还明显。两人互相被对方的泪水扩放得一会儿异常高大，一会儿异常朦胧，一会儿又异常透明。能在同一氛围中共同落泪，那情感应该是纯洁而美丽的啊。他和她都被幸福攫住了，谁也不说话，似乎共同感觉到了"此时无声胜有声"的意义，唯恐一句话会把沉醉的气氛破坏掉。

好半天她才将手中拿了两小时已经温热的西红柿递给他："润润嗓子吧，累坏了。"

他默默接了西红柿，并没往嘴边递。那西红柿是小城特产，心形的，与外地那种大柿子完全不同。他默默用小刀把那颗温热的柿子切成两半，一半给她，一半给自己拿了。"你们这儿柿子真好，心似的！"

她默默接了半块柿子，泪水还晶莹着看他，好像他也是一本书，她在默默地读他，显然读得也如他一样动情。"你怎么会喜欢吃柿子呢？"半响，她才并不破坏气氛地问了一句，她没有用"您"。

"童年时爱吃，一直改不了。那时候爷爷种一大片柿子，每年一大片柿子最先红的那个爷爷都摘给我！"

"童年的事你也记得吗？"

"童年的事记得最清了。"

"我也是，很琐碎的小事也常想起来。"

一说童年，两人都欢快起来，沉默溜走了。他孩童似的吮了下那半块柿子。

"年纪越大才越回想童年，你怎么也会老想童年呢？"

"老了，老奶奶啦！"

"那么……老奶奶讲件童年的事给老爷爷听吧？"

"不，老爷爷先讲！"

不知不觉中他们忘记了年龄的差距，仿佛一起回到了童年，泪水也被童心灼干了，眼睛都分外明亮。他举起那块心形柿子："来，咱们一块儿吃了童心再讲!"

他俩碰杯那样对碰了一下柿子,各自不拘小节地吃下了。这些情节事先谁也没有想到,即兴做出来竟如此和谐。

"讲啊,都吃完了!"她顽皮地擦擦嘴巴孩子似的催他。

他也孩子似的又抓过一个柿子吞下去。"好吧,我先讲。"他擦了一下眼睛,"有一年,我七八岁那年吧,我们一帮小孩都用滚笼滚麻雀,我就是滚不着,我家后院那小女孩却滚了一只又一只,我气得晚上连她的雀笼一块儿给偷走了。怎么样,了不起吧?"

"这算啥了不起,我七岁那年爱上了七十岁的老爷爷,非让奶奶把我送去给他做媳妇不可。这才了不起呢——就因为那老爷爷是卖糖的!"她笑起来,毫不掺假的笑声使她显得可爱极了。

他也笑,笑得毫无准备,毫无顾忌。笑声把他们之间的隔膜、距离以及年龄和性别之差全都消逝掉,两人像是从小就青梅竹马过来的老朋友了。

笑过之后他说:"你很爱笑哇?"

"以前不这样的,今天这是怎么啦?"她反问他,"你也很爱笑哇?"

"跟你一样。"

俩人忽然对视着沉默了一会儿,肯定都是想把对方读懂。

"你有朋友了吗——将来做丈夫的那种朋友?"他问。

"有了,但不在身边!"她答。

又沉默了一会儿。她问:"你儿子多大了?"

他看看她:"比你都高了。"

"他妈妈呢?"

"当然可以做你婶婶啦!"

"坏!坏蛋!"她下意识扬起拳头要打他,但只晃了一下马上收住了,放开拳头又为他拿了个很红的柿子,"再吃一个吧。"

他接过来也为她拿了一个:"你也再吃一个吧!"

她也接过去。

他把红得几乎透明的心形柿子举起来:"这不是柿子,是酒!"

139

她也把柿子举起来和他的碰了一下："那么干杯！"
"为什么而干？"
"今天爱笑！"
"还为童年！"
"为你偷了女孩的雀！"
"为你爱上了七十岁的老爷爷！"

这时候他们把什么都忘记了，真的忘记年龄，像童年过家家似的。人生竟会有第二次童年。啊，两个年龄悬殊邂逅相逢的人一同唤回了童年。

忽然停电了。屋里黑得什么都看不见。但他们谁也不懊丧，谁也没埋怨停电真讨厌。各自握着柿子默站了好一会儿。电一停就说明十一点到了。每天十一点都要停的。

"我该走了，家里还留着门呢！"黑暗提醒她小城还有父母兄弟姐妹等着她呢，再晚些他们会打着手电到处找的。

"我送你。都怪我忘了你家很远哪！"他自责着。

那么黑，他本来可以乘机拉住她的手，领着她走出门，走过长长过道的，他也想了，可是没有做，他怕这样会破坏了什么。

雨不知什么时候停的，他便没有带着伞去送她。

小城的深夜已没有行人了，他俩并肩默默走着，走得一点都不快。因为路不平，不时互相碰着了胳膊或肩头。

她家确实挺远，走着走着下雨了。他也没吭声，好像根本没下雨似的。

"下雨了！"她说，于是打开了伞，举在他头顶。

他把伞又推到她头顶："我不怕，浇浇爱长呢！"

"那让我长吧，我个子小哇！"

"我也长吧，越高越好！"

"不行，我长！"

他俩推来推去，最后她说："那咱们一块儿长吧。"

她收了伞，两人一块儿浴在细雨中，又默默地走，心里都不约而同想起《啊,毛毛雨》那首歌。

忽然他说:"都怪我连累你走夜路!"

"不,怪我让你送这么远!"

"送自己愿意送的人是一种享受呢!"

他们又都沉默了。

头发还没怎么淋湿,就到她家了。分手时她把伞塞给他:"打上,别自己独自长啊!"

他犹豫一下把伞接过了,其实不打伞完全可以,但是他想,有这把伞在就可以再见到她了。

他走了几步回头一瞧她站在路边目送他,又停下来问:"明晚你干什么?"

她也问:"你呢?"

"我没什么事儿。"

"我刚写完一篇东西。"

"那就明晚再谈?"

"在哪儿?"

"老地方吧。"

"时间呢?"

"照旧吧!"

时针指向七点时,夜幕又随着她的敲门声降临了。除了今儿是星期五的夜晚外,一切都如昨夜一样,静静的,连声也没有,黑暗替他们把外界都隔开了,比昨天更适合毫无顾忌地谈点什么。

"新写那篇东西呢?"

她从挎包里拿出一个很大的牛皮纸袋子,递到他眼前,调皮地晃了晃。

"这么厚一篇东西呀,多少万字?"

"看吓得,累不坏你!"说着她将袋子交给他。他一看,袋子里是西红柿,也是心形的,但比昨天他自己买的要大。他欣喜地把柿子倒入一个白盘。啊，一个个又大又新鲜的红心柿子玛瑙石一般透亮。"拿来这么多酒，非喝醉不可！"他心里甜甜地说，"买的还是你家种的？"

"我家种的。"

"你浇过水吗？"

"今年我在外，怎么能浇着水？"

"真遗憾，你就不能骗我说浇过了？"

"那好，骗你一下。我浇过！"

他吃下一个。"嘿，好酒，味儿就是不一样！"他在她热烈目光观照下一连吃了四个才说，"中央人民广播电台文学节目时间到了！"

她把她新写的一篇文章拿出来。因为篇幅短，他一连读了两遍。"读得准确吗？"他像学生在问老师。"很准确。"她像老师在鼓励学生。

"准确的话，就有问题了。怎么这么冷漠呢，这与你年纪不符合！"

"我不说已是老奶奶了嘛！"

"我还是想读有热情的，生活嘛，还要热情！"

"那我往后就不写冷漠的了。"

"那我肯定爱读。"

他读兴正浓，又没什么可读了，随手翻出一本同志刚送的诗集，稍加挑拣乘兴又读。

……
在我倚向你时
也是你倚向我
都知道在崎岖的人生
踌躇就是软弱
很多没有序幕的开始
很多没有终场的结局
很多刚强的叹息，勇武的怯懦

像一部正剧的主人公
我有很多悲欢的故事
迟疑着，向你诉说
深夜，走过你身旁
我重新昂起头
像举起一个深邃的思想
……

他读得出神入化，一首接一首，好像他和她都不存在了，只有诗在飞翔在歌舞。他本来还要继续读，她忽然说："你这位诗人同志她该幸福死了，谁的诗能被你这样读啊！"她说得看似轻松但他听出其中不重的讽刺味儿了，忙合了诗集。"诗是她的，但我是为你读啊，我读得这么认真不是因为你在听吗？"见她不表示赞同便把诗递给她："那你读吧，随便哪一首，就当随便什么人的诗来读！"

她接过诗调皮地哼了一声，翻一会儿挑出一首，酝酿了好一阵情绪还是放下了。"我不读，你爱读还是你读吧！"她真的把诗又给他。

"你不爱听我还读它干什么呢？手边又没别的可读。"

"非得读吗？不会唱歌？"

"我唱不好。"

"你先唱一个，只要你先唱一个，我就能给你唱好多。"

"我真的唱不好，唱不好多扫兴啊！"

"只要你唱，我就高兴。"

他激动地想出一支歌子，问她听没听过，"听没听过有什么关系呢？唱吧。"

"没听过我唱错你就不会知道啦！"他认真得使她高兴。

"没听过！"她说。

"跟给柿子浇水不一样吧？"

"真的没听过，你想你们学唱这歌儿的时候，我才几岁呀？听过的话也不会记住！"

他这才唱。唱得无疑有些紧张。歌声刚落她却拍手叫起好来。他忽然轻松了,把歌儿重唱一遍。这一遍效果不错,他很奇怪,怎么忽然会唱歌了呢?

她倒紧张起来,起了好几次头都没能唱下去。

他想说几句幽默的话使她轻松下来,可就是想不起来,只好说:"我以为你是歌手呢,原来还不如我!"

她确实是会唱歌的,因为担心要唱这首歌他会不会有什么不好的想法而弄紧张了。她只好改变主意问他先背诵一遍歌词怎么样。

"也行。本来我主张朗诵诗的嘛,背诵歌词就是朗诵诗!"

她试探着背诵起来。

　　三十以后才明白
　　要来的早晚会来
　　三十以后才明白
　　想爱的尽管去爱
　　三十以前学别人的模样谈恋爱
　　三十以后看自己的老婆只好发呆
　　三十以后才明白
　　多少童年往事只不过愿打愿挨
　　……

她白净的脸在灯光下紧张得微红了,鼓着勇气忐忑地问:"这歌词……你以为……怎么样?"

从心里说他认为这歌词太好了,他记得曾和妻子在电视里看费翔唱过一回,妻子也说这歌词儿写得不一般,可深一讨论时,他又与妻子发生很大分歧,妻子认为想爱尽管去爱是不对的,不对的理由很简单,怎么可以想爱尽管去爱呢?那不就乱了吗?他却坚持认为有"爱"字决定着怎么能乱呢!爱是众里寻它千百度也难觅的东西。和妻子的分歧是没法统一的,只好以不欢而结束。他没想到她要为他唱

144

的竟是这支歌儿，当然非常高兴。他也像她一样等歌声一落就用连连叫好给以回报。

歇息时他问："你还不到三十，怎么也喜欢这歌？"

"所以我才希望把词儿改成二十岁以后！"

"你认为二十岁以后就……"

"是这样想过。但我不知道这想法对不对。"

"对不对就看你拿什么尺子量，世界上的尺子太多了。"

"用你的尺子量呢？"

"我常常想把自己的尺子藏着，不敢拿出来量。"

"许多人都是这样。我的未婚夫曾和另一个人同时爱上了我，那另一个爱得更深，但他没敢早些让我知道，等我知道时已经晚了。"

"所以深沉把许多深刻的爱情埋葬了。"

"爱情有深刻和浅白之分吗？"

"喔……别谈这个了。"

于是她又换个话题，问他一个人可不可以爱上两个人。他说可以，理由是天下几十亿人，可爱的不可能只有一个。

"有没有一见钟情的爱呢？"他又问。

"有的。"

"你有过吗？"

"事实上有过，只是我不承认罢了。"

"我承认，我有过。"

"我是说我不敢公开承认，内心是承认的。"

"我一见钟情爱上个快结婚的，他结婚时我偷偷送去了一件礼物，到现在他还不知道。"

他没想讲自己以前一见钟情爱上过谁，却非常想说只见她一次半就产生了不可抑制的好感，总想见她，见不到她就想，不知这算什么。但他克制着没说，原因实在是怕得不到她的回应反而破坏了现有的美好。他太怕可怜的美好被破坏了。他深深叹道："世界上最可爱的就是爱！"

"爱是什么呢?"

"是个说不清的东西。"

"那就不说了,我给你唱歌儿。"

她唱了一支《爱情故事》,结局很美满。他是不相信美满的,但她朴实而欢快的歌唱情绪逗引他想唱唱那支苦味的西北情歌。他喜欢那苦味,他也希望她能喜爱他唱苦味情歌时低沉的忧伤。

人们说

你和我

咱们两个好——

哎哟哟

咦呀咳

天哪知道噢……

第一次

去看你你呀不在——

你妈妈

说呀你

上山挖野菜哎……

第二次

去看你

你呀还是不在——

你哥哥

说哟你

上山去打柴哎……

第三次

去看你

怎咋个还不在——

你爹爹

打了我

一呀烟袋哎……

　　"太可怜了！"她说，"她爹真狠，凭什么打人家一烟袋呢，爱你女儿还有罪吗？"

　　"也许是个三十岁以后看自己老婆发呆的家伙呢，怎能不打！"

　　"他应该反过来打她爹一烟袋，或许能打同意呢。"

　　他对她的见解报以一声叹息，于是他们就转成唱忧伤歌曲了。共同会的一块儿唱，一个人会的就单独唱，半会不会的也含含糊糊地哼，什么大海不平静不平静就像我爱人一颗动摇的心啦，什么小伙子你为什么忧愁为什么低下你的头啦，什么绿岛的夜啊，我的心在月影里摇啊摇啦，还有一剪寒梅只为伊人飘香等等，两人越发地默契了，而且比昨夜深沉了许多。他唱时迷迷蒙蒙看着她，并不时想到"想爱尽管去爱"那词儿。他不时同那活跃着的想法周旋，直到可恶的十一点又无情地跳到眼前捣乱时还不能截止。

　　他神圣着自己，同她保持一定距离安全地越过黑暗中的长长走廊，到了街路时才挨到并肩的距离。他只感觉到她很欢愉但不知她内心深处有没有跟他一样的想法。他多想知道她的想法，他多盼她真有许多越轨的想法啊。

　　又送她走到昨夜雨中互相推伞那地方。一直默默走过来的，两人谁都一句话没说呢。再走一会儿就要到她家了。他终于忍不住问："你真的认为《三十岁以后》那歌儿对吗？"

　　黑暗中他看不见她的表情。隔一会儿才听她答道："说不好。只是时常想把三十改成二十多好。"

　　迎面驶来的车用雪亮的光把他们的话打断了，接上时话题又岔开了。

　　她说："我一个老师很不幸，都四十了才找个妻子，小十五岁还是个瘸子。有回我看他搀着瘸妻子在泥泞中走，其实他自己也一身病呢。"

　　走了好多步他没懂这话的意思，期望着问："这个故事是说……？"

"是说现在你也很艰难，还帮助我——你已经连着两个晚上在泥泞中送我啦！"

他甜蜜地品味着她的比喻，把昨晚说过的那句话又重复了一遍："送自己愿意送的人是一种享受呢！"

说着又到了她家门前十字路口，怎么又要分手了啊。

"下次什么时候见呢？"他问。

"这几天我什么别的事也没有。"

他想了一会儿，试探着又问："我想去一趟天长山。我很爱爬山的！"

她也想了一会儿："我也喜欢。"

"那么……一块儿去吗？"

"很高兴……"

"后天吧，后天是星期天。"

"需做点什么准备？"

"你找些可读的东西带上，还有你自己的坐垫什么的。"

两人不约而同握了握手后，很紧很紧的，使他想到了接吻。

分开手各自转身要走时她忽然又问："要是下雨呢？"

他看了看天："看样子不会下雨。"

"一旦下了呢？"

"就把伞带上！"

两人又紧紧握了握手。她看他孩子似的欢跳着跑没影儿了，也欢跳了几步跑回家。

他一夜都想着去天长山的事。一定要准备一瓶山楂酒，天长山山楂酿酒，再不用西红柿来代酒了。天长山会怂恿千花万草和我们干杯的。她在醉意中会唱许多歌儿，也许她会把歌本带去，因为她说有歌本许多歌就可以唱完整了。她唱一首歌儿我们就干一杯。阳光一定也很暖和，满山红叶会温柔地在秋风中醉舞……

第二天上午他就把酒和食品买好了。他很遗憾忘了问她爱吃什么，只好买了月饼，不管她爱吃不爱吃，圆圆的月饼毕竟是美好的象征。买完东西回来他忽然想起应该买点糖，她七岁时爱上七十岁老爷爷不就因为糖吗？他重又跑到街里为她买了一盒酒心巧克力糖。

晚上天气预报说星期天晴，气温零上十五度左右。他把星期天的其他约请都辞了。

他正想提前往约定地点走，她来了而且骑着自行车。"不是约好九点整在铁路口吗？"他略带谴责说。

她喘着："……半夜那趟火车……他来了……"

"……"

他什么也说不出来。

"连个招呼都没打……突然就……真气人……"她无奈地摆弄着自行车钥匙。

"……就再说吧……"说出这话时他心里还存着期望，以为她会说三个人一块儿去或者改日再去，可她却说那就不能去了。他心忽然像被刺穿一个洞，期望全从洞口流淌了，脸色病了一般。

她无可奈何地问他："……你……什么时候走呢？"

"……看看吧……"他掩饰着内心的沉重催她走了。她的脚步声把他的心踩得直抖，心中流淌掉期望的空处很快被从刺穿那个洞口流进的疼痛填满，并且那痛感很快扩散到全身。他整个身子好像忽然被一座山压住。

天长山沉重而遥远了。

1989年9月于沈阳

原刊于1990年2月号《春风》

爸爸啊，爸爸

一

假如谁能解决我和爸爸的矛盾，我会当即跳起来高呼他一千声"万岁"，如果他会喝酒，我情愿买五十瓶茅台；如果他会抽烟，我甘心送一百条人参；如果他既不会抽烟也不会喝酒，我会把家里贵重的东西统统送他，或把他全家都请去大宴三天作为酬答……

不怕家丑外扬了，是这么回事：爸爸是退休的中学教师，捡破烂入了迷；我是现役军官，"而立"之年刚过，反对爸爸这样做。

一定会有人说，或者发顿脾气强制他别捡，或者想开点让他随便捡，父子之间这点小事还不好办吗？

不好办，实在不好办哟！

爸爸患有精神病，狂躁型的，一气就犯。别看他平常跟好人一样，一旦气犯了病，骂人、打人，甚至杀人，他还敢截汽车、拦火车、闹公安局、砸派出所，连警察制不了的地痞流氓都怕挨他的打。"四人帮"兴妖作怪那几年，好人都能气出病来，病人还有好吗？爸爸动不动就气犯了，光精神病院就住了十次。粉碎"四人帮"后，方针、政策对心思，他几乎没犯过病，我多么感谢政策治好了爸爸的病啊！谁知，妈妈病故了，爸爸从老家来到我这儿，竟迷上了捡破烂。随便他捡吧，实在丢人；硬不要他捡，又怕他气犯病了。真难死我了！

"捡破烂那老头是他爹！"我最怕别人背后这样指我的脊梁骨。我家住在军区大院，部长、处长、一般干部都有，家属小孩，人多嘴杂，那一栋栋高楼大厦摆着花盆的窗口后边，随时都可能投出形形色色的眼光和不翼而飞的流言。什么对老人不好啦，老人手头紧才捡破烂换钱啦……就连有的小孩偷铁卖钱买冰棍，有人也说是受了捡破烂老头的影响；我那上小学的儿子也因被叫作"捡破烂的孙子"而向我哭鼻子；我爱人在省外贸部门工作，常有体面的同事来家串门，家里有个捡破烂的公公这件事，很使她恼火："别说咱家不缺钱，就是穷得屁股挂铃铛也不能捡破烂丢人！"这股火当然只能冲我发。我耐着性子劝爱人，哄儿子，又得瞒着爸爸，怕惹他生气。爸爸并不满足，他还指责我对他"这项工作"支持不够。曾经逼着我找收购站领导，批评人家克斤扣两，我不敢不去，只得给收购站送去了十元钱，求他们给爸爸的秤格外宽点儿。这事不知怎么被爸爸知道了，要回了钱不说，还骂我助长歪风邪气……

我成了矛盾的中心、矛盾的焦点、矛盾的漩涡，矛盾得我简直不是我了——三十多岁就已半头白发，两鬓秋霜。

谁能解决我和爸爸的矛盾啊？

二

"爸，您看我这头发，快白一半了。"我一脸愁苦的样子对爸爸说。

我每天都寻方觅法解决这个矛盾，而能使用的方法只有一种：劝，强装笑脸，和颜悦色，拐弯抹角地劝。琢磨一句劝爸爸的话简直要比写一篇文章费心血。

弯拐得太大，爸爸没听明白我说的意思："这没什么，遗传。你看我，不是全白了吗？"

一想起爸爸的满头白发在阳光照射下的垃圾旁一动一动闪亮的情景，我心中的五味瓶又翻倒了："爸，我妈在的时候，我才白了不几根呀！"

弯拐得小了点，爸爸马上听出了潜台词："那就是说从我来以后白的了？"

我不敢回答了。这时爸爸从铁箱里拿出他的小本子——他有一个小本子，每天都往本子上记点什么，记完就锁进铁箱，谁也不让看——念了一段摘记的报纸社论，然后质问我："你为什么总把我捡破烂的事当包袱？党中央提倡千方百计富起来，我捡破烂符合党的政策嘛！你是党员，怎么还不如个老太太理解党的政策？"

我赶紧又绕个弯——爸爸简直把我锻炼得成了弯弯绕："爸，您的退休金六十元，我和孩子他妈工资一百五，这不够富了吗？"

"党的政策是越富越光荣。再说，劳动也是我的生活第一需要！"

父子谈话，连马克思的语录都搬出来了，叫我还怎么说？爸爸却更有说的了："你看，自从捡破烂以来，我精神好多了，能吃饭，能睡觉……都胖了！"

我忽然想起，明天是爸爸的生日。他整六十岁了，第一次在我这儿过生日，这可是劝爸爸的好机会，"寿宴劝父"，看来我和爱人明天的角色非演不可。怎么个劝法，我和爱人当天就合计开了。

"爸不是为了攒钱吗？从他生日开始，每月给他四十元，咋也比捡破烂挣得多！"我爱人首先提出了建议。

我同意这个办法，但爸爸还说劳动是生活的第一需要，光给钱怕不行。

"第一需要？那为什么总骂收购站克斤扣两？就是图钱！试试吧，没准能行。"爱人当即拿出一百元钱给我，"四十嫌少就五十，工资不够支储蓄也要月月给！"

给多少钱我都不心疼，可就是不理解，他退休金月月花不了，还挣钱有啥用？

"会不会想再找个伴呀？"爱人神秘地提醒我，"西楼有个部长家的保姆，我好几次碰见他俩在垃圾旁边唠嗑。听说那保姆也是农村的，老头死了，家里啥人没有。"

我觉得爸爸多少有点封建思想，他好像不会想那事。

"那还有准儿？要是在早，打断腿他能捡破烂？不是得了精神病吗？"

可也是，"文化大革命"这些年，什么稀奇古怪的事没出过，何况心理变态的精神病人呢！我冷不丁想起有一回爸爸叨咕过，有个保姆跟他诉说物价涨了，职工、干部涨工资，她的雇主却一点不提工钱的事，起码也得把人人有份的五元补贴加上啊。爸爸当时很为那保姆不平，很有让我帮助给提一提的意思。我没敢搭荏儿……莫非爸爸真会为她攒钱？

不管为什么，先劝住他别捡破烂再说。

当天下班，我们就把好酒好菜买妥了，就等第二天给爸爸做生日了。可下班回来一看，爸爸正在摆弄一杆新盘子秤。红枣木秤杆，金黄的铜星和亮得照人的铝皮秤盘映衬着爸爸的白发。他乐得像得了宝贝似的说："明天过生日了，买了杆秤！"

我和爱人都闹糊涂了："爸，咱家能用几回秤，您买它干什么？"

爸爸好像孙悟空的金箍棒被当成烧火棍看了："秤可有大用，这回我看谁还敢在斤两上克扣我？"

老天爷呀，捡破烂就够寒碜人了，卖破烂还自己带秤，这不更叫人难堪吗？

"爸，这不是斤斤计……"

"较"字还没说出来就被爸爸打断了："老天巴地，捡点东西那么容易？回回克扣，不道德嘛，趁文明礼貌月我才买杆秤治治他们！"说着说着就动了气，吓得我和爱人赶紧偃旗息鼓，不再吱声。

夜里，合上眼就是离奇古怪的梦，一会儿爸爸和保姆去登记，一会儿妈妈和保姆打架，一会儿爸爸又买了辆汽车同保姆合伙捡破烂……

三

早早我就醒了，但还是醒在了爸爸的后边。爸爸又出去捡破烂了，趁着天还不很亮，我急忙出去找他。

西楼楼下站着个老太太。她提着垃圾桶，见了我忙主动打招呼："你家老爷子还没出来？这些药他能要！"那表情、那语气倒好像有求于我。

"您……怎么认识我？"

她笑笑："我认识你家老爷子，我知道你是他的儿子。"

"您是……"

"呃，我是人家的保姆。"她有点不好意思。

原来这就是爱人说的那个保姆。爸爸指责我不如一个老太太理解政策，那个老太太大概就是指她了。我不由得注意打量一眼，人倒是干净利索的，从面部就可以看出她属于操心劳神却非常要强的那种劳动妇女。善良的眼神和两鬓的几根银丝倒真有点像我去世的妈妈。眼前这老太太当保姆还想着帮爸爸弄药，一股感激之情禁不住在我心头一涌。可一想到那些流言蜚语，我就连步也没停，说："扔了吧，老爷子有精神病，往后不让他再捡破烂了！"

"这几瓶药还没开盖，部长老伴说怕变质，让我扔。这药挺贵重，对老爷子的病管用。"

"老爷子有公费医疗，用不着！"

"听说他今儿个过生日，我没买……这药就算……以前他要过……"背后，老太太还在唠叨，噢，她连爸爸的生日都知道。

我们这个大院由三个分院组成，每院一个垃圾堆。为方便垃圾车出入，院和院都有大门通着。我来到第二个院，没看见爸爸，却碰上个首长在散步。他伸巴着胳膊和蔼地同我打招呼："起来得早哇！家属院管理应该抓一抓，什么人都进来不安全。刚才有个老头进来捡破烂，也没人管没人问。"

他不是我的直接首长，也不知我是哪个部、哪个科的，我不愿告诉他那是我爸爸，哼哈应付着走了。

爸爸在第三个院的垃圾堆扒东西，总不离身的小半导体收音机在衣兜里响着。

"爸，今天过生日，我帮您背！"

爸爸从没见过我对他捡破烂态度这么好过，竟很感动："不用，这几步我背得动。"

"还能过几回生日，好好过过吧！"

"车一来就拉走了，怪可惜的！"爸爸一样样数说开了，"木头块五分一斤，纸盒七分，牛皮纸八分五，塑料鞋底两角三，铅牙膏皮一个一分。这双鞋好好的，一双能卖八九角。红铜黄铜不好碰，碰着一斤就是一块八。你看这药，6月份到期，现在才5月，根本没坏，都是钱哪！"

我立即把"钱"字抓住了："爸，我们商量好了，以后每月给您五十元，这是两个月的，先给您贺生日！"我怕打不动爸爸的心，开口就说了五十元，并且当场就拿出来了。

爸爸盯住钱，看了一会儿真接过来了："过生日给这一回就行了，往后用不着。"

我趁机又骗他："今天机关分鸡蛋，想用用秤！"其实机关并不分鸡蛋，我想先把秤控制住，别让他去出丑。

爸爸看他新买的秤马上在我这儿派上了用场，格外高兴："在家呢，用吧！"转念一想又变了，"你们都是干部，论个数算了，九个一斤，差也差不了一个半个的，秤我得用。"

我灵机一动又撒了个谎："不光分鸡蛋，还有鱼呢！"

"那……就用吧，中午必须送回来。"马上又说，"我捡了几斤铜，私人有买的，八角，太贱。公价收购一块五，要单位介绍信，你能不能帮我开一张？要不把工作证借给我也行。"

"有几个同志要做火锅，正弄不着铜呢，按公价卖给他们吧！"这是根本没影的事，我竟顺嘴编出来了，撒谎水平提高得如此之快，连我自己都有点惊讶。

爸爸满口答应了。借口马上回去称铜，我背起口袋就走。这是爸爸捡破烂以来我第一次帮爸爸背口袋。

称完铜，我当即给爸爸付了钱，看他挺高兴，我便趁热打铁劝开了："爸，您听广播都知道了，文明礼貌月活动在全世界引起了反响，我们住在开放城市，外国人很多。捡破烂既不卫生又不雅观，让外国人笑话。考虑到国家尊严起见，您就别捡了……要是寂寞，可以参加街道组织的义务劳动。行吗，爸？"

真是有钱能使鬼推磨。一百元钱竟使爸爸破天荒让了一大步："那么就文明礼貌月期间保证不捡了！"

这已使我谢天谢地了。

四

爸爸生日这天下午，正好是我们机关搞文明礼貌月的第一项活动——全体停止办公，到家属大院搞卫生。首长也参加了，还跟去了照相的。

这种劳动，人多热闹，是收听各种"路透社新闻"的好机会。上午刚动员买国库券，因此有位首长买一千元国库券的事就成了头条新闻。

"姜还是老的辣，老干部就是比一般群众觉悟高嘛！"

"首长钱真多，我们也想多买但拿不出钱。"

"首长带头嘛，好带动大伙也多买点！"

我无心参与议论，也不想去围观记者给首长照相。

正在这时，爸爸从外面回来了，拉着小车，拎着盘子秤，旁若无人地直奔这边来了。难道他是对照相的场面发生兴趣了吗？不对，他的两眼分明在惊喜地盯着首长身后的垃圾堆。我这才注意到今天的垃圾堆比平时大了好几倍，木头板、小铁桶、玻璃瓶、纸盒箱、铁角子、钢丝、书报杂志，甚至破衣旧帽……真是应有尽有，堆成了一座小山。在爸爸的眼里，这些东西无疑是以钱的形象出现的。难怪他不管照相不照相，绕过去就要捡。

这还了得！我装作铲垃圾，蹭了两步靠近说："早晨不是说好了吗？"声音小得只有爸爸能听到，"您先别捡好吗？"我分明在乞求了。

"你看这东西，半天就比平时一个月卖得多！"爸爸的声音也很小。

换个情况，我也许会同情爸爸的，可今天的情况太特殊了。我朝爸爸使着眼色："没看见照相吗？不行！"说完急忙离开，大概是怕别人知道我就是捡破烂老头的儿子吧！爸爸没听我的话，他略一迟疑，竟冲向垃圾堆像抢一样捡起来。"没看见照相吗？躲躲！"管理处的人不得不出面干涉了。

爸爸乖乖地躲到一边，等着首长照完相立刻又挤上去捡。人们议论完国库券正没有好话题，一时爸爸又成了议论中心。

"捡破烂一天能挣三四块，比当干部挣工资都高！"一个副部长先起的头。

"高？但凡能当干部谁捡破烂！"接话的是个年轻参谋。

"听说这老头也是干部，退休了。"

"别扯了，干部还能捡破烂？"

"他儿子是干部还差不多，农村的老头到儿子这捡破烂，等于找到工作了。"

"听说是咱们机关哪个科长的父亲！"

"哪个科长？"

"白头发那个年轻科长，他父亲有精神病！"

我终于被喊喊喳喳地点出了名，难堪得不敢抬头，一个劲儿装垃圾。天气并不热，汗水却早淌了一脸。

"真能扯。他的父亲？精神病倒有点像！"又是那个副部长。他嘻嘻哈哈说起了笑话："我家保姆倒垃圾和他倒有说有笑的。精神病人思想解放，备不住谈恋爱哪！哈哈哈！"这种场合，领导能闲

157

扯几句笑话，无疑是最好的联系群众了。镁光灯一闪，记者又抢了个好镜头。

再沉默下去一定会引出更难堪的笑话来。我压着火气饯了一句："副部长，请您不要取笑了，他是我父亲，退休以前是中学教师。"

到底是领导肚里能撑船，副部长没和我一般见识："是吗？真是你父亲？怪不得不像捡破烂的。这老头很懂礼貌，不过怎么说也是捡人家扔的东西，儿女难免脸上挂不住。其实这也没啥，《儒林外史》里的读书人临死还嫌灯捻太粗呢，人老了都想攒钱。"

垃圾车开来了。垃圾像长了翅膀，一锹一锹往汽车上飞去。爸爸的眼睛随着垃圾一上一下地转着，好像每把锹上都有根线牵着他的眼珠。忽然，他竟挤过人缝，爬上车去，当他把一个足有一两多重的铝制像章抢出来时，纷飞的垃圾落了他一身。"你这老头这么不知好歹！走吧，走吧！"管理处的同志上前要拽他下来。爸爸赖赖巴巴不肯走。我忍无可忍了，挤过去一把拽住他："六十多岁了，让人说不知好歹，回去！"

人们都愣了，垃圾也停止了飞扬。

像磁石吸铁一样，爸爸被垃圾堆粘住了，我没拽动，他脸色勃然变了。

副部长说话了："你这是干什么？怎么能这样对待老人呢？老人没做什么错事，有话好好跟他说嘛！"

爸爸像遇了知音，直劲儿向副部长投去致谢的眼光，副部长也微笑着连连向爸爸点头。

忽然，出乎所有人的意料，爸爸从兜里掏出一张又脏又破的《参考消息》，双手捧着扬了扬，那郑重劲儿，仿佛要传达一份中央文件。

"咱们这个市，是开放城市不假，常有外国人来是真的。有人以为外国人看见中国人捡破烂就会笑话，其实不一定！"爸爸又把破报纸扬了扬，"我给你们念一篇文章，是外国人写的。写得好！题目叫——《取之不尽、用之不竭的百宝库——垃圾箱》！"

只有精神病能干出这种蠢事。奇怪的是竟没一个人出来制止，连我也没有动。

"……在美国，每天都有许多人在垃圾箱间奔走。他们当中，有作家、国家情报官员、大古董商、画家、收藏家、军人和一大批职业捡废品的人。垃圾箱每天为他们提供各自需要的大量财宝……在有些城市，这些人还组成了沙龙，划分了势力范围……其中，有不少发大财成了资本家……"

每天首长做报告，下边没有不喊喊嚓嚓开小会的。爸爸这番疯话大家却听得聚精会神。

"……可惜，在咱们社会主义中国，许多人竟看不起捡垃圾的……"爸爸还在发表演说。

爱人正好请假提前回来给爸爸做生日，不知大家围的什么人，踮脚一看，羞得转身跑回家了。爸爸大概看见她了，只听他说："……同志们哪，我捡破烂和儿子媳妇没关系，待着难受哇，捡点还能卖几个钱……"

看样子，爸爸不把他捡破烂的真理宣讲透彻，是不会罢休的。我受不住了，也溜回家。

好容易熬到劳动结束了，爸爸还不回屋。

爱人没好气地摆上了酒菜，让我去叫爸爸。我坐在沙发上不肯动。

一辆摩托车在楼下停住。传来了争吵声。

"你过来！你把街办厂的齿轮偷哪儿去了？"

"谁说的？"是爸爸的声。我心一颤。

"别装蒜，有人看见的，就是你偷的！"

"偷偷摸摸的事你可找错门了！"

"说得倒比唱得好听，捡破烂的不偷东西，可真成怪事了。"

"我说同志，你咋这么说话？"

"少啰唆，你家在哪儿？"

"楼上？翻翻去！"

"我看你们敢上去！"

爱人把筷子朝我脚下一摔："你那疯爹偷东西了，还不去看看！"

"爷爷偷东西，民警来抓他了……"孩子趴在窗口回头望着我。

159

我窝着火慌忙跑下楼。一个民警和一个小伙子正要往楼上拖爸爸。"怎么啦，同志？"我惊慌地问。

"老东西偷机器零件还不老实！"

"放屁！你们放屁！"爸爸突然一声大吼，脸色变青，眼光变蓝。

民警一把抓住爸爸的领子："再骂一声我听听？"

话音未落，爸爸又大骂一声："你们放屁！"

民警回手拧住爸爸的胳膊。爸爸眼盯着民警耳后的大红痣满脸恐惧地喊："要文斗不要武斗！"爸爸神经错乱了，他挣脱民警的手去捡脚下一块大石头。坏了，爸爸的病终于犯了，他要打民警。

我突然一扑，把爸爸按倒在地。不这样做爸爸会打死民警的。爸爸拼命一挣，把我翻在下面。我就势一滚，又压住爸爸，他身边的新秤也被压断了杆。看着分成两截的枣木秤杆，爸爸眼里冒了火，一口咬住我的手。我呻吟着向民警求援，民警却不敢上前了。小伙子帮我按住爸爸，爸爸只能喘粗气一点也动不得了，只好哀求我："放开吧，我……我跟你说！"我的心被爸爸断断续续的哀求声叫得一阵阵发疼，但丝毫不敢软下来，我有经验，一旦犯了病，他的话就不可靠了，我仍奋力抱着他。

副部长家的保姆不知什么时候赶来的，她拿着早晨那些药向我求情："放开老爷子吧，给他吃上这药就——"她弯着腰，两鬓的白发都垂下来了，眼里闪着泪光。

我的前胸压着爸爸的后背，我清清楚楚感到了爸爸的心跳。父子两颗心隔得这样近却互不理解，这是怎样的滋味呀！

五

爸爸从前不是这样的。我在爸爸当教导主任的中学读书时，他曾经是我的骄傲啊！

山沟小镇就那么一所中学，是方圆百里的最高学府了。在街上遇见爸爸，不仅学生，连家长都要敬礼的，而我是唯一不必弯腰敬礼的学生。爸爸站在大操场前讲话，台下啧啧的赞叹声叫我多么自豪哇。"师生如父子嘛，老师严格要求学生，那是父子之爱，学生也应该像尊敬父母那样尊敬老师！"爸爸经常这样教育我们。

我认为爸爸说得对极了，爸爸确实是我的老师呀！有个女生说怪话："哼！师生如父子，说得倒好听，我没钱买纸买笔，他能给买吗？"事后，爸爸真买了纸笔给她送到家。她没有父亲，家里穷，母亲正想让她停学呢。爸爸说服她妈让她继续上学了。以后爸爸每月给她纸笔，还给她钱。爸爸因此更受人尊敬了，我为爸爸感到骄傲。

有回上语文课，我以为爸爸绝对不会提问儿子，仍专心偷偷看小人书。当他提问"士可杀，不可辱"怎样解释时，突然叫到我。我慌乱地回答说："士兵被抓宁可被杀，也不能受侮辱。"我永远也忘不了，爸爸是怎样纠正我的，他说："士不是士兵，是读书人。有骨气的知识分子可以杀身成仁，却不能受一丝侮辱！"

爸爸有颗印章很珍贵，上面刻的是"玉斋"两字，这是爸爸的别名，这个名字他是轻易不用的。我曾问过他这两个字的意思，他微笑着说："你还小，不全懂，只记住'守身如执玉'这句话就可以了。其实，做人的道理只有两个字：一个是'坚'；一个是'洁'。做到了这两个字，就可以尽微力于世而问心无愧了。你生在了好时代，有党的关怀和教育，和爸爸比起来，你应该是青出于蓝而胜于蓝啊！"爸爸，多么令人尊敬的爸爸啊！

直到"文化大革命"，爸爸才从我的骄傲变成了我的耻辱。揭发他的大字报铺天盖地，有批判"师生如父子"的，有批判"士可杀，不可辱"的，也有揭发他那颗印章是特别联络暗号的，特别引起轰动的是"用金钱引诱女学生，和女学生的母亲搞不正当关系"的大字报。这一条是我最感耻辱的了。那女学生受了专政队长的威逼利诱，在批斗会上当着爸爸的面作证。耳根长颗大红痣的专政队长端着爸爸的下颌，让爸爸承认他们编造的丑事。爸爸气得脸色发青，眼光变蓝，浑身直哆嗦，突然一声怒吼，爸爸疯了。从此，爸爸变得这样冷漠、孤独、自私。

爸爸啊，爸爸，你那白玉一样高洁的心灵，难道真的被那场罪恶的风暴彻底摧毁了吗？

六

爸爸被注射了大剂量的强镇静剂后沉沉大睡了一夜。第二天还浑身瘫软，舌头僵硬着不能说话。

中午，副部长家的保姆忽然上气不接下气地跑到我家："老爷子没……没偷……"她领进两个人来。原来保姆特意到小工厂去了一趟，爸爸在垃圾堆旁捡到齿轮不假，可他当时就交给工厂收发室值宿老头了。老头下班忘了交代，这才把民警也惊动来了。来的两个人，是代表小工厂特意来向爸爸道歉的。

爸爸眼珠转了几转，想下床但没坐起来，想说话，舌头也回不过弯。他吃力地抬起胳膊，指了指我，又指了指他的小铁箱。箱子锁着，我不明白他要干啥。他张了张嘴，发出的声音是："碌……碌……子……"这声音重复了两三遍，我还是不明白啥意思。他摸出钥匙，慢慢在墙上画了两个字，歪歪斜斜的"本子"。原来他要他那个神秘的小本子。

我打开小铁箱找出本子。爸爸翻了好一会儿才翻到最末一页，然后努嘴示意给小工厂的人看。

我接过来先看了。

"……明天我六十岁生日。做一件什么有意义的事呢？想来想去买了杆秤……手头已有900元，原打算再抓紧捡两个月凑齐1000元，献给本区新建的街办小工厂。今天听广播号召买国库券，决定重新分配这1000元钱：500元买国库券，500元捐献街办小工厂……"

啪哒一声，本子掉在地上。

爸爸还要说什么，嘴一张一张地却说不出来。

我像小时候那样扑向爸爸的床前,将头伏在他那火热的胸膛上。爸爸啊爸爸!无论是过去还是现在,您永远是我的骄傲!

1982年8月于沈阳东大营

原刊于1982年8月《鸭绿江》小说专号

玛瑙金笔

也许这是个很无聊的故事，但也可能是很有意义的故事，就看怎么看了。不管无聊还是有意义还是怎么看，我就想讲讲，因为讲出来别人好知道，竟然还有这样一个故事。当然我自己不认为是没意义的。党、政、军、民、学，东、西、南、北、中，各色人等，有事没事，听听都不能算是浪费时间。

一

故事发端那天，阳光很热情。

很热情的阳光把前一天落下的漫地白雪普照得绵绵软软，甚至有点温温柔柔。办公室内，暖气也与阳光里应外合，热得适度而又撩人。这样的好天气对每个过冬的东北人都是挺舒心的。像我这样工作顺利，尚且未婚并且暗自认为已经有了意中人的，吃了顿可口的午饭，休息时生出些闲情逸致来是非常可以理解的。我把金笔（我说的"金笔"就是我对我意中人的昵称）送的手绢又洗一遍晾在暖气片上。对这手绢，我是一见脏就洗上一遍，尤其冬天，一下新雪我就更容不得上面有一丝脏迹。感情上的脏迹我是一丝也容不得的。

而后我又冲速溶咖啡。我非常喜欢咖啡，觉得这东西比茶比酒好，既提神让你兴奋又不会从胃里嘴里腾出酒臭和茶碱味儿来。这东西还让你兴奋得适度而不知不觉，不像酒，一喝多点儿就胡说八道或胡作非为。咖啡实在是一种温柔内秀的兴奋剂。

这次我冲的是两杯。我没和谁相约，但就这么自信地冲了两杯。我觉得会有人来喝，而且知道谁会来喝。

我刚把第二杯咖啡冲好，穿红毛衣红毛裙子的金笔果然就进来了。她全身让我感觉很热烈很舒服的红毛衣和被红毛衣映得微红的圆脸使我一口咖啡没喝就兴奋得脸也有些微热了。我下意识地拉了拉我穿的黑色皮夹克棉袄，觉得我俩的衣着都挺和谐、得体，别人看了准会说出"般配"二字。

"午安，玛瑙！"她轻轻关了门就欢愉地冲我道了一声问候。"玛瑙"是她对我的昵称。

我也欢快地向她道了一声："午安，金笔！"

然后我俩又异口同声道："玛瑙金笔午安！"

"玛瑙金笔"是我俩的代名。两人共有一个名，而且是四个字的名（当然只限于我俩秘密使用），可见我俩关系已到了不一般的程度。

我们共同道过午安后，我让她坐。她不坐，站着说："我渴！"

"渴了喝咖啡吧！"我为她端起一杯烫手的咖啡。

她不接，仍说渴。

我说："就因为你渴才让你喝咖啡的啊！"

她说："咖啡不解渴！"

"那你喝白开水？"

"不，我要喝……'玛瑙水'！"

我没有马上听明白，待她慢慢靠近我，火热地盯我两眼又慢慢将眼闭上，同时将嘴微微张开并连同红得跟毛衣一个颜色的圆脸扬向我时，我才明白，她用新发明的一个词来含蓄地表达那个强烈的要求，我便激灵一下舌根颤出水来。那水像是懂事的孩子顽皮地将我推向她。我手中的咖啡杯已于不由自主中变成了她的手。我们的手立即钳似的互相咬住，胳膊的筋很快自动勒紧。我似乎想不确切是她先抓了我的手还是我先抓了她的手,但有一点我是记清了,是她胳膊的筋先于我拉紧的,她拉得很迅急,以至我们的胸刚拥到一起时我感到被什么东西硌了一下。这一下硌还使我闪过一丝不悦:这些动作都该是我主动才好,怎么能是她主动?凡是主动接近我,尤其主动和我动手动脚的女人都要减少我的好印象的。但这一丝不悦转瞬即逝于她松开手抚了抚自己胸部的动作里了。接着我就将她渴望的"玛瑙水"杯递过去。其实我舌根颤出的不只是水,也同样是令我焦渴的火,只不过对于她来说是水罢了。

我们两只互为焦渴互为泉水的口杯轻轻碰到了一起。这轻轻地一碰,如电的两极相触,倏然间我全身的每根毛细血管、每根神经末梢都激起灿烂的火花,那火花就以电的速度遍及了每个细胞……

就在这当口,我们身边的电话长雷一般响起来,惊心动魄。我俩像被电击了一下,立即分离开好远。没待我定下神来,她已抓起了听筒:"……你找马小石呀?你哪儿?"然后有点不高兴地把话筒交给我:"找你的,那位才女!"

我一听确实是南京那位才貌双全的女记者。外地我就认识这么一个女的,还是不久前去南京开会才认识的。那次会上我和她接触最多,相处得也十分和谐、愉快,这除了我的那份经验材料受到会议好评,被她的文章引用较多外,我们性格、年龄相近也是很大的原因。散会分手时竟挺留恋的,互留了电话号码,还互赠了礼物(丝毫没有背着我的金笔另作不良图谋的想法。我一个普通单位搞文字的秘书,哪敢对才貌双全的大报记者产生非分之想呢?)。她是记者,我也是搞宣传写材料的,都离不开笔,我送她的礼物便是一支笔,她说一见那笔就生灵感,肯定会写出好文章的。忽然听到她从遥远的南京传来了声音,我高兴得喜形于色。连金笔在身边听着都顾不得掩饰了,我说:"你好哇,你说邮那篇东西我怎么没收到呢?"

"我新调单位了,你把新电话号码记一下!"她说,"8858274……"我重复着这个数字让她等一等,想找笔记下来。

我便摸胸兜。我总是把笔插胸兜的。没有。摸下衣兜也没有,裤兜也没有。三个抽屉都翻过了,没有。我向金笔努努嘴说:"笔!"说完我才发现她已脸带怒色了。

她说:"8858274! 听一遍就刻耳朵上刻心上了,还装模作样找什么笔? 快上收发室找她邮的那件东西吧!"说完就很果断地退出去了,显然是对我表示不满,同时也把我说邮那"篇"东西误听成邮那"件"东西了。

我只好用指甲匆忙在墙上画下电话的号码,而后也没敢太热情,推说有急事将电话挂了。我知道我那支金笔会在斜对门她的办公室监听的。我又找了一遍笔,还是没有,便赶忙到她那屋里赔笑脸:"那笔……是不是在你这儿?"

"哪个笔会在我这儿?"

"还用说吗,玛瑙金笔!"

她说得声儿不大却挺挖苦:"早连魂儿一块儿丢南京了吧,还装模作样唬弄我!"

听她这么一说,我猜她今天什么时候偷看了我的信。昨天收到南京女记者一封信,其中有这么几句:"蒙你赠我那支笔,最近写了篇好东西,已另件寄出,到时请你一定洗了手拜读。那美丽文采都是因你的那支笔才生出来的。谢谢你的笔………"

这样一想,我急得笑脸也作不出了,连忙解释:"我给过她一支笔不假,那是在南京现买的。我哪能把玛瑙金笔送了人呢? 你送我的,那么贵重!"

"就有这么一种贱人,你越送他贵重东西他越不重视!"

"你是不是看我信了? 我送她的真不是玛瑙金笔!"

"你送她房子送她地是你的事儿,我管得着吗?"

她真的误会了,误会得不轻。以前她也使过几次性子,从没到这么酸硬过。任我怎么解释,她硬没听进去。我既没有哄女人的手段,又不肯低三下四告饶,只能内心哀叹,女人啊,对感情问题真是太固执了,一旦认为真情被欺弄便立刻翻脸不认人。那次从南京开会回来,我只轻描淡写说了说认识个女记者,她就给我好重一个颜色:"记者记者,小心把你心系(记)到她褶里去!"我当时还嬉皮笑脸幽默了一句:"那你就提防着点吧!"

不想她真就开始提防我了。笔失踪以后她咬住一句话:"不交出笔来让我看看,说什么也白搭!"她还说交不出来就往南京打电话冲女记者要。

我真怕她往南京打电话,那可叫女记者笑话死了,那可太丢人了。她看我怕打电话,反倒真要起电话号码来,并说我不敢告诉电话号码更说明我有鬼。我只好到墙上去查,早被谁给蹭模糊了。她又非说是我故意抹的。我说真不是,她说那她就写信要笔了,她有通信地址。我说你千万千万别写信啊,等我实在找不出笔时再写不迟。她就给了我一个坚硬的通牒:不把笔交出来就别想再见她!

我知道这都是因为她确实很爱我,怕我再爱了别人才这般使性刁难的,我也是真爱她才这么怕她胡闹的。我向她起誓作保:不找到玛瑙金笔便不见她。

二

我几乎挖地三尺了,可是一个多星期硬是找不见个影儿,这笔怎么就没了呢?没得太莫名其妙了。我年轻,阅历少,多少又有点犟,恋爱方面的事根本不好意思让别人出主意,便憋在心里挺着。

挺到第十天,实在找不着也实在挺不住了,只好软了脖子硬了头皮去见她。我们毕竟不是通过别人牵扯而凑到一块儿的,包括她凡事不肯低头有点类似我的那股犟劲儿都在逗引我去找她。

那个星期天,我特意买了一大瓶速溶咖啡。我想都十天了,不管怎么着,我主动登门解释,她肯定会笑脸相迎的。说不定她已消了气盼我去找她呢,三五句话后我们又会冲上咖啡,她说这东西不解渴,要喝"玛瑙水"呢……

我这样想象着站在雪地上叩响了她家的门。门一开我眼里的形象就让我预感到不妙。她穿一身黑——黑毛衣,黑毛裙,这颜色不喜气。她既没迈出门来也没让我进屋,而是冷静地问我:"有事儿吗?"

"没……没……"

一股风刮过,雪片忽然落得急而且密了,像在我们中间挂了个帘子。隔着雪的帘子她的话变得更加冷淡:"吞吞吐吐做了亏心事似的,到底有事没事?"

我说:"没……事!"

她问:"那么,找着了,笔?"

我说:"没……实在找不着了!"

她问:"没找着你来干什么?"

我说:"解释一下,确实没……没给别人!"

她说:"得了吧,前天我在收发室接南京电话,她还说你送的笔好使呢!"

我急了:"她前天来电话了?你怎么说的?"

她说:"我有什么资格跟她怎么说?怎么说是你们之间的事儿!"

我说:"我们之间真的没事儿,我诚心来跟你解释……"我还故意往上提了提装速溶咖啡的塑料袋,想让她意识到,我是带了东西来看她的。她竟没看一眼我手里的东西就说不用解释了,正有事忙着呢,就关了门。

她关门那股风把我身边的雪花扇得一阵乱跳,像一帮小兔崽子在嘲弄我似的。

这可太刺伤我的自尊心了。我在雪地急速转了几个圈,像是把兔崽子们收拾了一番。我气得想骂急得想哭,但又既不能骂也不能哭,摸出塑料袋里的咖啡瓶往雪上狠劲一摔。瓶子着地的那块雪下面有片草垫子的作用,瓶子没碎。我捡起来又往有石头露出的地方一摔。这回碎了,心里的火气同咖啡粉一并飞泄出去。褐色的咖啡粉在雪地上开成一大朵菊花。

回家我就往南京发了封快信,问来电话的事,女记者回信说没打过电话。冷静下来一想,不知南京电话号码,怎么打嘛?我被气糊涂了。

169

三

即使这样,我还是下不了他妈拉倒的决心。我这人也是贱,越主动靠近我的女人我越烦,而她这样有点脾气好使个性子的反倒磁石似的有吸引力。但我不是那种没筋没骨的孬种,动不动就低三下四或当面抹个眼泪什么的。我非等找到玛瑙金笔再和她算账不可,否则绝不再敲她家门,也不去敲她办公室的门。

我时时琢磨处处留心,做梦都梦见玛瑙金笔,但就是想不出哪时哪刻会丢在哪里。我曾起过一丝疑心:会不会就是她自己把笔拿回去了?笔失踪那天的中午之前,就她去过我的办公室。还有,女记者来信她肯定看到了,也只能是那天看到的,因为头天下班时我才收到。会不会是她看了信后产生误解而当机立断就把金笔顺手悄悄拿走了?很有可能。南京没来电话她编派说来过电话,那么,拿走了笔她不是完全可以说成没拿吗?可她怎么拿走的哪?我总是笔不离身的。也许失落在哪儿叫谁捡去了,那么贵重的一支笔,对贪财的家伙们可是有诱惑力的……

那几天我正在写单位的工作总结。笔这玩意儿对耍笔杆子的来说跟当兵的枪差不多,冷不丁失了顺手的肯定要别扭一阵子。可想而知,在丢了好笔情绪又挺坏的情况下,材料肯定写得不咋样。所以敲领导办公室的门去交稿时我手就敲得弹脑瓜嘣儿似的那么轻。我的顶头上司是单位的二把手,凡事挑剔得很,材料送他那里没有一遍通过的时候,至少得按他的意见认真地大改一遍,又不得不承认,他挑剔得基本有道理。也就是说我承认我们二把手有水平,他在仕途上还有好几块里程碑可数。据说他到我们单位前是省下放处长里最强的副秘书长人选,因为一次桃色事件被发配到我们单位。不知那次桃色事件是他政敌里谁设了美人计,还是他本来就是那货或是正红的时候忘乎所以了,反正他是因为那次事件栽到我们单位来的。不过这家伙确有超众才能，到单位一年了，这方面事丝毫没再犯反而使单位改变了面貌，经常有工作经验被上级转发，不久前被提升为二把手，副厅级。他这个年纪就干到厅局级，既令人眼红又容易忘乎所以长脾气的。我把总结材料交给他时早做好至少大改一遍的准备，我想改两遍的可能性极大。

新官上任标准极高的二把手穿一身黑色西服（在我们单位算得上是上档西服），理的是平头。在我脑子里穿西服理平头的中国人都比较干练有才能，属于中西先进思想结合而造就的优秀人才形象，而不像我总是穿便服或中山装。我自认我这样不敢穿西装的永远也赶不上二把手这样的。

二把手十分利索地指指他对面那把椅子："坐这儿等着，我立即就看！"他一页一页阅读上级文件似的很快看完，脸上竟露出少有的笑容："不错。这次写得很不错。飞跃性地进步！"

对于靠写材料吃饭的案头小吏，这样的话所产生的快感并不亚于和金笔碰"玛瑙水"杯的。我喜出望外又有点不信实，说："我把修改意见记记，再好好改一遍。"

二把手同我开了句玩笑："虚心使人进步哇，看来我得提前考虑往哪把椅子安排你了！"

我懂这是领导在开玩笑，也是一种工作方法。我再次说："我真做好改的准备了，您说吧！"

他说："什么时候叫你改别不高兴就行了，这次不必改。"他把材料铺桌上，拉开抽屉拿出支笔，利利索索在第二页稿纸上勾掉两行，又补了几个字就递给我："拿去打印吧。"

递给我的稿子二把手是用拇指和食指捏着的，其余三根手指和掌心攥着签字的笔，笔头就从拇指、食指和虎口形成的圆圈处探出来。金笔！跟我失踪那支金笔尖儿一样！

我心头像有条虫突然拱了一下，眼里立刻射出根线来将那笔拴住。

我接稿子时，二把手一松手的当儿我看清了，笔挂上也镶块紫色玛瑙石。而且，笔杆的颜色、形状跟我那支一模一样。没什么可说的！我心头那条虫剧烈拱动的时候，眼里射出那根拴着笔的线挣断了。结论也毫不含糊地得了出来："就是我的玛瑙金笔！"

二把手见我眼神儿异常，以为我在看他的手，便又开了句玩笑："也就是只'二把手'，有什么好看的。你会看手相？"在我支吾的工夫他已不在乎地把金笔放回抽屉，并锁上了。

这家伙真有水平，真他妈可以！明明我是看他的笔，他却岔到手上去了，还什么二把手的手。凭这小子的智商和雄心——是野心（以前我认为是雄心，忽然之间就改为野心），要不了几年，肯定会成为一把手的。这小子太有手段了，神不知鬼不觉我的金笔就落到他手里！

心里的虫剧烈拱动一阵眼里的线乱七八糟抖动一阵之后，我平静下来，并开始琢磨，我的玛瑙金笔怎么跑到他手里的？这问题成了我的头等大事，以至拿着该到打字室打印的材料却走到收发室去了。收发室师傅说没我的信件，我才醒悟过来，说不是取信。他说不取信你从四楼跑这么远来干啥？我忽然想起一个线索，问："上次你借我笔登记挂号信件，登记完了还……没还？"

"还了！还了嘛，你忘了还时你还说'这是金笔，带玛瑙的，写一个字得付一块钱磨损费'吗？"

这细节我是记得的，可笔一失踪又找不出蛛丝马迹时就又疑惑了，觉得不曾发生过那事，那细节似乎是幻觉。经收发师傅一证实，我不得不确信，是还我了。

可怎么就落到二把手手里了呢？丢笔这段时间里我俩没接触过，谁都没到谁办公室去呀，莫非不慎掉在哪儿时被他捡到了？

这小子还不是那种人。他大事上用心计不少，小事一般不大在乎，绝不至于卑琐到捡了金笔而昧下的地步。

那就再没别的解释了，渠道只有一个，从她手里得到的。只有她有机会有条件有理由偷回我的笔。

往回偷笔可以理解（怕我送了女记者），她为什么送给二把手就没法解释了。

四

我不得不细细追忆金笔的来历，琢磨个中意味。

一年前三八妇女节的头一天。我在单位值班时接到市妇联一个紧急电话，通知我单位立即去一名女同志参加座谈会，并告知座谈会有外国记者参加，派去参加会的人除思想好外，相貌和衣着也要挑好的。那天头儿都不在，我是值班秘书就擅自（找到领导后恐怕会就结束了）指定叫金碧雅去，并且派了车。叫她去时我说是领导安排的而没说是我擅自定的。我想我定的符合通知要求，领导知道后也不会说什么。金碧雅思想和工作都没说的，出头露面发个言也上得去场，尤其衣着和相貌这一条她更合适。我们单位再找不出比她形象更好的了（还有一个女同志条件接近，但不如她），不然我也不会暗中把她瞄准为恋爱对象。她对我有好感我也有感觉。那时二把手还没有来，是两个月后才来的。

金碧雅开完会兴致勃勃找领导汇报时，领导说不知道开会的事。后来她自然就知道是我叫她去的了。她找到我说："马小石你怎么假传圣旨呀，弄得多不好。领导没叫我去我去了，好像我自己削尖脑袋要出这个风头！"

"有我呢，我给你作证！"我说，"我找领导解释去！"

"你只能解释清不是我要去的，你能解释清你为什么非让我去吗？单位这么些女的！"

"我以为你最够条件呗，人家要求形象好的嘛，她们谁敢说比你长得好？"

"你自己选对象这么说没人计较，这是开会。咱单位女的，谁不认为自己比别人强？"

"这不是选对象嘛。那天领导不在，我不选你选谁？"

她听我说不选她选谁时，脸忽然就红了。她这一红不要紧，我也有些红。这么微妙地一红，我俩的心忽然便近了一层。事儿就这么怪，有时就是在偶然之间起了变化的。她说："你看，我该感谢你，怎么埋怨上了。不叫你选上我，我咋能得到这个！"她从包里摸出一个长条小盒儿，打开长条小盒捏出一支笔来。

那是我见过的最好的笔：长短粗细适中，一色的镀金外壳，笔挂上镶一块紫褐色玛瑙石，看上去华贵极了。笔杆拦腰套着三个黑色细胶圈（那是防备长期攥捏把镀金磨损用的），整个笔看去像一个浑身金甲又佩有大学士衔的文武双全的将军。

她把这将军递给我，一种沉甸甸的感觉随即告诉我，这是一支很贵重的笔。我不知她哪儿来的这笔也没明白让我看这笔的用意，捧着笔不知该说什么了。

她说："咱单位的材料都是你写，这是金笔，我使白费了！"

"你使白费……"我说，"怎么白费呢？"

"我又不写什么，即使不白费也该归你使。你不叫我去开会，也就没这笔了！"她说，"外国女记者送我的。"

原来金碧雅是第一个到会的，她到时妇联的同志正陪外国女记者闲聊。这样她就成了女记者接触时间最长交谈也最多的一个。她的言谈举止给外国记者留下极好的印象，临别时，女记者说身边没带什么可做礼物的东西，只有两支笔，就把其中一支送了她。

"人家送你的，你不能不珍惜呀。"

"送你就不珍惜了？因为珍惜才送你的。这么点弯儿都转不过来，还写材料呢！"

"吓呀，见了回外国记者就批评起咱头脑简单，当了领导还不得开除咱？"

"别贫嘴了，反正没有你就没这支笔，有这笔就得……要不……就算归我们共同所有，归你使用。"她见我没马上允声，又补充一句，"就是全民所有制，由你承包！"

我说："那也该是……上帝安排的？让这支笔做个媒……"我是想说"做个媒介，让我们在工作上互相帮助"的，却在"媒"字上卡住了，舌头硬硬的生生就没说出来。我脸肯定涨红了，不然不会那么火燎似的热。我还以为她会生气，或羞涩地说一句"妈呀，你瞎说啥呢！"她却非常愉快地接住那个"媒"音说："没什么可说的，就是上帝的安排！"也不知她预先想好的还是临时来的灵感，"你想想，这是支金笔。金笔挂上镶块玛瑙石，这就是支'玛瑙金笔'。玛瑙石——马小石；金笔挂——金碧雅。'玛瑙金笔'连着我俩的名呢！"

真是个绝妙的发现，我简直被她说得陶醉了，一时满脑子灵感。我说："没准连着我俩的命运呢！"

她说："那就正式命它个名——玛瑙金笔！"

"那就再正式命名一下子，玛瑙金笔是我俩的代名词！"

"我叫你玛瑙？"

"我叫你金笔？"

"你好玛瑙！"

"你好金笔！"

我们自动向对方伸出手，共同握住了一个幸福的秘密。

从那时起我们两颗心就变成了一支玛瑙金笔。

她叫我玛瑙的时候我幸福得心微微颤着，似乎能感觉到和她心的共鸣。我想我叫她金笔的时候她也会幸福地感觉到我心和她共鸣的。当然，这个共同的名字我们都是在独处时才使用。有次我到省里参加一个会，记录时身边一个大经理惊讶地说："嚯，怪不得你单位经验写得好，头儿给笔杆子买了三百多元钱的笔！"我自己也吃了一惊，不知这笔竟如此贵，还说："哪能三百多呢。"大经理说："那是以前，现在物价涨了，怕五百也买不下来了！"

我为有如此贵重的笔而骄傲，也更为这笔所联系着的感情而幸福和自豪，写材料时便越发有了灵感。而那灵感又像催化剂使我们的感情迅速发展到不约而同就能知道什么时候会见面。后来又发展到见了面如果有条件我们就能互相碰一次"玛瑙水"杯。发现金笔失踪那次碰杯刚好是第四次，但她使用"要喝玛瑙水解渴"这句话却是第一次。也许是上帝看我俩关系发展太快而妒忌地做了手脚？暗中差使她偷回了金笔？

五

我忽然想起一个线索，金笔失踪前半个月她和二把手出过一次差。那次出差还有别人同行不假，现在看那是陪绑（衬）的，或许开始并不是陪绑（衬），后来情况发生了变化。对了，对了，就是这样，那时二把手离婚了，刚离不久。肯定是二把手看上了她，她也有所呼应。二把手在政府机关时不是有过桃色事件吗？提了厅局级又有点忘乎所以旧病复发？

我又忽然开了一窍：金碧雅是和二把手勾搭上后才开始监视我的，以前她从不偷看我信。发现我和女记者有联系后她便倒打一耙，然后就把笔偷回去暗中送了二把手。金碧雅呀，你这个女人实在不咋样！

接着就一窍连一窍地开了：她送我笔时说的话多轻浮啊，玛瑙金笔连着我们的名……就是上帝安排的，说时脸都不红。还有，第一次碰杯就是她主动的，以后那两次也都是她主动的。这种事哪能女的主动呢，应该男的主动。可她，却次次主动。他妈的，跟二把手没准也是她主动的。对，是她主动的。看二把手穿一身黑西服她也换了一身黑毛衣。真无耻！妈的现在她主动到什么程度了？

那些天我气迷心窍，鄙视透了她，也恨透了二把手。你个二把手是厅局级呀，讲才能讲地位讲形象你确实都比我强。可是兔子还懂不吃窝边草呢，你个领导怎么能从部下手中夺人？我不能不认真回味和她的四次碰杯了……仅仅进行到第三次她就有些不如头两次真挚了，有点做作和弄技巧的味儿。什么"我渴，咖啡不解渴，要喝玛瑙水"，妈的狗屁吧，以后让你喝马尿水！

感情这东西真王八蛋，捅一下就容易受伤，一伤就那么疼痛难好，而一疼痛时又容易加倍往更疼里伤害。我又开始深入怀疑，她准是和我碰杯之前就和别人碰过了，不然怎么会是她主动要碰我呢？

我认定金笔被金碧雅偷送了二把手后就一心查开了证据。有次我隐约听她办公室有二把手说话声，竟门也没敲就闯进去了。果真是二把手在，而且就他俩人。他俩在办公桌两边相对而坐，手都在桌面的一份材料上放着，也没看清是否搭在一起，反正突然都拿开了。她冷静着面孔问我："有事吗？"

"没事就不行串串？"我说。

她说："领导和我谈事呢，你要没事就请等我们也没事时再串！"

我很轻但却极狠地回敬道："我哪知道你俩有事！"我把"有事"两字说得既清又重，明显的是双关语。

二把手倒是很客气，还站起来说："没关系，没关系，你坐你坐！"

我心里骂他，别跟我装什么宰相肚里能行船了，虚伪透顶。嘴上却说："不打扰你们俩有事！"完了把门很重地一关走了。回办公室气得坐不住，找出她送我的那条手绢，去了她办公室，当着二把手的面扔给她："包笔的手绢，还你！"

她拗着劲儿，既不跟我发火，也不主动见我，在哪儿遇见了不是扭头就走便是不认识似的。

我一时查不到证据，又碍于二把手面子，不便把我们的情况向外人讲。但我看她和二把手不在乎的样子，疑心她已把事儿向单位有些人透露了。有次我在收发室发呆（其实是等来信，我怕一旦南京女记者来信落她手里，同时也盼女记者来信，她知道金碧雅是否给她去过信），忽听背后谁跟我开玩笑："你还没离哪？"

我气得头也没回骂道："我既没定也没结，离他妈个蛋！"

身后的人扳扳我肩头很奇怪："你怎么啦马秘书？"

我这才发觉人家是问收发室师傅还没办离休手续呀，说时正好抬手碰着了我的背。

我一直这么憋气窝火着，又无法跟谁去说。我不想再找金碧雅解释什么了，但却隐约存着一个希望：我所想象的都不是事实；金碧雅终归有一天会来找我道歉的。

可是不几天我自己又把这个希望弄破了。那天一上班，二把手把我叫去了:"走,跟我去趟棋盘山水库!"

我问:"玩呢还是工作?"

他说:"怎么说都行,两方面都有啦!"

我说:"什么工作我好有个思想准备。"

他说:"湖北省对口单位来了个头,就安排住棋盘山水库了,今天去见见面,陪着吃顿饭,玩玩!"我跟二把手下楼时还没什么想法,可一上那辆白奥迪车气就来了。车上还坐着两个女的,其中一个就是金碧雅。这俩人算得上我们单位女士中的前两名。二把手挨金碧雅坐下了,剩下那个座位是我的,我只能挨另一位女士坐了。

什么意思呀二把手?叫金碧雅同去是陪你自己还是陪客人?

一路上金碧雅并不和我打招呼,却不断和二把手说话。二把手见我默不作声,便总是跟我搭上一句话或把二号女士也搭上才接着跟金碧雅说话。他不愧是领导,太有工作方法了,让你吃下黄连还说不出苦。我受不了他们暗中品味甜蜜的做作姿态,颠簸中生出了恶毒的报复之心。二把手把他带的荔枝饮料一人一瓶叫我们喝时,我说:"荔枝饮料不解渴,我想喝玛瑙水!"

二把手说我:"你真老外,玛瑙是石头,哪有玛瑙水!"

我故意恶声说:"我喝过,相当解渴。你这么大的领导会喝不着?说不定喝过了你自己不认得!"

金碧雅脸气得煞白却无话可说,这回让你有苦说不出吧。二号女士还跟着冒傻气:"远水解不了近渴,你说的玛瑙水真有的话,车上不是没有嘛!"我更恶毒地说:"我会气功。我意念发功就可搬来玛瑙水。不信你闭目体会一下!"二号女士说:"去你的吧,瞎扯!"我说:"你气感不行,体会不到。有的人气感相当灵敏,我这样一说她肯定就感到玛瑙水进嘴了!"

金碧雅扭开车窗向车外吐了一口唾沫。我知道她在吐我。我不甘示弱,继续说:"荔枝饮料不行,玛瑙水解渴!"

车一颠的时候,我顺势将手中饮料掉在地上,再一颠,就滚到金碧雅脚下去了,将她脚撞了一下。二把手捡起来递给二号女士。二号女士说:"我可不要别人扔的东西!"说着还冲我笑了一下,显然是幽默给我听的。我呼应了一句:"有人可愿意要!"二把手笑着说:"我就愿意要!"

我由此进一步断定:金碧雅肯定和二把手好上了,二把手觉着不够意思,想把单位第二美女推给我而达到他自己的心理平衡。缺德!伪君子!我当然不能钻他这个圈套。所以除交给的工作,两位女士我一概不理。

六

金碧雅终于主动找我了。她又穿了往日那一身红毛衣,态度友好,明显带着道歉的口气:"笔的事儿就算了,我正式向你道歉!"

我想你他妈肯定和二把手闹别扭处不下去了,才又来找我。我憋了一个多月的火气突然剧烈膨胀,不分青红皂白冲她发泄起来:"你当然要算了!我能轻易算了吗?我要好好算账,但现在不到时候,到我当二把手时再跟你算!你现在给我滚!"

我把"滚"字抛出去后等着她继续向我道歉呢,我好痛痛快快接着骂下去,直到火气都泄完了,她也彻底向我认了错,我再以胜利者姿态和她谈判恢复关系问题。可是她却愣在那儿一句话也没说出来,又愣了一会儿就悄悄走了。

七

又过了一个月。

我想金碧雅再不会来找我道歉了。而我还是那个主意,决不主动去找她。

就这么心头带伤又无能为力医治地和她僵持着。

苦闷之极万般无奈时，我的思绪又慢慢与南京女记者缠绕到一起。先是一丝一缕，后来就丝丝缕缕麻绳似的拴住了。最让我思念的是那次会间休息我俩游玄武湖。不是她邀请我，也不是我邀请她，而是一次饭后散步的延伸。我俩散着散着就走远了，走到玄武湖时也没商量一下就一同拐进去。我们还划了船。真是愉快透了，我只能用"透"字来形容那次愉快，既没一点功利目的也没一点精神负担。江南女子灵秀的面容，甜润的语调使我这北方男人平添了一截文化品位。下船时我们还在岸边合拍了一张立等可取的快照。那张快照以宽广的湖水为背景，空中还有两只白鸟，再就是我们俩了。那张相照得有点朦胧，正好是我当时心情的写照，至今它还在箱底珍存着，当然没敢让金碧雅看。

我忍不住把那张快照又从很深的箱底翻出来，看了几遍之后已抑制不住想要和她通通话了。

我通过长途台要通了电话。她一说话就开始愉快地责怪我："告诉你号码这么长时间，你也没打电话来，我那文章咋样啊？"

我没正面回答她，因我没收到那封信，肯定让金碧雅扣下了。不好说明真相，我便岔开话题说："刚才给你打了一次电话说你出去了，你忙什么去啦？"

"我给小孩买绒帽去了！"

"给谁小孩买绒帽？"

"我的啊！"

我意外地慌乱了，竟问出蠢话来："你有丈夫吗？"

她笑话我："看你说的，没丈夫哪来的孩子呀！"

我的心绪全乱了，再往下的话变得前言不搭后语，有些难堪了，便推说有人叫我，草草放了电话。

八

心绪越发坏得不行了。没心思喝什么咖啡，时常独自饮酒解闷。

有天晚上我找了个独身小伙子和我对饮。我斟满两杯六十度沈阳陈酿白酒，对他说："两个光棍碰杯，光对光！"

他说："你算什么光棍呀，有个长头发来往着就不算光！"

我有苦说不出，自然联想到和金碧雅碰"玛瑙水"杯的情景，内心更加苦不堪言，说："什么光不光的，感情深一口闷！"我一口就把满满一杯烈性陈酿喝水样咽下去，而后长叹一声："女人没好东西！"

光棍小伙说："金碧雅不是挺好吗？"

我一听气不打一处来，将空酒杯连同端杯的右胳膊啪地往桌上一拍："好？不定他妈和谁好呢！二把手也不是东西！"

胳膊落在平平的桌面上时却被什么东西很硬地硌了一下。我抬起胳膊，桌面什么也没有。再把胳膊一放，又是一硌。仔细摸被硌处，像是有东西藏在棉袄袖的夹层里，认真捏了捏，竟是……钢笔？

我穿的是件皮夹克式棉衣，入冬时新买的，一处伤都没有哇，这笔是从哪儿钻到袖头儿的？

经过一阵细心分析摸索，我发现：插笔的胸兜底角靠近袖筒处开了线，笔从开线处漏出去，肯定是那次我和金碧雅"碰杯"时漏进去的，当时还觉得硌了一下嘛！可就不知是晚上脱衣时还是哪次斜躺着时钻进袖筒的棉花里，又在每天的运动中慢慢地，一点一点地艰难前进，最后神不知鬼不觉地到达袖头处停住，再慢慢由袖头的里侧移动到下侧的。

混账！原来玛瑙金笔根本就没离开过我寸步！我恶言伤害金碧雅和二把手时，它也寸步没离！！真混账啊！！！混账……

那天晚上我醉得够呛。陪我喝酒那光棍小伙说我一头栽到床上就再没起来。

九

第二天酒醒后我羞愧已极，无脸再看玛瑙金笔，也暗骂自己：看你还有什么脸再见金碧雅！

我还是厚了脸皮去见她。

"笔……找到了……"我说,"我来向你认错。"

她沉默了一会儿,也不看我一眼说:"没什么玩笑好开了,实话告诉你吧,那笔我偷回去送人了,现在它已不叫玛瑙金笔。"她咬咬牙,"索性跟你说透吧,叫'二把手金笔'。说你给了女记者,是故意赖你,明白了吗?"说完这些就十分平静地离我而去了。

我愕然。百思不得其解。这是怎么了,发生了魔幻吗?

十

我悔。悔得愈发百思不得其解。

外头的雪,就在我百思不解中洁白了又脏黑,脏黑了又洁白着。

1994年春节草稿于沈阳

1994年劳动节改于沈阳

原刊于1994年8月号《鸭绿江》

雪夜童话

黑龙江被二三尺厚的坚冰压住了，又盖上一尺多厚的雪，多情的巡逻艇便不能和温柔的江水在一起玩了，留恋地等待春风追逐成群结队逃跑的冰排的日子到来。艇队集结在黑河市区的岸上，默默注视着莽莽江雪。

可是，巡逻艇啊，你理解艇长和艇队战士们的心情吗？他们只有你们躺卧岸上企盼开江日子到来的时候才能回到黑河市的营房和战友们相聚，才有可能请假探亲或让亲人来队。艇长恋爱三年结婚两年没正式探过一次家，都是妻子学校放寒假时来队探亲，正好是大雪封江的日子。五年了，两人没在夏天见过面。

雪好大。怎么会有这么大的雪片，喜报似的。艇长又看一眼手中的电报，走出屋，走出营门，大片大片的落雪就如千万张道喜的电报朝他飞来。他把电报揣进衣兜，悄悄地，匆匆地，喜形于色地朝长途汽车站走去。他谁也没叫，和妻子见面那一瞬间甜蜜而奥秘的感觉何必让别人来冲淡呢？

尽管他准时到达还是来早了，北国边疆冬天的汽车哪儿那么容易正点。等了不到半小时他便走出车站顶雪向西迎去。长途车总是沿着公路从西边进城的，只要沿着公路走准能迎到妻子乘的这次车。

走到市郊也没见车影。人影也极少了。雪野上的公路也是雪白的。雪白的公路在通到四五里远的白桦林这一段肯定是没有公共汽车的，看得见一辆胶轮拖拉机一辆货车还有两挂马爬犁。马脖子上成串的铜铃清脆地响着，像是马鼻孔喷出的一股股白气撞响的。他迎着马爬犁和车往前走，当马爬犁和车擦身而过时，他觉得公路就是大江，他指挥的那条巡逻艇正在夏天的江水上飞行。他的艇是今年换的新式艇，快得出奇。在界江上巡逻总被异国的船只超越过去那滋味是不好受的，他在江上驾巡逻艇六七年了，外国的水翼快艇、气垫船等总是耀武扬威地超过他，他即使把操纵杆攥弯也没有办法。今年换上新式快艇，第一次巡航就把异国所有船只都超越过去了，远远地而且是毫不费力地。当他超越过异国那两艘军用巡逻艇的一刹那，两眼竟唰啦啦淌水似的流下了热泪，啊，我们跑在前面了！他激动地甩掉泪水回头自豪地望那被甩在后面的异国军艇时，看见对方艇上有穿红裙子的姑娘向他挥手，金黄的长发和火焰般的裙角迎风飘摆。那动人的情景烙在他的脑海，他没想到女人的裙子会是这样好看，即使在他的巡逻艇破天荒跑在前面那辉煌的一瞬间也无法贬低她的动人力量。他眼前飘摆出许许多多好看的裙子，异国的，中国的，而多数是从电影或电视上看到的。他想虚幻出妻子穿裙子的形象，可小艇飞驶，艇尾巴上急剧翻卷的白浪无穷地变化着像是一首长长的抒情诗，就是变化不出妻子穿裙子的样儿。他开始有了一个念头，想看看妻子穿裙子。

妻子穿裙子吗？穿什么颜色什么样式的裙子？妻子穿裙子好看吗？他想在梦里总会看见的吧，而偏偏一次也梦不见。他又不屑让妻子照张穿裙子的照片寄来，照片板板的有什么意思，再说妻子也不是装腔作势会摆姿势的人。裙子像一面神圣的旗帜时常飘现在他眼前，就是飘不到妻子身上。

他随着公路走进白桦林。两只又黑又白的喜鹊从林间扑棱飞起来，白桦树上腾起一股烟似的雪粉。本来就银白银白的白桦树又都披了兔毛鹤羽似的霜挂，公路两边像站满了如云的仙女。他一身鲜绿军装在神秘的白色中显得格外有生机，他成了这片世界的主宰，如云的白桦仙子像是夹道欢迎他。他想，妻子穿过白裙子吗？雪片缓缓地落着。

有车响。很快有辆红色公共汽车露出头来。他忘记了白裙子，一下站到路中间，高高扬起胳膊。

红汽车像团火遇了水，停下来。乘务员以为他有急事要搭车，立即开了门叫他上。他一眼瞅见了车门口的妻子，登上车就问："带的东西多不？"

妻子指指脚下："就这一个提包。"

两人说时乘务员已关了车门。他慌忙提起妻子指的提包招呼乘务员开门。门开了，他一手提包一手拉着妻子下车。

红汽车开走了。

穿银灰色大衣的妻子疑惑地望望绿色的丈夫："这是干啥呀？！"

"这么好的风景你不感兴趣？！"他眼瞅着妻子的大衣，像要瞅成一条裙子。

"拎个大提包轧马路，疯了！"她用带霜的眼睫毛俏皮地朝他眨了眨。

"拎提包轧马路才叫轧马路，轧得结实。"

"我可拎不动，愿轧得结实你拎着。"

"和女同志轧马路背一麻袋铁也不沉！"

"没出息。"妻子这样说着却弯腰拎着提包的一只耳朵，"来吧，一块儿拎吧！"

艇长也弯下腰拉住另一只提包耳朵，两人慢慢走。

艇长着意打量了几眼妻子："都说远道乘车风尘仆仆，瞧你，一尘不染，眼眉、头发梢儿都是白的，倒是霜尘仆仆像个仙女！"

"嘴一张说得轻松，仙女！起早做饭，挤车上班，忙一天又挤车下班，再做饭，吃完饭一个人闷待着，想散散步都没个人，可不仙女咋的！"

"这不有人陪了嘛，痛痛快快散吧！"

"冰天雪地的，提着个包，叫散步？"

说是说，她还是很高兴和丈夫在这神话样的雪境中走走。一年一度的严冬相会，俩人还是第一次这样走。

"来，我自己来！"艇长把大大一个提包搭在自己肩上，"这回你轻松地散吧!"

妻子哪肯让丈夫独自受累，伸手拉那提包。

"别！别!"丈夫急走几步。

"不！不!"妻子追着去拉。

哧溜一声，俩人滑倒在雪路上，提包压在俩人的胳膊下，像是一齐抢救落水的孩子，却谁也没有爬起来，俩人就扑在绵软的白雪上哧哧地笑。前后没有人，艇长索性仰过脸躺着，让纯白纯白的雪片满身满脸地落。一会儿脸就水洗似的湿了。

妻子摘了手套，用手心轻轻地擦丈夫脸上的水："当艇长的还发神经啊!"

"眼眯了！眼眯了！快吹吹眼!"艇长突然说。

"你们这地方雪还眯眼？见鬼!"妻子轻轻扒开丈夫眼皮细细一吹，没等吹第二下，忽觉下颏被冰凉的东西吮了一下，嘖的又是一下，等她明白怎么回事时，不好意思地给了丈夫一个刮鼻："老实点!"声音是甜的。

有车叫声。俩人迅速爬起，一同拎了提包往前走。

车过去了。

艇长问："累吧?"

"能不累吗，坐两天车!"

"一会儿就到了，难得这样自在地走走!"

"你以为我就不难得?"

默默地走。

"带的什么，鼓鼓的一大包?"

"什么？还不是填你们那帮馋嘴兵的东西。"

"花生、瓜子，还有什么?"

"红枣!"

"老一套，又是早（枣）生（花生）贵子（瓜子)!"

"不吃拉倒，也不是给你带的。"

他们不紧不慢走，到营房时都傍晚了，走得浑身热烘烘，妻子眉毛和发梢的霜化成了细细的水珠，脸红润润的。

一大群战士迎出来接过提包前呼后拥把艇长和夫人引进招待间。火墙早烧得烤人了，穿不住棉衣，窗玻璃上的霜化得滴答淌水。洗脸水、洗脚水都在炉子上热着，特意做的饭菜也都端来放着，连窗帘都给挂好了。

战士们都很懂事，知道今天不宜久待，嬉闹几句就要告辞。艇长妻子赶忙拉开提包将那吃的东西一捧一捧往小伙子们兜里揣。小伙子们对吃是不客气的，揣了一把还要一把，说是给同班的人带点。满满一提兜东西转眼没了大半。艇长和妻子还不住地打招呼："待会儿过来玩呀，来吃瓜子！"

小伙子们一迭声应着："好好，一定来！"

说是一定来，实际一个没有再来的。十八九二十多岁的人了，谁那么不知好歹！家属来队头一晚上需要个安静的环境，开玩笑求做活什么的以后有的是时间。

熄灯号吹过，艇队的发电机也就停了，艇长点上早就预备好的蜡烛。营区静得几乎听见了落雪声。

一支白色蜡烛欢快地跳跃着火苗，像支彩笔将一间屋子满满地描成了金红色。

约莫人们都睡着了，妻子忽然翻着提包的底层说："我还给你带了件东西，猜猜，是啥？"

妻子让猜的东西肯定是件稀罕物，艇长孩子似的问："吃的？穿的？"

"穿的！"

"毛背心？"丈夫不假思索说。

"不对。"

"毛衣？"

"不对。"

"毛裤？"

"不对。"

"毛袜子？"

"不对。"

"毛手套？"

"也不对。"

黑龙江沿岸的冬天冷啊，妻子对丈夫的爱往往都体现在毛织物上，毛能给丈夫温暖啊。那毛织物是亲手织的，感情深的一年翻织一次。寒冷的地方最昂贵的就是温暖。

艇长尽最大努力又猜了一次："羽绒裤？"

"不对！"妻子把一个塑料口袋从兜子底下抽出来，抖开，拿出一件薄薄的近似于透明的白色单衣。

"夏天的衣服忙啥！"艇长颇不以为然道。

"睁大眼好好看看！"妻子双手一抖，一条乳白色连衣纱裙在艇长面前舒展开来，"你不几次说没看见我穿裙子吗？这回看吧！"

没征求丈夫的意见，妻子脱了衣服将裙子穿上了。"好看吗？"她问。

丈夫被这意外的情景弄花了眼，感情忽然被重重地掀了一下，嘴唇动了动竟没发出声音。

"我给你跳个舞。"妻子轻轻舞动起来，徐缓温柔的舞姿如狂风巨浪推摇着艇长。

艇长眼泪唰啦啦淌出来，妻子的长裙被泪水放大，满屋都是烛光辉映的裙子在舞动。

静静的落雪声中传来一阵沉闷而深长的轰鸣。喔，那是长长的裂冰声。黑龙江被冻裂了，发出难忍的呻吟。

原刊于1988年1月《解放军生活》

童心里的小屋

风哗哗地甩动着雨鞭子抽打楼外挂着一串串槐花的树,不时还抽一阵楼窗的玻璃。

小晶晶伏在阔气的窗台上,望见被雨抽落的槐花,禁不住挥起白生生的小拳头,也敲打窗玻璃,表示对这雨的愤怒和抗击。她身边那盆高贵的君子兰望着她,好像赞美这小小人儿心灵里有君子气。

坐在沙发上看书的奶奶放下书:"晶晶都上幼儿园大班了,怎么还不懂事。敲坏了玻璃爷爷回来打你!"

"我在打雨,不是打玻璃!"

晶晶确实是在打雨。她恨雨,把雨看成坏蛋是从不久前到明明家串门后开始的。晶晶原来在幼儿园,每星期天才能回家一次。现在爷爷奶奶都离休了,在家寂寞得慌,就把晶晶接到家和他们做伴。晶晶不愿在家,她嫌家里太冷清,家里那个院子也太冷清。不如在幼儿园和许多小朋友玩好。那些小朋友,说话真有趣儿,游戏也有趣,他们会讲好多迷人的故事,还有又押韵、又好记、又好听的儿歌。他们都跟谁学的呢?我的爸爸、妈妈、爷爷、奶奶咋不会,他们总是整天拿着书和红头字纸在看。家里来人总是让爷爷找房子,说的一点趣儿没有。她爷爷是营房处的官儿,专门儿管房子,所以平时谈的、来人和他讲的都是要房子的事。有的,爷爷答应给帮忙;有的,爷爷说不行。晶晶不明白爷爷心中行和不行的标准,但她发现,认识的叔叔、阿姨、爷爷、奶奶来要房子时，爷爷的态度总要好些。

那是爷爷还没退休的时候，晶晶在幼儿园大班长托。一个下大雨的星期六，别的孩子都接走了，只剩下晶晶和明明。明明的妈妈就是大班的阿姨，所以明明就和她妈妈一起陪着晶晶等家里来人接。等到看门的老爷爷要锁大门了，晶晶家里也没来人。明明是晶晶在幼儿园最好的朋友。明明会疼人，爱帮助人做事，尤其聪明，会讲故事。晶晶在自己家的大院里几乎是没有好朋友的，因为她家住得太幽静，和别家接触不多。明明请求妈妈把晶晶带到自己家去玩一会儿，完了再送她回去。明明的妈妈同意了，用自行车推上两个孩子。晶晶坐在以往明明坐的木座上，明明坐大梁。一把雨伞遮着两个孩子，遮不严，露在外面的当然是明明。明明也没有怨言，妈妈整个儿就在雨里淋着嘛。

晶晶头回到明明这样的家里玩。她很惊讶，明明家的房子咋那样矮小破旧呢？平房一间，厨房在接出的偏厦子里。屋顶漏了，正滴滴答答淋在明明装小人书和玩具的木箱上，屋地好湿。那么有趣的小人书叫雨淋坏了，该死的坏蛋雨呀！以前晶晶一直感到雨很好玩，下雨就趴在窗台上喊啊叫啊，嬉笑着和雨撒欢，明明小人书和玩具受害了使晶晶产生同情心。明明越是翻没湿的小人书给她看，她越是对雨不满："咋不搬到大楼住呢？"

"妈妈说没有楼让我们住。"明明说。

"那搬我家去住，我家房子可大了，一点不漏，小人书放哪儿都浇不着。"

"妈妈说人家的房子不能住。"

"那我让爷爷给你家要好房子。"

"妈妈，晶晶吹牛！"

"小老鼠吹牛！小老鼠吹牛！"

回家见到爷爷，晶晶果真郑重地提出给明明家要房子的事。爷爷正和一个同志谈房子，见孙女来缠他，生气地挥挥手说："去去去，现在这些人，啥法都使得出来，利用幼儿园的孩子走后门！"他把孙女推开了。

晶晶又哭又嚷，爷爷非但没来问问她、哄哄她，反而骂着叫人把她扯到别屋去了。"越学越不懂事了，没见和叔叔谈工作吗？"晶晶为此病了一场，好几天没上幼儿园。她没脸见明明，怕明明说她吹牛，她也在心里和爷爷结下了个疙瘩。

晶晶忽然从窗里望见爷爷回来了，打着伞，拎着一包东西，爷爷在雨中走，使她又想起心上跟爷爷结的疙瘩了，也想起明明家滴滴答答漏雨的房子。

爷爷进屋就冲晶晶说："晶晶快来看，爷爷给买玩具了！"

"我不要你的玩具！"晶晶在赌气。

爷爷不跟她计较，把玩具摆在大茶几上了。是四盒积木。塑料的，木头的，铁片的，还有纸板的。当二三十年营房干部，大概不懂得世界上还有别的东西好玩，连给孙女买的积木也是各种房子。世界上最高的艺术品就是房子吧？他把四盒积木打开来，引诱着晶晶。晶晶故意不回头，可她多想回头看一眼，爷爷究竟买的是什么呀。趁爷爷出去的工夫，晶晶迅速回头一瞅。积木！摆房子的积木！童稚的心再也经不住这具有冲击力的诱惑了，猫儿似的从椅子上跳下来，奔到茶几前贪婪地看啊。她喜爱积木，从那次叫明明说吹牛以后更加喜爱了。在幼儿园，老师一发玩具她就抢着要积木。

爷爷进来的时候，晶晶已将一盒积木摆成一座小楼房。她也不抬头看爷爷，又摆第二座。爷爷是退休的人了，跟小孩子打交道就是主要营生。因而跟小孩斤斤计较甚至一般见识就同工作时一丝不苟、认真负责一样。他上前给孙女指导。晶晶挥挥手："去去去，谁用你教，我自己会摆。"他有点生孙女的气了，退到她背后看，在心里默默做着指导。当孙女的第二座小洋房摆好时他的气早消干净。孙女喜欢他买的玩具就足以使他高兴了。他又想和孙女共同摆第三栋楼，试探着上前动手时，晶晶还是挥着手说："不用你，不用你嘛！"然后把剩下那盒推给爷爷："摆你自己的！"

晶晶自己摆完了第三栋房子，爷爷把自己那栋摆出来了。四栋楼房并列在光滑的大茶几上,古今中外样式不俗。爷爷欣赏着,想起管房子的岁月。他有点遗憾,还没管上这样的新式房子就退休了。晶晶看着几栋新房又想起明明的话:"晶晶吹牛!"明明家又漏雨了吧?晶晶忽然做起分房游戏。"这栋分给明明家。这栋分给虎子家。这栋分给张阿姨家和小兵兵家……"剩下爷爷摆的那栋了,她想了想说:"这栋分给奶奶……和……"

爷爷以为孙女会把这栋分给老伴和他自己。可晶晶说:"……和幼儿园看大门的老爸爸!"

爷爷提醒说:"晶晶怎么把爷爷忘了啊,得分给爷爷一间啊?"

晶晶说得特认真,仿佛在报仇:"不分给你,就不分给你!"

"爷爷管了半辈子房,为什么不分给爷爷呀?"

"你房子多嘛!"

"奶奶也有,怎么分给她呢?"

"奶奶好,你不好。那回我求你给明明家要房子,你把我推开。"她气得眼泪要流出来了,"明明家房子漏,小人书都湿了。"她哭了,哭得抽抽搭搭的:"我说爷爷会帮她家要房子,她说我吹牛……"

像有一条浑身长满刀刺的苦虫子忽然爬上爷爷的心头,一种痛苦感沉重地击中了老人,继而是一种心灵的震撼。自己在孙女心中没有位置!还有比在亲人心中失去了位置更痛苦的吗?晶晶,她是整个家庭的五分之一,在他心里占着大于三分之二的位置啊。可是,却没得到她分的一间房子。悲哀中他忽然产生一个联想,二三十年的工作中,有多少人的心在我不知不觉的疏忽中被冷落了呢?他忽然感到自己是个被遗弃的人,"好晶晶,明明家远吗?"

"不远。"

"你能找到吗?"

"能找到。"

"带爷爷到明明家去看看好吗?"

"爷爷要帮明明家要房子吗?"

老人突然怔住了。是呀,我是为了帮明明家要房子吗?看看孙女企盼的眼睛，仿佛只要摇摇头她就会失望地哭起来，便点了头。

风累了，把粗雨鞭子扔在地上，只轻轻地挥着雨丝撩人玩。

晶晶穿上水靴，带爷爷蹚水去明明家。明明真高兴，心儿像有流水在欢歌。爷爷呢，他在想，看了明明家漏雨的小屋，我有办法给弄新房呢，还是为了自己心灵得到一点解脱？

原刊于1985年4月号《金城》文学月刊

败给维纳斯

他哪里像逛自由市场？分明是在检阅嘛。在他眼里，长长的、分段排列起来的各式摊架，就是他的特务连、尖刀连、老虎连、一营、二营、三营……他的军容和在军营里一点不差，正规地走着，只是看。偶尔低头问问价钱也不弯腰。严格的军人都这样，何况他是有战功的团长。有时倒是背一背手，因为毕竟是在逛自由市场。

大米那个白，粒儿鼓鼓的，不赖。小米黄啊，做成粥还不像金糊糊嘛！大米小米合做的二米饭真好吃，可惜部队的二米饭是大米和高粱米做的。各种各样的鱼，大水池里放着，有的还在摆尾巴。那次仗打的，二十多天净吃罐头。要有一条鲜鱼熬锅汤喝喝，也不至于咽不下饭。牛肉。猪肉。羊肉。贵是贵了点，可有的是。瓜果蔬菜不用说了，啥时也没这样丰富过。那个老头的枣儿又红又大，咋没人买？前边那媳妇的枣儿比他的差，都围着买。人家会吆喝。他太老实一声不吱怎么行。当兵也不能太老实。老实兵上战场不机灵，消灭不了敌人。那个姑娘也挺会卖的。那柿子擦的，红红亮亮，快透明了。还说可以随便尝，尝尝不要钱。没带兜子，带了非买几斤。这小伙子就不行了。多好的瓜，怎么不洗一洗，泥头巴脑的，没有吸引力。不，没有竞争力。鸡、鸭、鹅、兔。这些小东西，有几个连队也养过，怎么没人家的肥？技术。不承认技术不行。家具。家具必须注意样式设计。这张写字台，木料活儿都很细，样式太土。看都没几个人看。那几张胶合板做的,样子像新式钢琴。这么多人看。有的简单看看就交钱了。可能不怎么结实,人家就是要买。新观念了。高工资高消费。什么东西都做得结结实实,费工费料,怎么不断淘汰不断更新?清凉饮料。看一眼都提神。橘红色的水在透明大玻璃缸里不停喷涌,不见多也不见少。头五年还没见过这玩意儿。唉,那一仗打得真苦,光自己的团就死了三十多。小通信员死得真可惜,太可惜了。哪怕有一碗水他也不至于死。是和敌人拼伤的,死可是渴死的,战争。那时真蠢,蠢透了。只知道三大纪律八项注意。连他们国家的一根甘蔗也不准动。当时要是弄几根甘蔗,小通信员也许……买一杯冷饮喝喝吧,但要注意军容。他先要了一杯,端详一会儿,慢慢泼在地上了。"怎么,有什么脏物吗?""呃,没有,挺干净的。""干净为啥倒掉,影响不好,顾客会以为不干净。解放军影响大!""呃,好,好,再来一杯。"他将一杯橘子水一饮而尽,又连饮两杯。其实只喝一杯就够了,甚至可以不喝。倒掉那杯是给通信员的,喝那三杯也都是为通信员喝的。往前走。这一大摊字画蛮有意思。没学过这玩意儿,不知水平怎么样。不少人离休后没营生,学写字画画。军人也有学的。这多年光学军事,这套是一窍不通。退休时……嗨,孬货。该想着怎么把兵带得更好才是,想什么退休学字画。这张虎画得不赖,虎虎生生。我的老虎连、老虎营都这样虎势。我该买一张虎。

他在挑选最虎势的虎。

一个虎愣愣的长头发小伙子一路搭着话走过来,买不买东西都要问问价,还好争讲几句。他在看虎的军人身边站住了。他看中了一张字画,抓在手里和卖画的中年男人讲价钱:"两块怎么样?一看就是没出徒的手笔。""年轻人说话不负责任!这人是市书画协会的。怎么没出徒?少十块钱不卖。""五块!撑死值五块。""十块。"

军人很反感长头发出言不逊。瞧吧,怀里抱个女人石膏像,裸体的。他那头发,要是在部队,我不亲自整治算便宜他。

长头发俨然是整个世界的主宰者似的。他掏出一块钱一晃:"行啦行啦。"自己就动手卷字画。卖画者一把拽住他的手:"你这是抢啊,还是夺?实在不行咱们叫警察评评!"

"放开,哪有工夫叫警察。"

卖画者不放,一时字画摊前围上了好些人。战场上都指挥过,吵嘴打架有什么可惧的。军人觉得有责任拉架。他认为正义在卖画者一边,力量当然主要冲长头发去了。长头发心里一股火首先从眼里蹿出来,紧接着又从鼻孔往外蹿,还不够,又从嘴里冒出来:"解放军怎么打人?打人犯'三八注意'!"

"没打。他诬陷!"卖画者向围观的人们解释。

"是没打。没打。"有几个老者也证实。

长头发愈发冒火,但发现舆论对他不利,忽然灵机一动,就势将抱着石膏像的胳膊松开。石膏像掉了。地下是不硬的土。趁乱之中,他急忙把石膏像捡起来,突然举到军人面前,得理气粗地说:"我不跟你计较打人的事,石膏像是你碰掉的吧?摔坏了,你赔!"

军人看看,果然掉了一只胳膊。围观的人这样多,影响不好。他不想和长头发纠缠,也顾不得过多地追究,便说:"多少钱?""公价十元,私价十五元。我不讹你,掉一只胳膊赔五元。值不值五元回去翻翻书就知道了。"

军人掏出五元钱:"我赔你钱不赔你礼。你对卖画同志的态度是不对的。应该赔礼!"

长头发就势下阶,显出得理让人的高姿态:"我要你赔的就是钱,不是礼。卖画同志对不起了,再见!"他打了一声口哨,捧着那尊裸体女像得意而去,仿佛捧着的是一面胜利的旗帜。

围观的很快散了。军人安慰两句卖画者刚要走,一个斯文的姑娘叫住他:"叔叔,那石膏像没坏!""坏了,我看见了,掉一只胳膊。"

"那是维纳斯女神像,本来就缺一只胳膊。"她同他讲了维纳斯是怎么回事。"他还没走远,快去把钱追回来!"她说。

有战功的团长仿佛打了一次大败仗。他为自己不知道拿破仑之外还有个著名的维纳斯女神而深感羞耻。有志气的军人最佩服能战败自己的敌手。他真佩服长头发的机智、勇敢和有文化。他想,这小子当兵也是块好料，不过得好好磨一下，他对好心的姑娘说："不，我该和他交个朋友，可惜不知道地址。"说时还有点脸红。

"他跟我家住一个院。他爸爸就是军人，'文革'中制止武斗牺牲了。"

"他总是这样骗人吗？"

"不。最近他要和人办小冷饮店，想布置布置，钱不够。"

有战功的军人沉思良久，"噢"了一声，"怪不得。知彼知己，百战百胜。该跟他学点'维纳斯！'"

原刊于1985年3月号《青年文学》

没有寄出的信

一再克制，还是没能扼使自己不给你写这封信。信纸是铺开了，却不知写完后能否寄出。

几天来就被一股莫名的烦躁纠缠着，看不进书，写不成东西，思想也无法集中，总盼着有一天降暴雨或下一场铺天盖地的大雪，伞也不打，帽也不戴，穿着单衣在露天里任雨雪淋个痛快，哪怕淋得大病一场。或身边生出一个大海来，不管海水是冷是热，跳进去，嗷嗷叫喊着拼命地游啊游，直到力气耗尽了，然后爬上岸来，沉沉昏睡一场，醒来好换个心境。

我明明知道，现在是初冬了，哪会再下雨啊！我明明知道，现在只是初冬，不会有铺天盖地的大雪。这几年怎么了，北方的深冬也没有太多太大的雪。今年只在上星期日去你家却没见到你那个下午飘了点零零星星的雪花儿。

身边是不可能有大海的，北海公园也早已禁止游泳了。上长城去吧，迎着从燕山北面刮来的凛冽长风在高高低低的城墙上狂跑，跑向高处，再高处，直到腿抖得瘫软了……可是大家有约定，这些天谁也不能外出，不能，出去了有违集体的利益。那么谁来冤枉我一下吧，我借机骂他一顿，或突然闯来个歹徒同我揪斗一场，也好集中一下思想，换换心境……

就在这时，淡蓝色窗帘遮余的玻璃上划过一道闪电，深蓝色的闪电，只有一秒钟就消逝了。倏忽间，我整个身心都感觉出那是你的身影，一定是你的身影！同宿舍的人不相信，说我肯定看错了，那么窄窄的一条窗缝，一闪而过，怎么就看出是你？我不跟他们解释怎么就看出来了，只说绝对不会错。我就叫他们到楼上去叫你。叫你的人下来后服了，真的是你！他们深深地、一点不开玩笑地表示了感动，不得不承认说我是一部雷达，你的点点踪影儿也逃不脱我荧光屏似的眼睛。其实我不是用眼睛辨认出来的，是用心灵感觉出来的。

等了你好半天，其实也就十几分钟（那十几分钟里我的思想已完完全全集中了，集中在你那儿），你终于下来了，提着一兜儿从资料室借来的书，脸上没有一点病态，还带着笑容。我心里那股纠缠了多日的莫名情绪瞬间灰飞烟灭，整个儿心境换了，像春日温暖的一片蓝天。只说了几句话我们就都笑出声儿来。我说："因为你十几天没来，上星期日下午我去你家了，你不在。你母亲说你和你父亲都病了。好了吗？"你说你好多了，只是你父亲还在医院里。我们又说了不少大家的事，说得很认真也很加快。可只是一会儿，你就急急忙忙要走，说要去医院看你父亲。你一边说着就走出去了。我追出屋叫住你："我买了点人参，你带回去吧，或者哪天我给你送去，老人生病，人参可以补一补！"你却说："是给别人带的临时改了主意吧？"我受了莫大的委屈，但却忍着，看似平静地说："不是，特意给你爸爸买的！"你说："你去我家？送人参？我妈会想，怎么你对我这么好？"

"这是药哇，病人很需要！"

"我知道很需要，可妈妈会想我们啥关系。还是别给我吧，别给我出难题，你自己留着用吧！"

我春日蓝天一般晴朗的心境顷刻间又变坏了，不知说什么才恰当。见你急匆匆要走的样子，我不知是用怎样复杂的心情说出的："那就算了，我不影响你了。"我看见你看了我一眼，其实是我们对视了一秒钟。那一秒钟说明了什么我说不清。我们各自转了身。你走了。我回到宿舍。

我不知你走后心情怎样，我却更乱了。思绪一个劲儿在心里核裂变一样膨胀，任我怎样压也压不住。算了吧，不要影响人家了，何苦给人出难题呢！不管我怎样劝阻自己，还是不行。我出了什么难题呢？是在做件卑琐见不得人的勾当吗？卑琐！我最怕这两个字了。我并不粗糙并不坚硬也并不虚伪的心开始真诚地反省了。

我们认识以来我为你所做的哪一件事儿不是不由自主而又正正经经的呢？没图过利益，没说过谎言，也没有过私欲，只是忍不住想说说话时才找你。见面时没握过手，分别时也没握过手，不管见面还是分手后，都因为我们的交谈而变得心地纯洁了，力量也比原来多起来。所以我就时时想到你。你有了成绩，我分外高兴，同时也产生一种压力，大概也是动力。我也不能落后，也要创造些成绩来，否则就不好意思见到你。那么，要是你病了，我理所当然地就会焦急。快些好吧，快些好吧，你有许多计划要完成呢，你的每一个计划都是于美的事业有益的。我需要美，人们都需要美，我觉得我的焦急也是美好的。我就是抱着这样的心情去看望你，带了一本书，我认为那书比药更珍贵。你的母亲代你把书收下，我想你也会同意收下的。事实证明是同意的。你妈妈说你大概是去看病了。我问病得重不重。她说不太重，倒是你爸爸重些。我想，既然不太重你是不会去医院的。你就那样，小病宁可加强户外锻炼也不去挤医院。记得你说过你有一张你家附近公园的月票，天气好时就常到公园去读书。我固执地认为你一定是带着病去公园看书了，那儿环境好，心情就会好些，比去医院效果还好。

我就去公园找你。每一块充满阳光的草地，每一张被阳光照射着的长椅我都看过了，除了错把几个相似的人认为是你外，没看见你的影儿。我在初冬没有绿草的公园里找了一个半小时，实在看不见你了，我便走到回音壁前，伏在坚如磐石的墙上呼唤你的名字。前几声是默默的，后来就喊出声儿来了。我静静地谛听，似乎是听见了回声。我又问自己，真的听见回音了吗，我安慰自己，会听见回音的，这是回音壁！你说过，想见到谁而见不到时就默默在心里呼唤他的名字。我是用心灵在呼唤你，即使听不见回音你也会感觉到的。我心情轻松些了，可天上却忽然飘起了零星的雪花儿。

回到宿舍，一闲下来，心情又有些烦乱。到底病咋样了啊？后来听说你爸爸住院了，你还要带病来回看望他。我知道你不会让我帮忙做什么，因为你从来就没提出过让我做什么。可我这时候非常想帮你做点什么。我能帮你做点什么呀，明知是什么也做不了。不是没能力，正如你说，别人会想，连你爸爸妈妈都会想，我们是什么关系，我也这样想过不知多少次了，每想过之后就觉得没什么，但我还是无法帮你做点什么。

正好有机会可以买到家乡出产的人参，我就买了，我想，给病人买药总不会有什么不对的吧？你爸爸的病早些好了，你也早些轻松了。我正惦着啥时送去的时候，今天看见了你，可你却又说了那句话：

"妈妈会想我们是什么关系的，别给我出难题了，你留着自己用吧！"

我怎么也不明白，这是一道什么难题。我有卑琐的目的吗？反复思考，我明确答复了自己，没有，一点没有。自从认识你后，我最警惕的就是自己是否有什么卑琐的地方。我不图什么，完全出于不由自主的友善情绪。你不也曾为"地久天长"的美好友情而涌过满眶泪水吗？

我还是只好劝解自己，不管怎样，这样做给人添了麻烦，为了自己解脱一种情绪就不顾人家是否麻烦，总还算自私吧？

心情照样烦恼着，我就开始恨那人参。人参啊人参，你不该卖到我手里。我留你有什么用啊？要是我有个母亲，我可以把你寄给母亲吃，母亲生前多么需要你，要是有你，她不会那么早就离我而去，还不到五十岁就走向了另一个世界。不管我把药放在山坡上妈妈那座大雪覆盖的坟头怎样痛哭，妈妈也不会醒来了。妈妈啊妈妈，您吃了多少苦把我养大了，还没吃过儿子自己挣钱买的药就去了。那一年雪化春深时我带着药为母亲上坟去，春风里轻轻摇头的坟草告诉我，妈妈再不会吃药了，人参也不会吃了。

要是我有个理智健全的爸爸，哪怕他在千里万里远，我也会把这人参寄给他吃。可爸爸已没有了正常的理智。多少年了，多么好的药他都会认为是毒药。儿子的良苦用心爸爸怎么也无法理解了。留给自己吃吗？我还不到靠吃人参维持生命的年龄，妻子、儿子都不到。

把人参扔进垃圾堆吧？它没有错儿呀，为什么要扔掉它呢？可怜的人参，你好好地长在青青山野，呼吸着没受一丝污染的大自然气息，承受着温暖的阳光和养参老人慈爱的哺育，圣洁而自由地活着，为什么偏偏被我买来哟？可怜的人参啊！可怜的人们啊！

灯影里写下这封信，还不知明天是否有决心把它寄出。如若寄出了，期望理解。匆此，祝

早日健康

×年×月×日

原刊于1987年11月号《青年作家》

接　站

南来的火车每天三次，也不知道她乘哪次来，信中只说今天，他只好从第一次接起了。

第一次列车早晨四点到。三点，闹钟就把他叫起来，其实他根本就没睡着。怎么睡得着呢，这么大一件事，他个年轻轻的战士三天三夜也难想出眉目来。亏得昨天才接到信，要是一星期前接到信，他不失眠七天才怪呢。人也怪，想不出就别想呗，可是不行，要不怎么是人呢，二十一岁的年轻人，如果扎扎实实睡得很好，他早成神仙了。

他换了套半新半旧最合身的军装，把很少穿的一双新鞋也穿上了。这一身着装，他自觉最得体也最利于给她好印象。至于为什么要给她好印象，他自己都说不清，因为连她是他的什么人他也说不清。他把从他们认识到现在一共四年当中的经过都跟连里如实说过，连里也说不很清楚他们这是什么关系。

他按她在信中约定好的见面联系标志，拿了一张卷成筒的《解放军报》（报头露在外面），满怀幻想、喜悦、不安和无限的希望向火车站疾走。他不想知道此刻自己具体希望什么，知道就没意思了。但他明白现在就想见到她，岂止现在，四年了，双方加起来已通过百封信了，却没见过面。从第一封信起就希望见面了，可就是没能见面。太远了，一个在西藏拉萨，一个在南国红豆之乡。他曾考虑过和她互换照片的问题，后又想到见了照片就没了想象和创造的天地，况且对方也没表露过这个意思，于是只好作罢。以前他没过多想她是什么样，他只是听其自然让心目中产生一种形象，这个形象不可能是不好的，因为通信中他没产生过不好的感觉。但也不是很具体的，常常在看电影时突然觉得她像这个，忽然又觉得她像那个，根据是她和电影中这个或那个说过相同的话。

此刻，他不能不往具体里想了。她留长发还是剪短发？高个、矮个还是中等个？苗条的？健美的？……肥胖的？大眼睛？黄眼睛？黑？白？……衣服……蓝？性格冷淡的人好穿蓝……都不能肯定。实质也就是三种猜测：美？丑？平庸？或三者都说不上而唯独像她的思想那样有点奇特？

黎明的夏风也有点凉飕飕，像在讽刺他这位自觉很纯、很高，崇尚心灵美的浪漫主义军人竟会如此精心猜度即将见面的女同志长相如何。难道长相如何跟心灵还会有关系吗？肯定是没有的，那么为什么要猜度呢？无非希望她是美点，起码也别是丑的。一旦很丑……她又不是你的什么人，很丑关你什么事？当然关我什么事。我在四年中塑造出的典型形象一旦变得那么具体，具体到……丑，可太扫兴了。不见面多好，她偏偏来了。都怪她考上了四川的邮电学院，也怪我离开家乡当了兵，要是还像原先，她在拉萨我在南国红豆之乡，相距之遥要用"千里迢迢"乘以几计算，她就不会来看我了。平时也盼过能见面，突然要见面了，又这样惴惴不安甚至害怕。

四点钟终于一秒一秒，又快又慢地伴着第一次南来的列车到了。他不由自主拉拉衣襟衣袖，将报头露在外面的《解放军报》重新卷了卷，站在显眼处，心跳不免有些过速。

车站不大，总共有三四十人出站，只有七八个女同志。除去一位奶奶、两位大娘和三四位中年妇女，再就没有了。他盯住最年轻但也近三十岁的女同志，有意朝她举了举报纸，人家只是愣了片刻就停也没停走了。那女同志倒是很秀气的。

没乘这次车是无疑了。等旅客走光之后他跳动过速的心才平静下来，不免嘲笑开了自己，怎么会以为快三十岁的那女同志是她呢？看人家秀气吗?

她应该和他同岁或者比他大一两岁。因为他接到她第一次来信的时候,两人都在读高中二年级。那年他的一篇作文《学校新貌》被选入省里编的一本《中学生作文选》,发行之后,他忽然收到一封信,是拉萨某中学和他同届的学生写的,署名尚君,和他的名字于鸣一样,也叫人无法猜出是男是女。那前后他收到十几封各地中学生来信,有好几封明显就是女的,却都回信就完了。唯独尚君这封,他回得最认真、最由衷,也最热情,因为只有尚君这封对他的作文指出了缺点,其他都是赞美之词。他们就被一种到现在两人都没仔细分析过的力量吸引着,你来我往传递着单纯、热情而富理想的志趣。通信几个月,他们才各自发现对方是异性。这是由尚君在第十封信中第一次说出想和于鸣做个好姐妹引起的。于鸣发觉尚君把他当女同学了,这才发问:"那么你是女生吗?"

这个发现使双方都谨慎起来,但却更加认真、热情,而且越来越含蓄。

上高三那年于鸣忽然因父亲去世带来的经济危机辍学入伍。当尚君知道消息想援助些学费支持他继续上学时,他已在部队站了几班岗了。她替他惋惜,她认为他比她更应该上学。后来她考上了邮电学院,他也常参加团、师教导队集训学习,通信内容不断随各自学习内容变化。

因不再是两个中学生而是一个大学生和一解放军战士在通信,信的手法不免越来越多样,有时是抒情散文式的,有时是自由体诗,有时还写古体诗词,心血来潮兴许还弄点谜语什么的让对方带着甜蜜的苦恼去猜断。他们连全世界最短的信——法国大文豪雨果和出版社编辑的一次著名通信——"?""!"——的方式都用过,不过形式稍有变化。有次尚君的信只半句话:"……我们的通信经四年之久而不断的原因是……???"于鸣回信则连称呼和署名都没有,只在一张白纸上写了三个大标点符号:"!!!"之后便是一段沉默,再之后便是两人不约而同都拿起了笔,几乎是同时写信,又同时收到信。两封信署名下面的时间是同日同时，只差五分钟。心有灵犀哟！双方的信都只字不提先前的问题，好像上封信根本就什么问题也没提过，写的都是最近在干什么，又读了本什么书……

第二次车和第一次只隔两小时，连队离车站五里多路，于鸣索性待在车站一直等下去。

真有点捉摸不透她。当今这个时代，哪还有女大学生跟一个普通战士频频通信的，而且那么主动，那么专注。要在那些认为只要是男女这样谈就一定是恋爱的人们眼里，倒是她在追他哪。他从来就不承认他们是在恋爱。一个大学生，一个大头兵。如今一张大学文凭胜似县团级职务呢！恋爱不可能，一般的朋友也不简单了。他佩服她的品质，就因为当初写了篇比她强的作文，她就这样看得起他，以致各自情况都发生很大变化，她还一直尊重他，敬佩他。尤其她能在暑假绕路来看他，就这点，足使他有力量经住见面时任何意外的打击了。不管她形象多么丑，她是美的。他不再想她的形象了，开始考虑见面后安排什么活动，谈些什么。

"笼中雀，翌夏东南飞，山重水复，何处有我落脚树？"他又掏出她的信读了一遍，信中只这半阕词（算作词吧）和一句话："我绕路于本月×日乘火车前往看你。"

"笼中雀"就是寒窗中苦读的她的自喻无疑。第二句是她明年夏天将奔向东南也无疑。明年夏天是她毕业的时候，而我家乡和我这里就是现在的东南方向，后边两句是征求我的意见往哪儿分配吗？前后联系起来看，只能是这个意思。那么这次见面肯定会谈起这件事。家在西南，她却要往东南飞，奔我而来吗？万万不成。我是战士，复员就得回家乡。尽管老家是古往今来诗人们无数次咏赞的红豆之乡，毕竟是泥土之乡。不能赞成她奔我而来。待五年之后也许我会有资格对她的"落脚树"发表意见，现在不能。

第二次车也开走了，下车的人中倒是有好几个二十多岁的女同志，可没有拿《解放军报》的，也没有向他这位拿《解放军报》的解放军打听姓名的。他饿了。第三次车得晚上才能到，他得回连队吃饭去。

　　炊事班格外为他要接的人做了两盘好菜,早放凉了,又热热端上来。黄黄的煎鸡蛋,一回锅也变黑了,清炖鱼回锅后也没了鲜味。他没舍得吃。晚上她到了,炊事班还得特殊做,多不好意思。炊事班说千里迢迢来了叫人吃剩菜不像话,叫他吃了晚上再做。

　　他还是只吃了一样。下午训练他参加到底了。结束时离第三次火车到站只有半小时,他来不及吃饭,也顾不得洗把脸、换换衣服,就朝火车站跑。不早不晚刚好列车进站时他也跑到了,站在那儿也像刚停住的车头,呼哧呼哧喘着,一边张望一边把《解放军报》从裤兜掏出来,慌慌张张卷成筒。不管他怎样镇定自己,心情还是有些紧张。

　　这次下车的人特别少,很快就走完了。尚君呢?拿《解放军报》的尚君呢?列车呼啸着开走了。下车的人都没影了,他还站在那儿纳闷。没赶上今天的车吗?三次车怎么会一次也没赶上?出事儿了?可千万别出事!为来看我出事,就太对不起她了。

　　站台服务员见他还在那儿左顾右盼,以为他眼神不够被小偷掏了钱包,嘲笑地看他几眼,他不禁打量了一下自己。衣服上还沾着训练的灰土,脸上的汗水和灰土和成了泥,加上自己瘦小的个子和不漂亮的五官,形象很狼狈。他知道自己无论怎样打扮也不会和"英俊"两个字沾边,这是姑娘们的眼睛告诉他的。他不禁产生一个新的猜测:莫非她没拿《解放军报》,而是混在人群中把我偷瞧一阵就走了?

原刊于1986年1月号《青年作家》

饭后一小时

晚饭后聚在树荫下唠上一个来小时闲嗑，早成了荣军休养院几位知名人士雷打不动的规矩。遇上刮风下雨，他们便后退十来米，到大楼的雨檐下面唠。唠什么没一定，反正总得唠一阵。都是一些残废人，每天自愿参加一阵娱乐性轻微劳动之外，唠唠嗑，也是一种乐趣。医护人员管他们这帮人叫"唠嗑协会"，简称"唠协"。

今晚的草鱼很下饭，加上有的还要喝两盅，"唠协"的人比每天晚出来了一会儿。

先出来的是七十二岁的"杨骡子"和三十二岁的"李毛遂"。

"杨骡子"和"李毛遂"都是外号。老杨头是红军，在井冈山时给营长当通信员，经常牵头骡子跑东跑西，受伤残废时才是个通信班长，所以尽管入荣军院几十年了，仍不会摆官架子，就是好吹吹他那头功勋卓著的骡子。小伙子们就送他个绰号："杨骡子"。他不但不恼，反倒和小伙子们扳脖搂腰夸耀说："骡子怎么的？井冈山的骡子全世界才几头？""李毛遂"呢，当兵不到一年赶上了珍宝岛战斗，参战受伤，双目失明了。来到荣军院时正赶上组织"荣军演出队"，没人敢当队长。他会拉手风琴，加上懂点乐理，便毛遂自荐当了一年，因此而成名。

"李毛遂"戴着墨镜，手持一根探路的竹竿，和老杨头脚前脚后来到白果树下的石凳前。老杨头刚一打饱嗝，"李毛遂"立刻就听出是谁了。"李毛遂"摸过去,在老杨头旁边一坐说:"你老杨头又喝酒了。几块破草鱼就值得你喝酒,显见你是没到过乌苏里江。"他嘬嘬牙花子,"乌苏里江的珍宝岛哇,有一种大马哈,最好吃!珍宝岛打仗头一年,咱吃了多少大马哈,说出来你老杨头要馋得捏碎酒盅了!"

"喊,一套军装没穿旧的小新兵伢子,能吃几条尾巴连眼睛的小鱼崽子?十斤八斤撑死啦!"老杨头用火柴棍剔着牙花子,很不以为然。

"嘿呀,十斤八斤?哪一天不造它三斤二斤?咱吃进嘴的大马哈呀,两头骡子不见得能驮动。要不一开春打仗能立功?浑身是劲!"

"别没眼珠子瞎吹了,跟我吹不出去。我吃过井冈山的鱼,鲤子。我牵骡子在井冈山为陈老总抓过一篓鲤子,陈老总和我们一块儿吃的,你珍宝岛的大马哈谁陪着吃啦?"

吱溜一声,出来一辆手摇三轮车,上面坐的是"王孙膑"——也是外号。老王五十岁,从朝鲜战场下来时还是副连长,念过书,说今讲古,白话个带兵打仗什么的很有本事,又双腿瘫痪,上哪全靠手摇车,便被誉为"王孙膑"。

"王孙膑"把手摇车在老杨头和"李毛遂"对面停住,像坐沙发似的往车靠背上一仰:"你们吃的,那是中国鱼,想吃终归能吃着。抗美援朝那阵,我在临津江吃过梭鱼。那是外国鱼,是美国炮弹炸死的。香不香不说,带美国鬼子的火药味,人们想吃也吃不到!"

"嘿呀,外国鱼有什么了不起!咱吃的那些大马哈,你知道有多少是外国游过来的?"

"怪不得你总说人家巡逻艇快,吃人家的嘴短!""王孙膑"的话有点下道了。

"你吃了带杜鲁门火药味的鱼,也说过美国的飞机厉害,是不是中了美国鬼子的毒哇?""李毛遂"也飞起大帽子。

老杨头乘机给"王孙膑"帮腔:"我说小李,美国早就和中国建交了，你还一口一个'美国鬼子'，是不是对当前的外交政策不满，啊?!"

"李毛遂"反倒抓住了理："别说现在不兴无限上纲，兴的话，你们都得早写检讨书。你老杨头曾经走二万五千里打日本，日本现在也是我们的友好邻邦。你'王孙膑'也是抗美援朝时的副连长，直接跟美军交过手哩！哪天日本人和美国人来咱荣军院参观，我看你们俩还吹不吹?"

"该吹还吹！日本人要真来参观，我当场就要问问他，他们的教科书为啥把侵略改成进入？这事呀，我还得好好跟他们青年人吹吹，别让人唬了!"

正当杨、李、王三国鼎立，你联合我攻他、他串联我打你的时候，伙食管理委员会的王委员来了，他半截腰插杠子说："你们也别互相扣大帽子，过去是过去，现在是现在。按你们的逻辑推，现在和台湾讲统战，讲合作，以前几十年还打错了呢，那不对!"

"你根据什么说这不对那不对?"

"就根据大门上挂的这块牌子——荣誉军人休养院。咱们照样是荣誉军人。现在政策变了，是因为现在情况变了!"

天近黄昏，"唠协"的人大部分到齐了。抗日的、抗美的、打老蒋的、打越寇的，老、中、青都有。这些人闲唠嗑嘛，也不是评模会，难免不摆一摆过五关斩六将的事。背个录音机的"八十年代"也摆上了："老了打越寇到过红河。越南的鱼真够水平，红河的鱼快瘦没毛了。老子寻思把饼干扔河里喂喂那瘦鱼吧，可这帮蛮子不懂好歹，不知藏哪个狼洞里扔出个手雷，老子这两只手就都没了，吃啥都得别人喂。好的，越南的鱼现在大概连毛都没了。都八十年代了，一个国家的鱼瘦没了毛，还东打西打，何苦呢!"

"说人家有什么用？听说最近咱这儿鱼很难买!"说这话的是老周，解放战争时给师政委当警卫员，凡事好学着政委的口气说话，所以外号叫"周政委"。"咱们吃鱼是有保证，市民可就难吃到鱼了。那么大的水库养鱼场，按说吃鱼不该成问题，这鱼都哪儿去了?"

"走后门了，换木头，换钢材，盖大楼了！没看见已经开工了嘛!"

"盖什么大楼？"

"现代化大楼！名义是解决职工住房问题，实际上……哼！"

"不像话！"“周政委"搓了搓手心，"老百姓住房那么紧，他们却要先'化'起来，群众观点哪里去了！"

"咱们瘸、瞎、瘫，又啥权没有，你说不像话有啥用？""李毛遂"说。

"告，咱们联名写信告！"在对越自卫还击战中受了伤的"八十年代"很气愤。

"等咱们措好辞，写成信，邮出去；等秘书看完压半个月再转给市长，楼怕早盖完住上了，现代化快！""周政委"又搓了搓手心，"用不着写信，老杨头不是市人大代表吗？让老杨头去一趟，老红军去动真格的，市长敢不听？市委书记敢不听？老杨头，你敢不敢去，不敢我陪你！"

"国民党、日本鬼子都没怕，还怕啥呀？明天就去！"

又挤进来一辆手摇车。车上的人把话题给扯走了："别光说那些没影的事了。今晚的鱼怎么突然贵了，是不是得查查账啊，王委员？"

"查个六？明摆着的事儿，农副产品都涨价了，鱼能不贵吗？"

"那咱们的供养金是不是也得涨点呀？"

"做梦娶媳妇净想好事。国家白养着咱们，供养金还兴涨的？"

"职工不是涨工资了吗？部队干部不是涨薪金了吗？"

"周政委"又拿出政委的口气："咱们是残废人，不能跟好人比！"

酒后唠嗑好激动。王委员急了："是我们自己愿意残废的？冲锋的时候我慢几步，或是故意跌个跟头，那手榴弹也炸不着我！"

"谁让你不慢几步，不跌个跟头啦？没人让啊，你自己冲上去的！"

"那好，再有情况老子要冲才怪呢，冲不是人！"王委员把话说绝了。

"算了算了，谁也别飞沙走石了！""王孙膑"出来调解，"供养金这事确实是个事。独身的还没啥，有老婆孩子的是有点困难。大家是不是都同意涨？同意，咱们就选个代表，跟中央老陈反映反映。"

"还能有不愿涨的？问问老杨头，他愿不愿涨？"

"我光棍一条，自个吃饱了全家不饿，涨不涨都行。我同意给带家口的涨点，要是国家有多余的钱，给我涨两个我也不反对，幼儿园那帮孩蛋子们不是老让我给买冰棍嘛！"

"老红军思想境界这么高都不反对，非得涨！"

"不涨摔耙子！"

"涨，选代表！"

"大伙要是信得着，我'李毛遂'再出一回头，我跟中央老陈唠过嗑，我看他挺给面子的！"

"你光能毛遂自荐，嘴不顶用。选个嘴茬子硬的。'王孙膑'吧！""周政委"最不信任毛遂自荐的人。

"'王孙膑'，就选'王孙膑'啦！"

"王孙膑"非常荣幸："大伙得凑凑理由，理由不充分叫我说什么？"

"注意！注意！中央老陈来了！""八十年代"发现了国务院下来了解情况的陈同志，不知叫什么名，大家都叫他中央老陈。

说话工夫，中央老陈已经来到跟前。在这阵势面前，老陈可摆不得架子，这不是下工厂下生产队了解情况，这是些有功有劳的残废军人。

"唠什么呢？好热闹哇，抽烟！"老陈把一包过滤嘴牡丹扔了一圈差不多就空了。

"火，谁有火拿出来。""唠协"会员们抽上老陈的"过滤嘴"，一时话真像被过滤了一样，竟唠不起来了。

"方才唠得好热闹，唠哇！"

"我们天天这么唠，闲唠！"

嘴巴没毛的"八十年代"说实话了："捎带唠唠供养金的问题，正想派代表找您谈谈哪！"

"讨论……问题……好哇，继续讨论，有什么想法我可以替你们反映，我有这个责任。"

大家都叫选定的代表"王孙膑"讲，"王孙膑"又说大家还没讨论充分，应该继续讨论。

咔嗒一声，"八十年代"把他背的录音机打开了：

……

"职工不是涨工资了吗？部队干部不是涨薪金了吗？"

……

"是我们自己愿意残废的？冲锋的时候我慢几步，或是故意跌个跟头，那手榴弹也炸不着我！"

……

"那好，再有情况老子要冲才怪呢，冲不是人！"

……

突然，对院的棉织厂传来警报声。"唠协"会员们一齐扭头看，一团团浓烟往天上蹿着，火光和晚霞照红了天。

"不好，工厂失火了！"老杨头首先叫起来。

"唠协"会员一时全惊愕了。

录音机还在响着："有没有不想涨的，没有咱们选个代表，跟中央老陈反映反映！"

……

冷不丁一声大喊，压住了录音机声，也打破了全体会员们片刻的沉默："有种的跟我上！"这是发誓再有情况往上冲不是人的"王委员"喊的，他已头一个冲出去了。

"上！"

"上！"

老杨头和"八十年代"同时呼应道。

"唠协"一圈人全散了。"王委员"在前，"八十年代"跟在第二，老杨头跟在第三，"周政委"第四……连"王孙膑"也摇着三轮车跟上去了，只有双目失明的"李毛遂"急得拿着竹竿乱拨拉……

中央老陈跑上去想拦住这支队伍："回来，快回来，你们上去要出事!"

谁也没听见他似的,照样往前跑。"八十年代"的录音机也没来得及关,还响着:

"老红军思想境界这么高都不反对,非得涨!"

"不涨摔耙子!"

……

1982年8月于沈阳东大营

原刊于1982年8月《解放军报》文学副刊

此处危险

太阳起来的时间还不算长,没到兴奋的时候,所以发出的光芒很柔和。空气是清爽的。这样的时刻,没急事的人心情都会轻松愉快。独行的就要哼歌儿了。两人三人或是一群人同行的,肯定会说说笑笑。

他哼不出歌儿来,急匆匆走着。要不是穿一身军装,准会失态快跑。母亲病重,昨天从部队赶回来,今天就跑医院弄药。心里有急火灼着,他感不到阳光的柔和与空气的清爽,只怨太阳不该这么早就热。

母亲。药。药。母亲。母亲的病不轻。我当儿子的,没照顾她。没有媳妇,有媳妇照顾也算我照顾了。当排长可以找媳妇,可我不够年龄。排里那个老兵都有媳妇了。那次他母亲病重,就是媳妇照顾的。药。媳妇。未婚妻也可以代为照顾,或许更上心。或许,只是或许。谁知道未婚妻是怎么回事。药。未婚妻。母亲。

柏油马路像一条河,闪着油亮。不,像黑龙江。营房前面的黑龙江就是这样的。现在没过车。过一辆车就像黑龙江上跑过一条船。船。船一过留下一条白浪。车一过呢,一束烟尘。那回用巡逻艇送驻地那位大娘看病,亏得巡逻艇了,一点没耽误。老大娘的病跟母亲的一样,也用这种药。药。回部队时该给老大娘带些。一旦哪时犯了,危险。巡逻艇快,但轻易不能出。公共汽车也不慢,没准头。呃,有一辆开过来了。

他放开腿往车站猛跑。车从他身边驶过。剩不远就到车站了。车没减速，越站扬长而去。等车的人们雀跃一阵儿就静下来了，各自站回马路沿子上，便成了溜直的一列横队。天气太好的缘故，不然早有人骂开了。

他拉正衣襟，扶了扶帽子，开始庄重地走。呃？一伙等车的怎么全是裙子？！连衣裙、迷你裙、百褶裙；白色的、粉色的、蓝色的。无事可做，又一个行人没有，一列横队的裙子们都把眼光赏给了他。人数和他的一个排差不多，那眼光可比一排兵厉害多了。一排兵都拿战士的眼光看着排长，等待的是命令。一排裙子们那眼光像是在看长颈鹿、斑马和非洲大象……只觉着好玩，甚至带点挑衅性。

他挺挺胸，不甘示弱。解放军叔叔的母亲病了，需要个儿媳妇照顾，你们肯吗？母亲。药。他尽量泰然自若地走，直视着，从路对面迎着她们走上去。

一点动静没有。只有被一排眼光盯着的他的脚步声。

啪啦！

路面下水道马葫芦的铁盖翻了——这马葫芦盖小了一点，只是象征性盖在口上——刚刚稳重地踏上的一只脚连同半个身子呼啦一下掉进去。双方都被这突然的一幕惊呆了。好在他本能地用两条胳膊一叉，才保住半个排长没掉进去。

一排裙子们一时也不知如何是好，只是用眼光紧紧盯着。好像那眼光就是一条条绳子，拽着他，他便不会掉下去。

当他脑子从一刹那真空状态反省过来，忽然发现一排裙子的最边上还有个蓝眼的外国姑娘。她眼里那条蓝"绳子"似乎格外粗，他唰地意识到一点什么。他冷不丁看见她身后边的大门口挂着纺织厂的大牌子。她是来中国跟这些调皮鬼姑娘学纺织技术的吧？或是她来给这些女工上课的？怎么她手里还拿着一盒粉笔！

一个灵感瞬息间产生了。他两只胳膊支撑了一阵，很快指挥上半个自己把下半个自己救出来。这时才感到像被带棱铁棍重重击过的那条腿疼得不敢迈动了。

　　一排整齐的裙子开始飘摆。前仰后合，竟有几个天真的笑得手舞足蹈。不是心狠。谁会想到这么英俊严肃的军官会突然演了这么一出滑稽剧呢。他咬咬牙，不让自己迈出瘸腿的步子，但还是稍微有点瘸。他朝笑着的她们走过去。

　　也许有几个看见他的绿裤腿被血浸湿了一块，笑声少了。

　　当她们看他朝蓝眼睛外国姑娘走去时，笑声更少了。

　　他跟蓝眼睛说话时，笑声已溜得无影无踪。

　　"你好！借根粉笔好吗？"他说得很礼貌。

　　"好！好！"她会汉语。她客气地将粉笔盒递给他。

　　彩色粉笔。他挑了一根红的。他拿着红粉笔转身又走回马葫芦跟前。他想蹲下来，但实在不敢蹲了，膝盖下面磕掉的那块肉皮在和他算账。他只好直着腿，弯下腰，将红粉笔触到地面。马葫芦外面出现了一个红圈。

　　他在红圈外打上了三个惊叹号，然后写道："小心，此处危险！"

　　周围静得可以听见远处的火车声。真静。

　　车来了。裙子们谁也没抢着上，在等他。

　　他走不快，乘务员急了："上不上，不上开了！"

　　裙子们齐声喊："等等他！"

　　有个勇敢的还跑过去挽着胳膊扶他。那个蓝眼睛外国姑娘也跑上去和她一块儿扶。

原刊于1985年3月号《青年文学》

大人吃掉的熊猫（外二篇）

十个大人住海滨城市一个疗养院里开会。业务方面的会，这在一般人眼里不重要。但组织者是省里某业务部一个处长，而且与会者一个人来自一个地区，疗养院便理所当然以省级会议对待了。住宿一人一间室，伙食除了规定的标准之外院里再补贴些（这是惯例，当然不会白补的，省里回头批给你点什么就都回来了，而且回回都是吃小亏占大便宜），文娱活动一般都是放录像同时还有舞会，二者自便。往往跳舞者占百分之百，或者说十分之十一。因为来组织会议的李处长带的十岁女儿毛毛也天天不看录像而跟去看跳舞。开初大人们都以为十岁的毛毛跟着上舞厅会是个负担，便让她自己看录像。她偏特别爱到舞厅去，而且一到里边兴致极高。这个叔叔坐那儿不跳她就往舞池里推，那个阿姨没人请她就拉个叔叔来请她，惹得大家都很喜欢她了，一到晚上跳舞时就喊，毛毛呢，走哇，别把毛毛落下了哇！有天省上边的国家机关要来个人看看这个会开得怎么样。上级机关来人了嘛，舞会也得相应提高一个档次，院领导就问省里处长这样可以不可以。省里处长说可以是可以，不过一个小会就批那点有限的钱，不叫在疗养院开，吃住都紧巴得要命了，再到高档次的营业性舞厅跳去，钱到哪儿弄？院里说他们再往伙食里拨加一千元，就用这一千元足够了。

小小一个业务会十个人，加上省上边机关来的那位，再加上请十一个舞伴，一共二十二张票，加上水果点心饮料什么的正好一千元。走时大家又喊：毛毛走哇，别把毛毛落下呀。

毛毛欢跳着要上车时，负责组织会议的爸爸犹豫了一下，说可是正好二十二张票哇，营业性舞厅没有票怕是小孩儿也带不进去呢。毛毛便停了脚步，不知该上不该上了。大伙一呼声说去吧去吧，实在不让进再补张票也得把她带上。

尽管是二十二人的团体票，带个小孩也不行，毛毛还是补了张半票。

不怪五六十块钱一张票，确实高档。一进舞厅，从毛毛到舞伴到开会者甚至连省上边国家机关来的那个同志也目瞪口呆了。太高档、太高级、太高雅、太高贵、太高明、太令人高兴了。高高的大厅，低低的乐曲，莹莹的珠灯，幽幽的舞池，柔柔的侍女，软软的雅座，清清香香的饮料和点心。最叫人惊叹的是那舞池，远远的圆圆的小小的，一圈喷着水，水下往上射着奇幻的灯光。人走进池中简直不知怎么比喻好了。二十多人谁也没去过国外，都暗想外国就是这样子吧？再不就揣摸仙境不过如此，反正那一晚上他们不是觉得到了外国就是感到进了仙境，一个个都翩翩欲仙了，几乎每支曲子不漏，无论男女没有闲坐的，不再像第一天让毛毛忙忙活活推这个拽那个的。毛毛自个儿坐在那里怎么也坐不稳当，眼望舞池身子一动一动的，用心灵在舞，不知她心里想着和谁在舞。也许是爸爸，因为爸爸每次邀请哪个阿姨跳时她嘴里都发出嘶嘶呵呵的声音，很遗憾很嫉妒的样子。但绝对不会是妈妈。她妈妈和她爸爸离婚两年了。妈妈不喜欢爸爸，而毛毛又特别喜欢爸爸，爸爸妈妈一打仗的时候她总是站在爸爸一边，因而妈妈就特别不喜欢她，离婚时妈妈都没说要她。

大人们跳得愉快极了，间歇时双双还促膝热烈交谈着，谁也没闲工夫和毛毛打招呼，也许把她忘了。她心里充满了希冀，渴望大人们能注意到她。

忽然舞曲又起了，但不是平常的华尔兹、探戈什么的，而是迪斯科。那曲子欢快得火爆而激烈，最适合跳迪斯科霹雳啦，可是大人们都定定坐着没有起身入池的，因为没有谁会迪斯科，更不用说迪斯科霹雳。可是毛毛会，毛毛在文化宫业余舞蹈班学过，小孩不学交谊舞，专学迪斯科。一听曲子立刻像机器通电一样，毛毛身子不由自主在原地晃起来，晃着晃着在几位阿姨的鼓励下她走进舞池，这时舞池只她一人，舞姿出乎意料的优美和天真，全场都被她吸引住不动了，两三分钟后爆发出的掌声压住乐队的声响，乐手们又忽然起劲为她伴奏，将掌声压过去，毛毛竟为这座富丽堂皇的夜总会掀起了高潮。大人们受了感染，抑制不住纷纷下舞池，不管会与不会，都忘我欢跳起迪斯科来。毛毛在中间，大人们围着她，大家滑稽可笑的舞姿洋溢着童心童趣。舞曲结束时大家情不自禁在舞池里把毛毛举抱起来，向她祝贺，向她致谢。

有趣的摇奖节目就在这时开始了。会做生意的老板一共设了三等奖，一、二等奖的号码都落在毛毛她们这伙团体票里，而且一等奖号码就是毛毛那张半票。老板公布奖品时特意强调了一下，一等奖是价值二百元的玩具大熊猫一个，二等奖是价值二百元的舞票（四张）。当热烈的掌声把这个团体推出的领奖者送出舞池时，领奖者不由自主跑到毛毛面前，把大熊猫送给她了，那时大家没加思考都同意送给她的，她接大熊猫时的掌声为证。

得了大熊猫的毛毛乐得舞也不跳了，一会儿举给阿姨亲一下，一会儿举给叔叔亲一下，一会儿又自己亲个不够。

不知被多少人亲过后，忽然有人议论，老板宣布说这熊猫值二百元，何不拿熊猫换二百元钱多合算！三议论两议论，会议管钱那同志真从毛毛手里要过熊猫去跟老板换钱了。老板很不情愿，因为熊猫在商店不过百八十元，为了刺激和鼓励舞客们回头再来的情绪，才把熊猫定了高价，如用二百元换了岂不赔账。可话既说了，而硬门头的团体客人非坚持要钱不可，老板只好忍痛换了。

占了便宜的大人们好高兴啊，边跳舞边说如何治了老板的话。可是除了毛毛的爸爸李处长，谁也没注意到毛毛情绪低落极了，自己不跳舞，也没心思拉叔叔阿姨们跳了！几乎谁也没听见她在叨念："大熊猫换钱了！大熊猫换钱了……"

舞会结束时，当毛毛在心里说"大熊猫不换钱就好了"时，那换来的二百元钱已派好了新用场。

"大熊猫不换钱就好了！"睡觉时毛毛又跟爸爸把这话说了好几遍。当夜她还做了个梦，说大熊猫又换回了，一早起来就说："昨晚我做梦了，梦见大熊猫自动跑我这儿来了！"

毛毛的爸爸李处长望着离开妈妈的女儿，心里不是味儿，但是为了工作，中午饭还是用那二百元钱在街里喝了顿酒，为欢送省上边机关那同志。当然二百元钱在街上也吃不到什么，为了使酒菜质量好点，只叫四五个有身份的参加了作陪。席间，酒喝到高兴处又说起昨晚的舞和大熊猫。省里的处长当笑话把毛毛梦见大猫熊又回来的事一说，省上边机关那同志很是不安，酒后上街买了个二十元的小熊猫送给了毛毛。可是毛毛仍很遗憾地叨念说："大熊猫不换钱就好了！"

两天后大人们差不多就把那顿酒饭忘了。

毛毛的心灵里会不会牢记大熊猫一生呢？记得鲁迅先生就一直没忘童年时被哥哥一脚踹了的风筝。

冤家路窄

几乎无人不向往美。吃不上穿不上的穷美，朱门酒肉臭的富美，不穷不富不懂美为何物的也要臭美一番。有的为追求美而死了，有的因为活得不美而去死时还想葬身美地。我就因为吃饱撑的而去黄山臭美过两次。两次都听说过到黄山寻死的人。不管什么原因想死，到黄山去寻死都是想葬身美中无疑。有的确实死了，大概实在活不下去。有的却因见了黄山之美而不肯死了。也许他本来死的愿望就不甚强烈，但无论如何是美对这种想死而未死者发生了作用。

在黄山，我还亲身经历了一个比想去死而又不愿死了更有意味的故事。

我爬黄山，未知的黄山之美全在朦胧雨雾中罩着。继而云开日出，各具姿态的奇峰异峦被雨雾擦洗过后身披万道金光。爬到高处又忽降大雨，一二小时后便是漫山遍岭的大小瀑布。一峰一涧，峰回水转，简直走一步好几个景观。黄山秀色可餐可饮。不到半日便餐饱饮足，将胸中诸多烦闷排挤得烟消云散，五脏六腑浊气荡然无存。可那妙不可言的美景仍然接踵而来，应接不暇。

爬到山峦极高极窄处——鲫鱼背时，仿佛置身天上了，湿漉漉的云就在身边和脚下，拭身擦脸伸手可摘。太阳透过高天云隙射出玄妙之光，照耀着只可过一人那鲫鱼背似的山巅小道。小道几十米长，若不是两侧有铁链扶手拦着，没人敢走。即使扶着拦索过，胆小的也会吓得直哆嗦。听说有的男人就是趴着爬过去的。我过鲫鱼背小道时因阳光照耀，正有一大片白云团漫过，那惊险情境便被掩住，我如神仙踏着祥云巡天一样悠悠前行。眼观下界时，远远近近万千层次。近的真真切切似神座，远的渐次模糊，隐约朦胧缥缈如仙境。我站在左右丝毫不得挪动的天路上久久驻足，不肯离去。深深地吸气，清爽得浑身雾化般松快舒服。长长地凝望，想把那空得不可言语的美妙全摄进眼底。看到忘情处，我激动得想喊，想唱，想欢呼，还想找人说一声黄山真美，大自然真伟大，可是前不见有人，后无来者，我抑制不住独自"啊啊啊"长喊起来，让那声音尽量传得远些，希望能遇上知音，得一声回喊。果然迎来了回喊，那喊声就在小路前头的崖坡下传出。我欣喜若狂，一霎间几乎忘记了是在惊险的鲫鱼背上竟小跑着朝那回声奔去。

悬崖的白雾间终于爬上一个人来，没等看清相互模样，我们就不约而同说："太美啦！！！"

我想，凡是爬上黄山的人都会这样惊叹的，不过独自惊叹实在不如有个朋友、亲人、爱人或随便什么人一同将那叹声发出过瘾，俯身悬崖口去拉他。他伸上来的手和我伸下去的手快要握在一起时，我们相互怔了一瞬间，我才发现他竟是她，我邻居家的女人！

只是在心里怔了极短的一瞬，我俩嘴里发出了同一惊喜之声："你也来了?!"

若不是在黄山，这句普通得再不能普通的问话大概再过十年也不会在我俩之间发生。十年啊，我们已经十年天天见面而从不说话啦。

大城市里的人一天行色匆匆，从早到晚不知各自在忙着什么。有的住了十年八年竟不问邻居姓何名谁，甚至有乡下亲戚来找时打问到对门了竟说不知道。即使知道也是从收水电费煤气费人的喊声中知道的。我起初和这个在黄山相遇的邻居也是这个样子。后因我不在办公室坐班，整天在家工作，无形中成了那个楼洞的安全防卫者，当然这只是我自己这样认为的，邻居都不知道。有次她家新买了台进口录音机，不知怎么被一个偷儿瞄上，趁她家无人时来撬门，被我捉住送了派出所。从此我们两家才有了见面相互说句话的关系，逐渐发展到家里没人时互相代交个水电费、卫生费、安全费什么的。关系发展到最高潮时也就是相互借把铁锹锯子斧子等等，也没达到互通有无送点什么东西。再发展，竟因两家共用的厕所和走廊电灯谁管多谁管少，以及被别人弄脏弄坏却误认为对家干的等等，而日渐生分，及至两家女人闹红脸吵骂一架后便再不说话，相遇时一低头一扭脸，形同路人，而且不光水电费、卫生费等不互相代交了，就是对门被火烧了也不再过问。这隔膜和僵持足足有十年有余。

共用一个厕所一个门廊，开门相互碰鼻子的邻人同时去黄山，这大稀奇事竟互相不知丝毫，这是怎样的隔膜呀。要知在中国，从遥远的北方到这黄山也不亚于出国等闲的，黄山邂逅却使我们化解隔膜了，不约而同向对方发出了惊喜之声。当时我也没弄清是什么力量使然，双手将她拉上崖顶，一时欢喜得就差相互拥抱了。我们又不约而同连说数声太美了之后，我说，拍张相片吧。于是我俩掏出各自的相机，兴奋地给对方拍了一张。那一刻我忽然悟到，美是很有力量的呢!

多余的韭菜花

赵副科长家的人都爱吃韭菜花，哪顿饭要是没有一碟，饭就明显少下。因此他家每年不腌一大坛子也腌一小缸。今年小缸打了，只好用坛子腌吧。

在家里，别的事儿赵副科长都不动手（好歹是副科长，老婆大集体工人，被他使唤蔫蔫的），唯独每年腌韭菜花必得亲自动手。他叫老婆挑最好的韭菜花买了五十多斤一篓筐，亲自监督剪，亲自接通绞菜机电源，一罐一罐子绞成酱后又亲自加了盐和调料才放心地装入坛中。今年赵副科长实在是太贪了，一家伙买五十多斤，大坛子装满后，又装四五个玻璃罐子，还剩两大碗没处装。没处装就在碗里放着吧，反正秋天了一时半晌也不坏，一天三碟子，有个四五天也就吃完了。

放到第三天时还剩一大碗零点儿，家里忽然决定请客吃饭，必得用那大碗，而那韭菜花又没处倒，扔还舍不得。

"送人吧！"赵副科长指示老婆说，"你愿意送谁就送谁，就说刚做的吃个新鲜！"

"晒三四天了，吃鬼新鲜。"老婆说，"就你拿韭菜花当好玩意儿，扔它得了！"

"不不，扔了只解决咱家用碗问题，并没发挥韭菜花作用。送人，两个作用才都起到了。"

"哎呀！我说你头发那么稀就是一天密算计的，一碗韭菜花能发挥你当正科长作用？"

"你倒是头发厚厚的，就是不长见识。反正东西送人比扔了强！"

"好好，送吧。可你送谁呀，住这么多年邻居都不怎么认识，冷不丁送谁一碗韭菜花，叫人犯寻思！"

赵副科长一寻思老婆的话也有道理，琢磨一会儿忽然想到同科的李副科长家。他家住前栋一楼，下楼走几十米就到了，又是同科的，除他家而外确实没人可送了。对，就送李副科长家。

这任务当然不能一家之主亲自去，去了显得同是副科长低人一头似的。赵副科长就叫老婆去。老婆想，李副科长家里人从不登我家门，尤其他家女人，见面总得我先打招呼她才说话，好像她是科里第二夫人我是第三夫人似的，两个副科长不是没排大小吗？她便让孩子去。

孩子不愿去。男人也说："让孩子去怎么行，叫他家看着不尊敬，一旦不收再叫孩子端回来岂不难堪？"

老婆不敢真违男人意志，只好去了，出屋时还嘟囔："就在芝麻小事上下功夫吧，头发掉光也出息不成科长！"嘟囔得赵副科长直想骂她，又不能骂出口，急等她送掉韭菜花倒出碗来用哪，客人要来吃饭！便忍辱负重哄她下了楼。

怕老婆在楼下偷偷将韭菜花倒垃圾箱里，赵副科长在阳台一直看女人走进李副科长家的门洞才回屋。

李副科长家只孩子在，赵副科长老婆便没遇任何不愉快而将韭菜花送出了手，那晚的客饭也十分顺利，盛韭菜花倒出的碗被装了四喜丸子放在桌子正中，好出色，好助气氛。

不想李副科长家却遇了难题。他先是在楼下看见赵副科长在门口往家迎客，回屋后才知道送韭菜花的事。两位副科长虽同科共事多年，但一人管一摊事，都直接向科长负责，井水不犯河水，就是科长外出也不明确谁代为主持工作，只交代管内勤的科员协调，所以两人既无大矛盾，关系也不深，互相根本没送过什么东西，忽然送来一碗韭菜花，怎么回事？李副科长和夫人琢磨开了。他家请客，给我家送韭菜花。韭菜花，请客。请客，韭菜花。请客谁家都有过，不足为奇。送韭菜花就稀奇了。赵副科长为什么送我韭菜花？李副科长和老婆都犯开合计，一时又都合计不懂。夫人说好像见你们科长也进赵家门了，八成赵家请客也请了科长？

李副科长顿时眼一亮，同时心一惊。是不是科长真要调走！前几

225

天偶尔听别科小伙子说一嘴科长要调走，也许此事是真的。莫不是赵副科长心有底了，他要提升科长。当科长要得副科长支持，尤其刚下令这阶段不好平衡副科长心理，所以提前送这种稀里糊涂小东西腌着看一下即将出现的差距，或等差距的台阶出现时借助这东西抹得平滑些。这不能不算是一种可能。但是，也有另一种可能。赵副科长才气平平，魄力也不行，怎么会让他而不是我当。若让他当的话老科长就太不够意思了。也许他已摸到我要当科长的底而提前主动向我靠近，免得到时弄得尴尬。按说应该是这样，可老赵那家伙没有这境界。那是为什么呢？会不会因为领导看出他没这境界而提前找他谈了话，授意他我当科长之后也调他到别的正科级单位当头，让他事先主动和我搞好关系？还可能有另一种原因，这小子是不是想求我或我妻子办什么事？这种可能很快否定了，想求办事送韭菜花，那简直儿戏一样可笑。还是关于当科长的事，不是他当就是我当，我李某人当的可能性大。

　　连醒着加梦中足足折腾一宿才这样认定之后，李副科长又想到"来而不往非礼也"这句话。第三天他便差妻子送一瓶辣椒酱给赵家，说是老家刚捎来好几瓶，一时吃不了请赵家尝尝风味。李家故乡湖南喜吃辣椒赵家知道，但也知道他不会送了一碗韭菜花后李家故乡就忽然捎来辣椒酱。赵副科长掂着辣椒酱瓶说妻子："怎么样，要是扔了韭菜花能有辣椒酱吗？运筹和算计就是领导者的才能，一般群众和领导所差的就是这才能！"

　　赵副科长老婆撇男人一嘴："你这一运筹倒好，往后看麻烦吧。你瞧瞧人家送这罐辣椒酱，带瘦肉的，三分之一肉，三碗韭菜花顶不住。"

　　赵副科长用双指捏一条肉丝扔嘴里嚼了，觉得确属高级风味，三碗韭菜花是顶不住的，又吩咐老婆说："把咱家麻辣香油送一瓶去，宁可叫他家欠咱们点，咱们不能欠人家的。不过要等三两天再送，马上送叫他家感觉像在换似的。"

　　三天后香油送过去了。

又三天后火腿肠送过来了。

一来二去越送越大,送到年底已发展成送高档烟酒,甚至照相机什么的了,可科长仍没调动。正赶上这年春节前中央号召各级领导要在拜年问题上体现出廉政来,改改往年习惯,倒拜年,要领导给群众拜年而不要群众给领导拜年。科长拜到李副科长家时,喝了几杯上好名茶,格外兴奋,李副科长便忍不住问:"早听说科长要提升,咋还没见动静啊?"

科长咽了好茶心安理得地说:"提什么提,我这水平我自己还不知道嘛,提不了,领导跟我说过,叫我安心多干几年,离退休还有五年呢!"

李副科长一口茶喝呛了,咳嗽得茶水洒了满膝盖。

按原来的节奏,春节这几天该李副科长给赵副科长家送东西了,却到十五也没送。赵家又给李家送过两次小东西,李家仍没还送什么,逐渐也就中断了。

原刊于1991年8月号《天津文学》

关怀的罪（外二篇）

　　北方的老人们大概都对那无声无息柳絮杨花一样慢慢悠悠轻轻飘飘的落雪感到很顺眼吧，尤其对那傍晚伴着烧饭的煤火煤气天然气火悄悄而来的瑞雪更觉温暖而安谧，那雪多像他们平静的晚年啊。我的邻居老高头面对大年初四傍晚的中雪肯定就会是这样感觉的。初四那天傍晚我刚给有关领导和亲友拜过年赶回家吃晚饭在门口抖落身上的雪时碰见了老高头。拜年的话初一初三见面都说好几遍了，今天已是初四傍晚，再说未免太絮叨，我便顺着他心思说起这雪。

　　"高大爷，今天这雪，瑞雪兆丰年，预兆您晚年吉利呀！"

　　若在往常他一定满脸堆笑极轻松愉快地同我搭讪，那语气里一定让我感到我对他的敬重和友好得了双倍的回报。他一定会伸手扑拂我肩上的雪花说好雪，是好雪啊，你也得加小心戴帽子，别落一光头雪感冒着啊。

　　高大爷就是这么个人，凭我天长日久的观察和他家人的评价，这结论肯定是准确无疑的：心地善良，踏踏实实，谨小慎微，一丝不苟，万事不求人，也不大与亲属之外的其他人来往，信奉的哲学是人不犯我我不犯人，即使有人犯我也尽量息事宁人大事化小小事化了，凡事人家欠我点可以我万万不能欠别人什么。当一辈子工人年年圆满完成任务，从没和别人闹过矛盾也从没给领导添过什么麻烦更不用说惹是生非了，以至他的退休离厂回家安居竟没给厂领导留下什么印象,就像一朵非常不起眼的小花在万花丛中悄悄地开过又悄悄地凋谢了,厂领导似乎都没察觉,他自己也毫不介意,仿佛他的生命就该这样平凡。他活得自满自足自得其乐。当然他对儿女们的不敬不孝行为是不容忍的可以说丝毫地不容忍,所以没和他一起过的两个儿子一个女儿都在初一初二来给他拜过年了,也都带来拜年的礼物,尽管儿女们一家人吃的喝的要比带给他的礼物多几倍并且他还得搭上不少给孙女孙子的压岁钱,那他也高兴,没欠着儿孙们什么,并且爹爷都当得挺顺当太平,这也就够了。年前年后一直到昨天大年初三每次相遇我都能从他脸上读到这样自满自足的心情。

可是初四那个傍晚我向他说了瑞雪兆他晚年吉利的话后,他却没有从容安详地拂拂我肩上的雪说什么别感冒了哇,而是急忙地看看天色又指指我的左手腕子问:"几点了?"

"五点半,该吃晚饭啦。"

"到时候了,该端饭碗了。"这时他开始决定着什么似的自言自语,"这时候端饭碗,半个钟头也就吃差不离儿了。我这个时候从家里走,半个钟头正好差不多到了,敲敲门进去,送上礼物坐个十分二十分钟就走,一点也添不了麻烦。"

他像是自言自语又像让我也听听帮他拿个主意似的,我就不好冷了他,热心地问:"高大爷要出去串门呀?"

"这会儿去呢还是晚上去?晚上拜年的人少,不过,晚上人家要看电视;明……天……呢?不行,明天人家又该出去了,后天年假就完了,上班了,上班后再去,就晚了。"他还像自言自语就像让我听听给出出主意。人老了就好絮叨又拿不定主意。多年来几乎从没见他这样急慌地絮叨又拿不定主意过,一定是有重大事了。

"高大爷有事要我帮忙吗?"

"不,不用,得我亲自去才妥!"他又看看天气和雪再次问了下时间,"是五点半吗?"

我把表伸给他亲眼看了,他决心已定地说:"那我现在就去,饭回来再吃,自个的事儿早点晚点好说。"

我也看看天气和雪。"高大爷，眼瞅就黑天了，不等您出屋就得黑，您眼神不济有急事我陪你去一趟吧，这雪。"

"不用不用，就是需要的话哪能麻烦你呢，自己闺女儿子好几个哪能麻烦你呢，大过年的！"

"他们不是不在身边嘛，邻居住着，又年轻，不麻烦！"

"不用你去。这么着吧，要是回来晚了，我老伴来家问哪儿去了，麻烦你告诉她一声，就说我给厂子王书记拜年去了，一会儿就回来。"

"您老这么大年纪，退休在家待着，给书记拜什么年哪，他们没到退休年龄，该来看看您的，可是他们哪年来了？"

高大爷十分不安起来。"愁的就是呢，今年新调来个王书记，岁数也比我小不了几岁，人家给我拜年来了，头午来的，还拿了两瓶酒一大盒点心，一点准备都没有冷不丁就来了，没想到，一点都没想到，搞个我措手不及。"他直搓手说，"这哪好，书记拿东西来看我，一下子我血压就上来了。我也得去看看人家呀，新调来的又不知家在哪儿，问他他说不用去了，愿去过年后消停了再去他家喝酒。我的天哪，那哪行啊。王书记一走我就着急忙托人打听住哪儿，好歹打听到了。我拿了三瓶酒一盒点心去了，骑个车子左拐右拐好容易找到了，家里没人，锁头看家。问邻居说全家串门去了。想把东西放邻家转交，又怕说不清楚误会了，又拎回来了。现在一准能回来吃晚饭了，我这就去吧！"

我劝他不住感叹着回到屋里，好吃的年饭吃得不很是滋味。高大爷真是的，厂领导给拜个年何苦血压就上来了呢。我嚼着饭从窗子里看见他真的骑上他那辆如他一样老旧的自行车走了。车把上挂着一盒鲜艳的点心和极好看的三瓶白酒。

他和如他一样老旧的自行车载着沉重的酒和点心慢慢消失在无声无息柳絮杨花一样慢慢悠悠轻轻飘飘的落雪里。

不想这竟成了诀别，初五早上公安派出所的人拿着从高大爷身上搜出的居民身份证找上门来报告，说高大爷倒在一条僻静的马路边上，早冷得僵僵的了，尸体上盖了一层雪花。看样子是从自行车上摔倒就再也没爬起来，给王书记拿的三瓶酒和一盒点心还在车把上挂着，只是那酒打了一瓶，正好是比王书记带给他的礼物多出那一瓶。

王书记送老高头的两瓶酒一盒点心伴着老高头在雪地里躺了一夜。酒没冻人却变成僵尸了。

老高头的老伴得信儿后从儿子家赶到现场，看着那酒和点心还不明白这究竟是怎么回事。除了我，大概谁也不会明白这是怎么回事吧。

少年与老人

我正在家里埋头读一本书，读得忘记了时间。这不是刺激性极强的通俗小说，是一本捷克作家写的极严肃的长篇，叫《生命中不能承受之轻》，据说曾获诺贝尔文学奖提名，虽未获奖，提名也不简单了，中国作家好像还没有被提过名的呢。这部小说写得不错，既现代派又不难读，而且读了让你深思琢磨。什么叫生命中不能承受之轻呢，轻怎么会不能承受呢，吃饭撑着之后的闲极无聊五肌六瘦寂寞难挨或饥肠辘辘两眼昏花头重脚轻甚至头也不重了只觉得浑身轻飘飘的没一点力气或者既没吃饱撑着也没饿着但不撑不饿中又十二分的孤独惆怅没人理解无有知音算不算不能承受之轻？在中国，不能承受的似乎只有沉重……

忽然一阵敲门声，本来是敲我家的，因正沉浸在书中便觉那声音很遥远，等敲声消失我才冷不丁觉出是敲我家的，是那接着响了好长时间也不停止的音乐门铃提醒我的。门铃音乐的《天仙配》电影插曲"夫妻双双把家还"，只要按一下必得从头唱到尾方能停歇。有时来人早已坐下甚至大约喝了一杯茶抽了一支烟了那"夫妻双双把家还"还没终了。这次我以为又是爱人下班来家了呢，可我还没把烧饭的火点着，便飞快地想着将下班时间到了还没进厨房点火的理由一语说清免得遭奚落。等门铃唱到"你织布来我耕田"时我已想出理由把门开了，不想是戴着红领巾的儿子气喘吁吁上气不接下气地闯进来。我一看表，还不到放学时间啊。

"爸—爸爸……自行车……车把一个老……老奶奶撞了……"

"谁的自行车撞的？"我极紧张地问，以为是儿子撞的。

"同……同学撞的，我俩一块儿走……走，他撞完跑了，我……我下车扶老奶奶，老……老奶奶把我拽……拽住了，自……自行车还……还在她手里……抓……抓着。她不抓着……我也……我也不能跑。老奶……奶撞伤了……怎么能……能跑呢……"

事情的经过和儿子的心情我都明白了，急忙扔下《生命中不能承受之轻》，又带了些钱跟儿子向出事地点跑去。不知详情的人会误以为儿子犯了什么大错误我追捉他要暴打一顿呢。我们就这样跑到老太太身边。她身边已围了一帮人，她就倒在人群中呻吟不止，我急忙蹲下问她哪儿疼，伤着了什么地方。她像落水挣扎中忽然遇了一根木头一把抓住我的胳膊就不放手了，一迭声只说疼。

这时过来一个交通警察，拨开围观的众人训斥我说："还不送医院看看，撞了老年人，撞哪儿你也得负责治！"

我解释说不是我撞的也不是我儿子撞的而是我儿子的同学撞的，我儿子学雷锋叫我来帮忙的。警察不大相信打量我一眼挥挥手又说："学雷锋就快点学吧，别影响交通。"一边赶散众人，嘟囔句"什么学雷锋，你儿子撞的我都看见了"，信步离去。我弄不清是儿子说了谎还是警察看花了眼，一时既对警察的不热心恼火又对儿子与警察说的不一样生气。不管怎样我是来帮儿子学雷锋做好事的，老太太这等呻吟一定伤得不轻，先送我们单位门诊部再说吧。

我把老太太抱上自行车，亲手扶着她，儿子推车来到门诊部，一见医生，老太太愈发呻吟得厉害了，也不叫医生捏碰，一个劲喊疼啊疼啊。

年轻的女医生便说老人本来就临近生命终点了，一点儿闪失就容易致命的，飞快地开了张治疗介绍信并要了辆救护车，让我马上送医院检查治疗。

我心里不免开始紧张。这老太太家住哪里姓甚名谁家有何人都不知道，真要住院治疗起来得多少钱，一旦有个三长两短赖到我身上怎么办？我掏几个钱学学雷锋可以，真要说是我儿子撞的，住院治疗或是死了，人家不饶叫出个千八百元的岂不苦了我也。医生见我犹豫立即批评道："老人疼这样，做儿孙的还舍不得钱咋的？赶快送医院！"

我没好意思分说也没容我分说，医生亲自搀扶着把老太太送上救护车就回屋看她的门诊去了。于是我只好坐上救护车带着儿子去医院了。一路上免不了要寻思寻思那女医生。真是的，她这么一弄事就大了，这不扔给我个大包袱吗？又一想这医生够不错的了，平时一般人想用救护车去医院看病还是妄想哪，现在没用问是我的什么人就给要了车送去……

这是全市有名的大医院，尤其是骨伤科有名，权威医生亲自给检查过了，没发现什么伤处。但老太太仍痛苦地呻吟，老医生怀疑莫不是脑血管撞破裂了，老年人是容易出现这情况的，便又转到脑外科CT拍片检查，还是没发现什么问题。亏得我是政府机关工作人员并且认识这个医院的领导，不然光这些检查我兜里的钱就远远不够了。

的确没发现什么伤损和其他病状，虽然老太太还是叫疼不止。医生和院领导还是劝我把她送回家去算了。我向老太太解释情况后和儿子一同把她搀扶上车，送她回家。

我本没有再给她来医疗的意思了，而且权威医生已说明她确实没什么可医疗的，可她在路上忽然说："给我三十元医疗费就行了，往后出了啥事也不用你们管，孩子也不是故意撞的！"

路上我一直没考虑好是否给她钱。

拐了许多弯，走了很远的路终于到了她家。我和儿子把她搀进两间破旧的小平房。当我看见肮脏的炕上躺着她四十多岁瘫痪的儿子时，我知道了就她们母子俩相依为命生活，我便再不犹豫把兜里的四十元钱全部交给了她。

临走我当着她和她儿子的面嘱咐我儿子说："往后你每天放学来这儿给老奶奶拎两桶水，这儿吃水要到公用自来水管去接，就算你完成教师布置的学雷锋任务了！"

儿子点头应诺并当着老奶奶的面做了保证，而且真的从第三天开始和那个同学实践起来。

只去了两次，儿子便告诉我说，他在老奶奶家附近另一个路口又看见老奶奶和一个小朋友相撞了。是她主动往小朋友自行车上撞的。我不相信，儿子赌咒发誓说他看得真真切切，撒谎天打五雷轰。我信了。儿子问我："那我还去不去给她拎水呢？"

我想着她、她家的房子和房子里躺着的瘫痪儿子，一时没有给儿子以确切的回答。

孪生兄弟

有一天，那是个风和日丽的夏天中的一天——其实冬天夏天都与我要说的人物和故事无关紧要，不过就因为我确实是在夏天中的一天参观一个大城市的一座模范监狱时发现了这个故事的。这个故事虽然叫"孪生兄弟"，实际我只见到这对孪生兄弟中的一个。见到他之前我还见到一个女犯。为什么要提到和这孪生兄弟丝毫无关系的女犯？我也说不出为什么来，也是因为当时事实上我就遇见了。

那个女犯一点儿都不像犯人。我是在参观犯人自修大学教室时见到她的。她在教室门口坐着看书，我以为她是狱中的工作人员，因为她的神态气质发式神情都让我以为她是工作人员。我客气地问她干什么工作，她竟受宠若惊站起身来两手下垂回答说她是犯人。我说犯人为什么单独在教室看书，她说犯人兼着犯人自修大学的教学教师。我又问她犯了什么错误——我觉得对犯人也得尊重点客气点，犯人也是人嘛，因而没好意思当面问犯了什么罪——她说她犯了杀人罪。我不由得大吃一惊，把眼睛瞪得老大问她杀了什么人。她说杀了自己的丈夫。我又是一惊嘴张得老大问她为什么杀死丈夫，她说丈夫生活作风不好有回把野妇人勾引到家来干那种事被她冷不丁回家堵住了，她一下气昏了头顺手抄起屋地一截砖朝那女人打去,不想她的丈夫扑上去保护那女人,砖头就不偏不倚落在他的头上,登时脑裂倒地身死,她便因此判了八年刑。

有这女教师犯人的先例我便没再发生把犯人当成工作人员的误会。可参观到胶鞋生产车间时我还是轻看了一位身材矮小面目和善的犯人小伙子,也就是我要说的孪生兄弟中的一个。他正在生产流水线上压胶鞋。他剃着个光头但眉清目秀面白身单虽不像女孩儿但也绝不会让人往血性男人上联想。我拿起他刚压好的一只胶鞋问他——小伙子有二十没有——您眼力不错我正好二十——他说着朝我笑笑似乎还有点腼腆,我觉得他怪有趣的又多问了一句——还得多长时间出去呀——十三年吧——十三年!进来多长时间啦——两年——说着他又腼腆地低下头压胶鞋。这么说他的刑期就是十五年!什么罪判十五年?偷窃?强奸?反革命?都不像,这么一个腼腼腆腆的小伙子怎么会干出这等罪过。杀人放火更不像了,何况杀人放火要判不止十五年。我问——你……怎么——我杀人了——杀人——……杀了什么人——我父亲——你……会杀你父亲——他又压好一双胶鞋瞅瞅我,腼腆地点点头。

人是怎么回事?看去这么老实的年轻人怎么可能杀死他的父亲。不可思议。难以置信。我忽然想起这是监狱。监狱!监狱就这么神秘吗,可以把一个杀父的暴子变为腼腆的羔羊?——你怎么杀死你父亲的——用大棒子,一棒子抡他脑袋上就死了——你为什么要用棒子打你父亲呢——当时身边正好有根棒子,我顺手就抄起来了——我是问你为什么要杀你父亲——呃,我爹要杀我妈,他拿起菜刀朝我妈砍去,我妈一躲,只砍掉一根手指,我爹又接着砍,我就抄起了大棒子——那……你爹为啥要杀你妈呢——……别问这个了,看看我压的胶鞋质量吧。质量还行吗——我只好接过他的胶鞋看了看说质量蛮不错,他说那我就多压几双,他就默默地十分麻利地压他的胶鞋。

从他手中扔出的胶鞋像一个个带翅儿的问号在我眼前飞舞。我的想象力也长了许多翅膀飞起来。他的母亲十分漂亮吧,也许十分丑陋,不然他父亲怎能砍她呢?也兴许不是因为丑陋而起杀心或许就因为漂亮呢。会不会像那女犯的男人把野情人勾引到家被堵住而遭菜刀的？这位死了丈夫、儿子被判刑、自己掉了一根手指的母亲怎样啦？——你母亲……怎么想——她说不如让我和弟弟一起当兵去了——你弟弟多大就去当兵了——和我同岁——你弟弟怎么会和你同岁——双胞胎——啊……孪生兄弟，为什么让他去而没让你去——那年正好高中毕业，我俩一个班，他学习不好，好打架斗殴，家管不了，怕考不上大学，待业在家干坏事进监狱咋办，就走后门送他去当兵了——兵当得咋样——当兵第二年赶上他们部队到云南前线参战，他不是好打架斗殴吗，上战场也不怕死，打死过两个越南兵，他说从被打死的两个越南兵身上搜出一个党证一个团证。后来他也火线入党了——你说你弟弟是高中要毕业那年入伍的，那你高考没有——考了，也考上了，可是通知书发下来时我已进监狱了——你母亲现在……——她现在都有白头发了，每次来看我都要流一回眼泪，说本来担心我弟弟进监狱，哪承想我进来了，不如让我们兄弟俩都当兵好了。现在可好，既是军属又是犯人家属……

我的想象力又振动起翅膀飞向那位被砍了一根指头的母亲。已经有了白发的母亲啊，你的一颗心分忧着山水相隔的两个儿子，白发又增添了多少。

唉，孪生兄弟。

1989年7月写于沈阳
原刊于1989年10月号《文汇月刊》

第二次执刑（外二篇）

士兵们多彩的生活可以谱写出无数支轻音乐。

悄悄地，没有一点恐怖气氛，囚车在郊野的小山谷里停住了。他持枪跳下囚车时，望见一只叫不上名来的鸟儿正慢慢往这儿飞。犯人跟着他也跳下来，脚镣声很轻。几乎就在他脚沾地的时候，那鸟儿落在了刑场的一棵白杨树上。

天真蓝。只有薄薄几片白云，动也不动。不一会儿，落在白杨树上的鸟儿就放开喉咙，那声音很动听。

他把枪背在肩上，开始步行。犯人在他后边走，还有两个兵持枪押着。其他人员从第二辆车里下来，一块儿走在后面。

他无所谓的样子。犯人也无所谓的样子。

他确实无所谓了。这已是第三次执行枪决任务。第一次可不是这样子，接受任务头三天就紧张得睡不着，吃饭也不是滋味。指导员早就提前做他的思想工作，讲犯人的罪行，讲这种人如何猖狂，没有人性，不杀不行，还说执行枪决，一发打不中两发，两发不中三发，直到击毙为止，比打靶还容易。可一到临头还是紧张，紧张得要命。但一看犯人那软骨头，简直是块豆腐。犯罪时的猖狂劲儿哪儿去了？他蔑视他，紧张是没有了。扣动扳机后，见一个活人一扑就死去了，心还是免不了悸跳一阵。第二次是个干了说不出口的事儿之后又杀人的老头子。该死的老头子,该死。干那种事的都不是人。畜牲。干了那种事再杀人更不是人,是疯公狗,是饿公狼。何况这老不死的,强……幼女。枪毙便宜他了。该倒点天灯,该扒皮油炸……那次他没心跳,没手抖,一枪击毙。

这次,犯人是个小伙子,挺现代派的。没有父母,没有姐弟,也没有老婆或未婚妻吧?不然怎么一点没有痛苦,好像去死是件很平常的事。瞧瞧这,看看那,飞过一只鸟儿他也瞅一瞅。也没问问他是什么罪,亡命徒吧?亡命徒们是不怕死的。管他什么呢,反正是罪有应得,该死的。

今天他心情也不好。接到姐姐一封信。姐姐说她被一个人骗了,骗得好苦。他为此连世界排球赛电视都没看。多少人都在看哪,他竟没看。

在场的人都各就各位了。犯人站在挖好的土坑边。他持枪站在距犯人十米远的地方。

犯人似乎有点不耐烦了,向监刑指挥说:"快点吧!"

"忙什么。"监刑指挥看看表,最后问犯人:"还有什么要说的吗?"

青年犯人在脚镣允许的范围内用脚踢了踢坑边的土,回过头:"女排输了赢了?"

"哪个女排?"

"中国女排呗,我还能问苏联女排?"

"你这小子!赢了。"

"几比几?"

"三比零。"

"没什么了,开始吧!"

青年犯人回过身去,在坑边跪下来。这是规定,必须跪着,接受给他拍摄验明正身的照片。他的话,年轻战士都听见了。这是一个死刑犯人临刑前说的话吗?可他清清楚楚听见了,连那犯人说话时怎样张嘴他都看清了。他从未想过会有这种犯人,一时也不理解怎么会有这样的犯人。一阵惊骇,一阵激动,他手微微有些抖。当

238

他试着把枪慢慢端起时,越发抖了。他索性抬起右手正了正帽檐,顺便敬了个礼。

再次端枪时,似乎镇静了些。指挥员手中的小红旗向下唰啦一摆,他通过准星向犯人看了一眼,随即扣动了扳机。砰!随着枪声,他迅速将头侧向旁边,没敢看那应声而倒的小伙子,却见白杨树上那只叫不出名的鸟儿惊飞了。

过了一会儿,他才正过头来,向青年犯人跌下去的土坑注视了好一会儿……

土城边有个角落

跟每天一样,战士景威起早来到园林东北角这片丁香树旁。

他来北京当兵三年,一直住在丁香树林前面。那儿是一排猪圈和他们三个饲养员住的两间小砖房。小房并不破,可周围着实有点荒凉,房后是元朝大都的土城。土城残破了,长着许多杨树、槐树和蒿草。小砖房就在蒿草密布的树林里,门前五六米处还有一座压着黄纸的坟。不是景威他们三个当兵的在这儿养猪,恐怕倒贴些钱谁也不会搬这儿来住。景威的乡亲都以为他到北京来当兵,不定住多么阔气的楼房,认识多体面的人物哩。岂不知他除了熟悉连里那几个干部和一部分战友外,连一个老百姓都不认识。服役期满,明天一早他就该乘火车返回家乡了。走前要做的事,比如在门前栽上两棵小松树留个纪念,找分管饲养班的副连长谈谈心,和一些要好的战友合个影告别等都已做完,今早又喂了一次猪,还把猪圈打扫了一遍。然后才穿上军装——衣、裤、鞋、帽,连领章帽徽都是崭新的(今天不这样穿一次,此生再不会有穿的机会了),最后一次来到这里。这儿是他每天早晨必来读书的地方。

今早他不是读书了,是带着一件自己认为很珍贵的礼物来和一个人告别。他认为这是他唯一认识的北京人。在北京当兵三年,要走了，告个别无论如何是应该的。可他要告别的这个人究竟是工人、是学生、是售货员还是待业青年他压根就不知道，也没问过。姓什么、叫什么、多大年纪、家住哪儿一概都不知道。他只晓得她是个很勤奋很有毅力的年轻女子。两年多来，他每天早晨喂完猪到这儿读书的时候，都看见她也在这儿读书。天长日久，竟在心里暗暗把她当成依伴。刮风下雪了，一想到她可能会来，他就来了。她大概也有这种心情，所以他们几乎风、雨、雪不误，每天都来。但始终是保持着三十多米的距离，有时远远地望一望，从没说过一句话。今天早晨他也没跟人家约定在这儿相见，更没说要送人家一个好本子。他只是感觉她能来，为什么？说不出理由，就是感觉。感觉这东西真奇怪，有时比能说出理由来还让人自信。

每天她来的时间已经到了，怎么没来呢？他看看表，看看园林的门，又看看她每天来后占据的那地方，然后再看看带给她的绸面笔记本子。这崭新漂亮又厚重的本子上一个字都没写。赠言哪，通信地址呀，他也不是一点没想写，写那东西以后可以通通信，说说各自的学习情况，或者互相勉励几句不是挺好嘛。可那不妥当啊，人家是女的，北京人，你是外地当兵的，让人误会有什么企图就不好了。

过半小时了，她怎么还不来？昨夜有事睡得太晚起来迟了？突然有什么急事了？或者——她——病了？要是这样，我该去看看她。可惜，不知她家在哪儿。如果这些都不是，她应该来呀！三年里，我就认识（就算认识吧）她一个北京人，临走告个别，说句祝愿的话还不应该吗？她要是个男的，我也会这样做的。要是她到我们家乡那儿去，不要说住三年，住三天走了，乡亲们也会套挂马车送她到火车站，热情的还会给她带上一兜沙枣和栗子。这可绝不是为了日后找她进城里办什么事，这是一种情理！何况，今天我是为了感谢她的，她每天早上陪伴我读书，两年哇。虽然说陪伴不恰当，其实是起了陪伴作用嘛，要不我做不到风雨不误。

一个多小时了，她还没来。他又看看表，看看园林的门，影儿也没有。他焦灼地拿着绸面本子在她每天看书坐的木墩旁转圈圈。快开饭了，吃了饭该上班或上学了，她怎么还不来？昨早她合上书匆匆离开时，我鼓着勇气跑过来，结结巴巴告诉她我要走了，她不是很惊讶吗："再也不回来了？"我说："不回来了！"她不是有点留恋吗："说走拔腿就走哇？"她还匆匆看看表说："哎呀，过点了，再见！"她走出园门时还朝我这儿点点头，今天怎么会不来呢？

开饭时间也早过了。他再次看看表，断定她可能不来了，一阵伤感的情绪像无数条小虫从心头一直爬遍全身，他颓然无力地坐到她读书坐的木墩上，心里隐隐地痛，在你们这儿生活了三年，走了就没有什么祝愿吗？一两句也好。我们再不济，也是为保卫北京来的嘛。

他等到她实在不可能有来的希望了，终于叹口气，起身将笔记本放在木墩上，往回走，走几步又转回来，写了张纸条："本子是送你的，祝你坚持学到底。谢谢你两年来给我的影响，不是你天天早上来读书，我也坚持不经常的。我明天乘去兰州的火车走了，再见！那个战士。"他捡了一块瓦片，把本子和纸条一块儿压好。那瓦片很厚很重，不知是不是元大都土城残留下来的。他又看一眼瓦片和本子，惆怅地走了，边走边叹着："城里人咋这样不重情理。读书，读书，读得连人情冷暖都没了，还有什么意思？"这样叹着路过房前那座坟时一阵唧唧的鸟鸣和嗷嗷的猪叫，使他禁不住心和鼻子酸酸的，据说那坟里埋的是个因失恋而自杀的姑娘。

第二天早晨，下着雨。他没再去丁香林子那儿看笔记本是否还在，匆匆背上行李赶到连队集合。

连长、指导员亲自带汽车把他们复员老兵送上火车，然后顶雨站在月台上，等到车开动。他看战友们在雨中淋着，心情好激动。但内心深处总有点隐约的酸楚和疼痛，所以没有流泪。他还在想，昨早她为什么没去呢？

车开了。战友们在雨中跟车跑着向他挥手。他咬住嘴唇不敢张口喊话，只在心里默念着："再见，战友们，再见了！"他还想在心里喊一声："再见了，北京！"可是喊不出来，他太遗憾、太伤心了，唯一认识的一个北京人竟连句告别的招呼也没跟他打。

列车加快速度。

越来越响的轮声里,一个打红伞的姑娘向前跑着从他眼前闪过,他一眼就看准了,就是他等的那个。她却没看见他。他急忙探出头去刚要喊她,忽然发现她是在和前边车厢的一个小伙子招手。她忘我地跑着,伞也拖在手里不打了,浑身淋得透湿。可她不是送我的!那小伙子是她的未婚夫吧?他心里顿时不难过了,瞅着她的红伞想,红是火的颜色,她喜欢红色,她并不冷漠。她一点都不知道你的心情,也一点不必知道你的心情啊!她有事业,她有爱人,她每天到林子是专门寻块寂静地方读书的,当然不会感到你为她或她为你解除寂寞。你是来服兵役的,就像那条土城一样,默默待在那儿为人们发挥作用就行了,何必非得让人们想到你呢?

列车驶出站台,马上就要看不见红伞了。他终于探出头,朝她,朝车站,朝整个北京挥挥手,深深地在心里喊了一声:"再见了——北京!"喊完,他又最后看了一眼那雨中的红伞。

原刊于1984年6月号《延河》

饿　夜

那是个遥远的冬夜。

又轮上我和一个新兵站岗。

自然灾害闹的,不仅人的肚皮受了牵连,山、水、草、木也都瘦了。鸡、鸭、鹅、狗、牛、马、猪、驴,不管是老百姓喂的,还是部队养的,没见着胖的。啥年月都短不了粮食的野鼠也跟着倒霉,一旦鼠洞被发现,任怎样艰难,也要掘地三尺把鼠嘴一颗颗含去的粮食夺回来。野地的鼠洞能挖,营房里的鼠洞挖不得,就用一桶桶药水灌。把老鼠灌出来一看,同样皮包骨头。连陪我们站岗的月亮也面黄肌瘦,总像饿得精力不足,动不动就躲到乌云里睡一觉。我们连驻防那一带荒野，只有饿不倒的山风越到夜晚越精神，像吃饱撑着没事干的幽灵似的，专门打着阴森可怖的口哨，恶作剧吓唬人。

兵好当，岗难熬，夜岗就更不容易。夜岗除了冷、困难挨，新兵还害怕。那是个城市入伍的新兵，以前没度过这样的夜晚，我就尽量陪他在岗楼待着。他站哨，我带班，新、老兵同班岗一般都这样。站哨不允许说话，也不抽烟，我们就默默站着听自己肚子里咕噜噜叫。要是能吃点什么，哪怕一块高粱米饭锅巴或一块萝卜，也不至于发抖。说不清那抖是冷还是饿引起的了。

不知怎么猪忽然叫了两声，那声音不像无缘无故叫的，我怕是饿狼来吃猪，叮咛新兵别害怕，慌忙跑猪圈查看情况。月亮这时又躲进很大很大一片黑云去偷懒，夜一下变得很黑。

猪圈没啥情况，是连队唯一那头母猪翻身时压着了唯一的猪崽，母子俩互相叽歪了几声。一窝猪崽，冻死的冻死，压死的压死，不管冻死的压死的，都被烧"乳猪"吃了，好歹剩下一只。

我正要回岗楼，听新兵向谁发问："口令？！"

连问两声没见回令，他大喝道："站住，不站住开枪了！"

我听他拉动了枪机，急忙往回跑。刚撒开腿，枪声已经响了，一连四声，像报警的惊锣，把全连一齐叫醒。

十多束手电光集中到一点，明晃晃照着躺倒在地的一头驴。驴身上的几处枪伤汩汩地流着血，肚皮已不再起伏。完了，完了，连队那条宝贝驴被打死了。它是连队的活宝贝，刚往一个哨所送东西回来。哨所和连队就那么一条没支没岔的小道，也没人家，送些不重要的东西都是让它自己走，走了八九年都没出事，怎么偏偏死于我这班岗。这个新兵啊，为什么要以为特务来摸哨呢！

新兵吓傻了，我惊呆了，都忘了饿，忘了抖，任大家七嘴八舌埋怨着。那夜我被驴折磨着，根本就没再入睡，大概好多人都没再睡好。

驴既死了，也活不过来，我和新兵被埋怨一通之后，自然涉及如何处理后事问题。任何事情都是这样，不管大小，只要许多人同时关心它，就会成为不同思想的分水岭。那时候，一般事都容易和肚子有牵连，这头误死的驴便和大家的肠胃发生了纠葛。

"天上的龙肉，地上的驴肉。没病没灾死的，不吃白不吃！""胃亏肉"的代表人物造开了舆论。

重感情的同志们骂开了："这他妈算什么玩意儿，无言战友死了，不伤心就够罪过了，还想吃，长的是狗嘴吗？"

"狗嘴也好，人嘴也好，不是已经死了吗？'天上的龙肉，地上的驴肉'，全国都这么说，也不是咱们编的！""胃亏肉"口气很粗。

1961年，偌大一头没病没灾的驴呀，不吃确实是胃的一大损失。但我还是反对吃。那是头通灵性的驴，饿死我也咽不下它的肉。

那新兵只是难过，打死了驴不说，又给同志们制造了矛盾，惹了多大麻烦。他左右为难，哀求同志们说："别吵了，有气冲我撒吧，都怨我！"

"吃不吃驴肉不关你事！""胃亏肉"们这样说时心里在想，还该谢谢你呢，不是你把驴毙了，我们哪有吃肉的希望。他们继续加强舆论："驴有功不假，无言战友不假，那长征路上，红军还杀战马吃呢。红军都能杀战马吃，我们吃吃死毛驴子有什么不行？冬季施工快要累死了，清水煮白菜，大锤抡得能不慢吗？眼看就到期限了，吃驴肉等于加油，革命需要嘛！"这理由，在当时连吃瘟猪病狗甚至死人肉都听说过的形势下，是很有力量的。可我们反对派就不同意。红军那时实在没办法了，不吃就得饿死。我们还有粮还有菜嘛，虽然少点孬点，还不至于饿死嘛。但是"胃亏肉"人多，他们已找炊事班长去了。

炊事班长常使唤那驴驮粮驮菜，感情比别人格外深一层，现在让他扒驴皮砍肉，怎么下得了手？炊事班长脾气好，"胃亏肉"们也不管他下不下得手，连说带拽把他拉出来。

探家刚回来的饲养员不知啥时伏在驴身上，手摸着驴的伤口，抽抽咽咽在哭。

饲养员可是连里数得着的男子汉，他哭得那样伤心，谁看了要是不被感动，他的心就不是肉长的了。

炊事班长扔下刀，想拉饲养员起来，拉不动，自己也掉了泪。

我对驴的感情又被他们的泪水勾引出来，眼睛湿着阻止"胃亏肉"们说："……你们也该想一想，连洗脸水天天都是它从山下给咱们驮。昨天早晨，我拎桶去打开水，它早在井边等着了……它的肉，我们能吃吗？……"

因为动情，我的话变声了，饲养员也越发哭得厉害。没人再说吃肉，一个个眼光变得十分柔软，但凡肉长的心哪能不想想驴的好处哇。

这忠厚老实的驴，是八年前从百多里外集镇上买的。往连队来那天，它就驮着买它的人过了好几道河。翻山了，它在前面拉，下岭了，它在后面拽。上了平川地，轻轻拍它一下，它就颠儿颠儿地跑哇，从不高傲地昂一昂那可爱的鼓鼓头。一到连队，它成了动物里最不用人操心的一个。它最勤劳，猪和兔子让人喂饱了就躺在圈里笼里睡懒觉。狗呢，虽说比猪和兔勤快，有点看人眼色行事，在人前跑来跑去，给点吃的就多干些事，不给就蹲在旮旯打盹。可是我们这头驴啊，吃完了草就在黑乎乎的磨房里磨豆腐，低着个头，一圈又一圈，要是没人吆喝它停下，直到世界末日来临它大概还会在那里转，从连队到营部那十里崎岖小路，它走了多少个来回？6、7月，太阳下火时走过，8、9月，那无头的秋雨里，那凄凉的月夜里，走过，走过。冷酷的严寒拦住过它忠实、辛勤的脚步吗？一次次无情的山坡冰雪滑失了它的前蹄，它哼也不哼一声，爬起来又往前走。被蛇咬了的新兵骑着它去治过伤，来队看儿子的母亲骑着它赶过路。寄邮的包裹，邮回的木匣，还有一封封来往的书信，不都是它驮送的吗？灾年荒月肚子受委屈，它就更委屈三分，草里没有料哇。它是刚送完东西死去的，还没吃到该吃的夜草呢，就空着肚子死去了……

从连长到新兵，全连都动了感情。驴肉不但没吃，还为驴开了追悼会。指导员致悼词，连长亲自鸣枪，把驴隆重地安葬在营房后面的山坡上，鸣枪，那是有功的战士才能得到的最高葬礼。

驴的追悼会为临近尾声的施工任务鼓了鼓劲，不几天又不行了。精神力量毕竟是有限度的。定量的粗粮加盐水煮冻白菜，越吃越饿，老兵抡不动锤，新兵更没咒念，累得夜间站岗扯耳朵拎都拎不动。有几个新兵干脆压床板儿不起了，其中就有和我同班岗打死驴那个。他是娇孩儿，虽然经济这么困难，在家几乎没缺着什么，头疼脑热吃鸡蛋，感冒发烧吃水果。这回可苦了他们，送住院不够条件，待在连队影响大家情绪。本来按期完成任务已没大指望了，情绪再一受影响，那指望就成了肥皂泡。

还有比完不成任务更叫指导员着急的事吗？连长和指导员你看我，我看你，相对无语抽了半天烟，等到晚上把司务长叫去时，连部那屋像刚放过烟幕弹一样。两位连首长商量决定，派司务长连夜执行一次任务。出发前，司务长到各班打了招呼，说他连夜到百里外的小镇去一趟，出高价请地方政府帮忙买点肉蛋，改善改善伙食，好突击按时完成任务。他让大家等着，买不着就不回来。

夜里不少人就等不及了，梦中已经吃起了各种各样的肉，白天干活好像不那么饿了。

第二天熄灯号刚吹，司务长背回六十多斤马肉。马肉六十多斤啊，来回二百里累不累不说，司务长真买到啦！多少人扯着司务长的胳膊，搂着司务长的脖子跳高哇，后来大家竟把他抬起来直欢呼，不知谁竟喊了一声"司务长万岁"。司务长万不万岁不敢说，他可确实该立大功，这六十多斤马肉不仅让几个压铺板的新兵下床参加了劳动，全连饱餐了几顿马肉饺子之后，一连几天突击，任务奇迹般完成了。

马肉啊，马肉，是你给了我们力量！

两年后经济形势好转，漫长的饿夜终于结束。吃肉不难了，可也真奇怪，怎么吃啥肉也不如那年的马肉香？

有回老兵们专门要求司务长又买了次马肉，也还是不如那次的马肉好吃。司务长实在忍不住，说："那年哪能买到马肉哇，那是我们自己的驴肉！"

到底吃了那驴肉！

是连长、指导员做的秘密决定。那夜，司务长把葬了的驴扒出来，用锯锯下几大块好肉，又背到挺远的山沟收拾干净。为了不让大家察觉，他在山沟拢堆火，硬在雪地里饿了一天，傍黑才把驴肉背回来。

后来有一天，吃饱了没事干，不知怎么引起的，大家又自发辩论起那驴肉该不该吃来。

辩论，仍那么激烈，那么严肃。

1985年1月写于广州花县
原刊于1985年6月号《鸭绿江》

河边故事

一

太阳出来不多一会儿,沿河那一大片胆小的雾,已悄悄开始溜了。雾中悄没声儿打太极拳那伙男女混搭的老人,也悄悄开始散了。胆大的小孙子早等不及了,一手扒着刚刚解开想撒尿的裤口,一手指我:"爷,你马上过去,把那块场地占住!"我正想着该不该马上带已五岁的小孙子回家吃早饭,吃完饭还得陪他完成爹妈严格安排好的学前作业呢,他不由分说的指令,让我犹豫了。今早他认为最好玩的那块场地,让打太极拳那伙老人占了(其实人家天天在那儿打,小孙子从北京来我这儿才三天,是他想抢人家的地方),因而正不高兴。可老伴此时该做好了饭,等我俩回家吃呢。不按时吃饭,会影响小孙子长身体,他爸妈从北京随时来电话一查问,爷爷奶奶是有责任挨说的。我倒不太怕挨说,因儿子电话查岗不多,老伴可是有点提心吊胆儿媳查的。没等我张口跟孙子提回家吃饭,衣兜里的手机及时响铃了:"咋这么没谱啊?几点了还不回家吃饭!等北京来电话批评啊?!"要是没退休时,哪个敢跟我这般说话,不等第一句说完,我早把电话撂了。现在可好,人家那边三句话都说完了,我这儿还没想好头一句咋说,孙子的命令便同电话里的二级批评一并下达了:"爷!你咋这么磨蹭？一会儿再来人把场地占了，我看你咋办?!"两种居高临下的批评一左一右灌入耳中，让我有点气不打一处来，刚想冲孙子发作一句，顺便镇镇老伴，但老伴那边已撂了。小孙子看出我脸色忽然变得没退休时说话要发怒那种茄皮色，马上先换成笑脸说："爷爷，别怕我奶，我奶怕我！"他已把果断生硬的一个"爷"字，变成柔软的两个"爷"字连着发出来，指令的语气改了，一下把我刚要发作的脸色也改变了。我说："对，到家晚了你管你奶，咱俩单独吃小灶！""对，咱俩单独吃小灶，"半句话开头就是个表扬语气的"对"字，很难得了，可后半句，指令口气马上又改回来了，"爷，马上买水果辣椒去，这是咱俩的小灶，不买，早饭我就不吃啦！"

于是，我便拉上小孙子，沿着刚消着雾的河这岸，上了一座桥，想从桥上过到河对岸小菜市场去。

才五岁的小孙子，再怎么小皇帝，也只能以吃或玩为纲发诏下旨的。他便为吃放弃了玩，随我为小灶而去寻找水果辣椒了。刚走到桥中间，又被其貌不扬的一个小老头牵的小花狗迷住了，丢下我，蹲在桥上和那狗玩起来了。"再逗一会儿狗，卖菜的收摊了，你还买什么水果辣椒?!"听我这么一说，小孙子马上重新下旨："爷，那你自己先去买水果辣椒，我在这儿玩会儿狗等你，买不着别回来！"我不放心地看看孙子和狗，刚要说不行，小孙子果断一挥手："快去，买不着水果辣椒我就不吃饭了！"我这当过兵养成下意识服从命令的爷爷，马上又被幼儿园放了假的小皇帝指挥走了。没等第三脚起步，我又回头瞅着一手牵狗，一手拿小板凳讲价钱的老头，嘱咐孙子："小心被狗咬着哇，患上狂犬病，什么水果辣椒也吃不出味了！"小孙子和牵狗老头，都把我的话当耳旁风似的，一个仍在逗狗，一个仍在讲破板凳的价钱。老头问一堆旧物前的壮年男子："两元钱行不？行我就拿着！"壮年男人说："三元就是割肉价了，两元等于割手指头，明白不？"牵狗老头不舍地掂掂不足尺长的破板凳说："坐是能坐，太破了，两元得了?!""你老爷子太抠，能舍得十多元钱成袋买狗粮，舍不得三元钱给自己买个板凳！"说着已伸手把板凳要了回去。老头撒

249

手时叹口气说:"咳,捡个流浪狗做伴儿,拿它的命也换不来一袋狗粮唉!"我看看那只还不太懂事的小花狗,匆忙又嘱咐小孙子一句:"好好玩,别惹它啊!"小孙子烦了:"还不走,想不想吃小灶啦?!"我这才拔腿向河对岸小跑而去。

二

　　河对岸的自由市场,是多年自然形成的,已与两岸居民难舍难离了,几乎与每家人都有关系,甚至谁家孩子一时没法就业,家里就先拿出点钱,在这儿摆个摊对付几年再说。尤其近期环卫部门连续多次环境治理,河两岸新种植了不少花草,还移栽了一些绿化乘凉的优良树种,周围男女老少甚至过往行人,心情爽得都像涂了清凉膏,连河上的雾,也借光浑身清清爽爽。不仅我这个退休干部,沿河居民无不对新整治过的河两岸交口称赞,说河宽了,水深了,水面可见鱼吐出的气泡了,也能看见直接跳出水面的小鱼了,以往,公家一些大单位,或私人一些小作坊,每晚偷偷排放的刺鼻污水没味了,这最让不上班的男女老少们开心。从北京来避暑的幼儿园小孙子更喜欢这河,玩高兴了就说,我们北京没河,我在爷爷家玩,不回去了。我说过几天你得回家上幼儿园学前班了,他说幼儿园不好,不在河边儿还啥都说了不算。如果问他北京家里啥都好不,他则说在奶奶和姥姥家啥都好。显然他说的好,就是啥都他说了算。每每这样说着说着,他就会挣脱奶奶牵着的手而来拽我,"爷爷"二字一个不提就直接下命令了。这独生子孙子,爸妈也是独生子女,所以他的最大特点就是"独"。才五岁,想事做事都极独到,一想干啥或不想干啥了,那任性劲儿很气人。比如连辣椒的"辣"字还吐不清,只能说成"那椒",命令式的口气却清楚得真是可以。昨天晚饭,特意为他买的虾呀鱼啊水果啊等等,哪样喂进嘴里都一概摇头,说不好吃,非要我蘸大酱生吃那种不辣的青椒,他认为那是"水果"。我跟他解释,那不是水果,是不辣的青椒，并进一步跟他解释了，爷爷胃不好，吃不了辣，才吃这种不辣的椒，对小孩子并不好吃。小孙子把仅剩的一小块不辣的青椒塞进嘴里，嚼了几下，不容置疑地断定，就是水果，不是辣椒，还连说好吃。我向他奶奶发感慨，独生子女带的独生子女，都成小皇帝可坏了。为免落埋怨，老伴也补充感慨道，咳，大皇帝小皇帝，又不光咱家这样，过几天就回他自己家去啦！

三

桥下的河是一条城中运河。河面不太宽，所以河上架了好多座桥，我家那一带就有好几座。市场经济搞了这么多年，如今已无处不市场了，运河上这些桥也先后变成了小小自由市场，即各地大同小异应运而生那种游击早市和夜市。我家附近桥上这几个小游击市场，多是近处动迁户摆的卖旧杂物小摊儿，而要买果菜类东西，得到对岸那条沿河的游击早市去。但这种因地制宜应运而生的早市夜市，既便民也扰民。便民也好扰民也好，年头一长，家家户户甚至连我，都离不了它了，冷不丁去外地几天，还空落落有点想念。

此时，我近于小跑地急走，并不单纯因为孙子的指示，还因以往早市九点了还都不散，近日因堵塞交通出了事故，被电视曝光，城管部门非要今天就雷厉风行转变作风，昨天已发出通告，从今天起，早八点前，务必清市完毕，以保证交通正常。

我小跑赶到菜摊较集中那座桥头时，卖主和买主都已所剩无几。可以快跑着寻找小孙子说的那种水果辣椒了。

跑了满头汗，好歹在市场尽头另一座桥边遇见一辆卖椒车，主人是一男一女两个小青年，看不确切是没考大学就自谋生路的小夫妇，还是过早丧失父母而必须自食其力的兄妹俩。总之模样和穿着都不赖，尤其女孩子，可以说小巧玲珑颇俊俏的，黑衫红裙，苗条的脖子上挂一颗翠绿翠绿的青椒形小玉坠儿，那坠儿恰到好处垂在胸窝处。

这在游击市场里算是出众且有魅力的女孩了，这从她电动四轮车上的辣椒已经卖光更可看出，有这般模样还甘于靠游击卖菜自食其力，实属难得了，所以我几乎是怀了敬意向她走去的。谢天谢地，她的电动小四轮儿下还剩有一小堆青椒，其中有四五个正是小孙子说的那种不辣的水果椒。不知是少妇还是少女的卖椒女，见我眼光正落在她那堆辣椒上，口中立刻飞出又甜又脆一串喊："新鲜青椒，又大又好，一元包啦——！"

我不免心生赞美与感激，连忙应声："我要啦！我要啦！"又唯恐被别人抢去，马上伸手从裤袋摸出一元硬币扔给她，正要弯腰捡辣椒，忽见车后头站起牵小花狗那老头，因站得急，一阵剧烈咳嗽使他打了个趔趄。老头站定后，见我已往塑料袋装辣椒了，又慢慢转过身去，小花狗及时把牵它的绳拉得溜直。这画面忽然使我有点心疼，不由又看一眼他牵的狗：乌涂涂一身黑，却白花花的脖子，白白的尾巴尖，两只眼睛挺有神，就是小身子太瘦了。方才在前边那座桥上讲板凳价钱时，卖主还挖苦老头，说他肯花十多元钱一袋买狗粮，却不肯花三块钱买他的板凳。那印象此时越发清晰：老头没牵狗的另一只手，抚摸着一把破马扎凳，几近乞求说："两元吧，两元就拿着！"卖主伸手要回马扎凳说："五元讲到三元了，还讲？！"老头无奈，牵上小花狗慢慢走了。小花狗走在老头前面，狗绳拉得很直。小花狗拉直的绳，可以看出老头的确很需要那把马扎凳了。

我没时间再细想这些，只拣出其中仅剩的四个不辣的厚皮青椒，说，剩这些辣的我不要了。

我是向比俊女孩大些的男主人说的，已收了我交那一元硬币的女孩已到车前头去了。小伙弯腰把我不要的辣椒拢了拢，也像俊女孩那样喊了一声："辣椒辣椒，五毛包了，没人要收摊喽——！"

小伙子喊时特意朝牵狗老头看了一眼。老头也看了一眼那堆辣椒，嘴角动了动，终没发出声来。看得出，他是想要的，不然散市了干吗看着辣椒堆儿不走，在等卖者喊两毛钱包了吗？但老头看了看那堆辣椒，并没吱声。

小伙子稍一犹豫，又特意朝老头喊了一声："辣椒不要钱喽，谁要谁拿走喽——！"

没待老头做出反应，俊女孩忽然从车头那边跳过来，向那堆已被小伙子宣告不要钱的辣椒抬起脚，咔咔咔一通暴踩，完了又发着狠说："什么人呢，想不花钱吃菜！"

我的心被俊女孩踩疼了，同时又不愿相信她是冲牵狗老头踩的，不禁忍着疼问她，"你丈夫不是发话不要了吗？"

她没正眼看我一下便斥责说："什么丈夫丈夫的，那是我哥！"

我说："你哥的话你也不该不听啊？"

她说："什么你哥你哥的，不是亲哥，瞎掺乎！"说罢指挥她不是亲哥的哥开车走了。

我怔在被踩碎的那堆辣椒前，自言自语发问："不是亲哥？她为啥狠歹歹踩碎那堆辣椒啊？"

牵小花狗的老头冲我叹息一声："咳，走吧！"

我心更酸了，忙将手中的四个青椒分给老头一半说："我有两个就够，这两个你拿去！"

这时，正好小孙子呼呼喘着跑过来了，见我一手只拿了两个不辣的水果椒，另一只手却把另两个递向牵狗老头，立即挺身挡住说："不给他，我要跟他的狗多玩一会儿都不让，不给他！"我递着两个水果辣椒的手，在老头面前尴尬得有点抖。

老人又咳了几声说："老了，全靠很辣的辣椒开胃，才吃得下饭，不辣的椒，给我也没用！"

我一时收不回那两个不辣的椒，同时又看了一眼刚被俊女孩踩碎的辣辣椒，胃似辣得一阵痉挛。

小花狗把老头牵它的绳儿拉得更直了，小孙子拽我回家吃小灶的手，也拽得更有劲儿了。我忽然按捺不住自己，双手狠狠一摔，四个水果辣椒顿时粉身碎骨，几块碎片像疼得跳了河，河面激起几星很难看清的小小水花。

253

腊八雪

北方，尤其我们东北，腊月的雪，可不是仙女下凡那样温柔绵软地飘飘而落了，而像天庭管理人间道路防滑的神漫天撒下的粗瓷粉，沙沙一坠地就瓷实得踩不出脚窝儿了。

二乐和我，就在撒了一夜白瓷粉的大街上，他前我后地走着。瓷粉雪在我们脚下嘎吱嘎吱直响，心情坏着的人听来可能像饿鬼梦中的咬牙声。但我每次和二乐散步，心情都好得不行，所以在我听来，那吱吱声，就像磨炼军人尚武精神的雅乐，超凡脱俗。其实，这等严厉的雪声，不光是我和二乐踩出来的。二乐身轻如燕，一身"文革"前老式军装那种杏黄色薄羽绒袄，小小的身子，去掉杏黄长毛，肉身不过兔子大，体重也羽绒小袄般轻飘。而我穿一双软胶底棉布鞋，也踩不疼雪的。腊月初八了，东北人，谁不知道"腊七腊八冻掉下巴"啊。人都能被冻掉下巴，雪被冻出几声呻吟，连二乐都不会奇怪。

我说的二乐，是我家的小狗。我转业后，对部队还有感情，便仍在军区家属大院住着，所以一直没告别军人心理，玩猫逗狗的事羞于沾边儿。哪想临近退休前，先于我退休五年的老伴耐不住孤单，趁我出差在外，擅自把一条被主人遗弃的小黄狗领回家来。待半月后我要返家时，才在电话中得知此事，就火了，电话里说她，部队家属大院住着，养狗像什么话？赶紧趁我回家前扔了！老伴反而训我说，什么像话不像话？你转业多少年了？穿一身死气沉沉的乌鸦黑，不如小黄狗让人待见呢！眼瞅你也要退休了，不提前变变心态，到时连狗都不待见你！狗名我都叫熟了，二乐，跟你孙子大乐排的行！往后你八年不着家，我也有伴了！

就这样，二乐在我家待了下来。尤其我退休后，二乐成了我被动锻炼的极好伙伴，我不仅喜欢它，而且离不开它了。每天早晚各一个多小时的散步，使大院认识二乐的人，也认得了我，连周围小区也有认识我的了。他们却不知我何许人也，背地里都称我"小黄狗家的"，或"二乐的主人"。二乐在周围一带口碑不错，借它光，我退休后的烦恼竟早早没了影，连腊八这样的死冷寒天，也影响不了我俩出来散步。本来今早被窝里我想腊八这个冷天，偷一次懒不起来了，二乐却按自己的生物钟一分不差跳上床，拱我头，扒我眼。每天它都这样准时跳上床催我，实际已成了它天天在遛我。

刚一出到楼下铁门外时，二乐嗅见门角有狗尿味儿，也许是它喜欢的哪个母狗的尿味，兴冲冲一舔，舌头就被铁皮粘住了，不由嗷嗷叫了几声。二乐一叫，喜欢它的邻居心疼地直问咋的了，我说没咋的，被腊八咬着嘴巴啦。我边说边心疼地训斥了二乐一句："该，叫你恶习不改，什么脏东西都敢舔！"

我的训斥里是有潜台词的。我家这二乐，曾是条流浪狗，流浪到我家附近时，一家饭店主人看它聪明可爱，便常给它些残汤剩饭和啃过的骨头什么的，它就待在饭店不走了。流浪狗与从小有主人的狗不同，谁对它好，它都记着，过后在哪儿遇见了，它都要晃晃尾巴亲热地扑几下，遇见共患过难的狗哥们儿，更会打一会儿恋恋。二乐被饭店主人收留后，仍不改流浪狗习气，自己有了吃的还好找共患过难的流浪狗来同吃，后来影响到饭店生意了，主人便不再要它。恰巧被孤独寂寞的我老伴赶上了，她看串种的小黄狗实在聪明可爱，就抱回家，透洗了几遍热水澡，直到洗出一身香气，老年得子似的养了起来，至今已有一年多。先我还反对，觉着正事儿都忙不过来，养条添麻烦的狗像什么话。可是不知不觉的，我俩几乎把远在外地的孙子大乐忘了。我们分工，老伴负责二乐的饮食起居和卫生，我负责每天早晚各遛它一个半小时。实际，成了二乐每天早晚各遛我一个半小时。因此我特别感谢二乐，不叫上天天追我按时按响风雨不误地遛，我那没长性的所谓锻炼，怕只能是三四天打鱼，五六天晒网了。

二乐享受到有主人的温暖后，特别不忘过去的苦，很是乐于助人。比如见着楼里楼外没人理的老头老太太，它会围着人家转上几圈，扑扑大腿拱拱脚地亲热一会儿。有回邻居老太太拎的一包点心掉在楼道上，自己正弯不下腰捡，赶巧我们路过，二乐上前给叼起来。老太太先以为抢她点心吃呢，刚要骂，却见二乐一蹿老高，把点心递给她了，惹得这孤老太太不叫它二乐了，而惊喜地昵称它"二雷子"，即姓雷的意思。

但二乐也不是没缺点。最让我操心的是，每天一到下楼时间了，不管你在忙多么重要的事，它都死缠着你立刻就走。尤其一遇上它流浪时的伴儿，特别是小母狗伴，就不听话了，非跟那母狗疯跑不可。不把它抓住，想喊住它是不可能的，尤其反群的时候，它会顺着母狗尿味儿追到人家里去，踢都踢不回来。那执着而可怜的样子，真令人既生气又不忍。

天气预报说今天气温降至零下三十度，二乐一下楼就被铁门咬了嘴巴，证明天气预报果然准确。但二乐全然不顾，叫过几声之后，噌噌就跑出院外。每天都是这样，它走在前面，它往哪儿走，我就得跟着往哪儿走。不同意它的走法，一般地招呼几声，它连头都不回，待我真生气了，声色俱厉大吼一声"狗二乐"，它才会停住，但也不是乖乖回到我身边，而是回过头，不停地晃动谁见了都说真好看的长毛尾巴，央求我继续跟它走。不依它，它就更加撒娇地用眼光恳求我，并更欢快地晃动尾巴来动摇我的决心。这二乐虽然有时气人，但一想它大多时候的可爱劲儿，就原谅它了，不叫它名字时，我们便直呼它"二孙子"。它懂得，二乐是它的大名，二孙子是它的小名，甚至邻居老太太叫它二雷子，它也懂得这是它的别名。

踩着嘎吱嘎吱的雪声，我们不一会儿就遛到二乐曾被收留过的那家饭店了。饭店门口有个垃圾箱，二乐在垃圾箱前发现一块带不少肉丝的骨头，上前舔了几口，便迅速叼在嘴上。三四寸长一块骨头，叼在它的小嘴巴上，显得有点沉重。我忙呵斥道："二乐！扔了！再像流浪狗捡脏东西吃，不要你啦！"二乐急忙摇起了尾巴，却没扔掉骨头，而是抬头把骨头叼得更紧，一边继续摇尾巴，一边用乞求的眼光看我。我不由想到"摇尾乞怜"这个词，大声吼它："狗二乐不听话，不要你啦！"并且愤怒跺脚。它仍叼着，并有要跑的意思。我真的动了气，更加厉声吼道："狗东西你知不知道，零下三十度了！不怕冻掉你狗齿！"

二乐一反常态，尾巴摇得更欢了，而且已掉转了头，决心要跑，我不由抬脚踢了它一下。这一脚踢得有点重了，我是怕它吃了又脏又凉的东西坏了肚子。它流浪时患下了慢性肠胃炎，因捡脏东西吃，到我家后犯过多次了，一犯就得吃药，很让人心疼。狗东西不懂这些，好了伤疤就忘了痛，不踢重点它是不会松口的。但它被踢后，骨头是扔了，但眼里顿时无神，那是自尊心受了重伤。我小时候曾在兴头上被一个有权威的族亲哥哥踢过一脚，至今心上留有伤痕，所以赶紧又弯腰摸了摸二乐的头，心疼地说："垃圾箱的骨头脏啊，吃了会生病的，咱不吃脏骨头，一会儿回家吃酱鸡肝儿！"二乐放倒了最令人赞美最让自己骄傲的长尾巴，拖着，跟到我后头。养狗后我才懂得，尾巴是狗们尊严的旗帜，在主人踢打下收起尾巴的狗是很可怜的。我怜悯地看它拖着尾巴跟到我身后，而不是扬着尾巴领着我走在前头了，不免生出一丝恻隐之心，想遇到肉食店给它买块熟肝吃。它最爱吃肝，什么肝都爱吃。

走到一家卖豆浆和油条的小食铺前，见门上贴一张有趣的广告：一年一度腊八寒，喝碗黏粥保平安！

我忽然心血来潮，决定就进这小店买肝，顺便买两碗腊八粥，带回家和老伴一块儿黏下巴。好些年没吃腊八粥啦，不是怕冻掉下巴，是广告语蛊惑起我的怀旧情绪，逗我想起童年在故乡喝腊八粥逗狗玩的往事。我弯腰摸了摸二乐的头，命令它先在屋外一撮大冰溜子旁边儿等着，我进屋买肝买黏粥去。各家饭店都不让狗进屋。

买完肝和腊八粥出来，二乐不见了。

门旁那撮大冰溜子上浇了一泡焦黄的狗尿，还没冻出厚霜来，显然是二乐尿的。我四处撒目，并大喊二乐名字，也没有音影，便折到垃圾箱那儿，猜它有可能又回去找那块骨头了。狗见骨头是没命的，尤其流浪过的狗见到有肉的骨头。

但垃圾箱那儿也没二乐的影儿，连那块骨头也没影了。也许二乐耐不住冷，叼了骨头先回家了。

我便拎了鸡肝和腊八粥返回家去。

二乐没回家。

老伴听我一讲，顿时着急了，说："看你个废物，狗都给遛丢了！"

我也不免生气，想：别是现在的宠物狗们也像家家的独生子女，娇惯得受点委屈就要离家出走？或被哪个养过它的人看见又偷着抱了回去？我在街头告示上，见过不少寻狗启事。

我扔下鸡肝和腊八粥，急忙又跑下楼。我得趁大清早人稀车少，雪地脚印还不杂乱，赶紧去找。晚了容易出事儿，比如让车撞了，等等。

顺每天遛二乐常走那条环路找了一大圈儿，没有。

我又回到卖腊八粥那饭馆门边的大冰溜子前仔细查看，又顺那行狗脚印找到垃圾箱处，然后再顺这行脚印往前找。狗脚印拐了几个弯儿，进了附近供暖锅炉房那个大院。那是很大一个有围墙的院子，一根高耸入云的红砖烟筒吐向天空那柱白烟，被北风吹斜了，冻得在风中发抖。烟筒下面是一座高高的煤堆，山一样被瓷粉雪紧紧包裹着。一到冬天，这座大大的煤山就变成高高的雪山了。儿子小时候和伙伴们常来这儿学红军爬雪山过草地玩。刚收留二乐时，二乐也往这儿跑过，后来严加管束，它才不敢来了。

这座高高的雪山，眼下又包裹了一层厚厚的瓷粉雪，俨然一座冰山，显得更加冷酷。除了山脚下冲着锅炉房那儿有个挖煤挖出的黑洞，整座山十分瓷实地白着，寒气逼人。

小狗的脚印在黑洞附近绕了几下又不见了。

莫非二乐钻进锅炉房取暖了？我进锅炉房转了两圈，没发现什么迹象。从后门寻出去，一眼瞥见小脚印蜿蜒上了山顶。

仰脸向上看了看，有三层楼高的雪山顶是平的。能冻掉下巴的腊八天气，聪明的二乐怎么会往那上面跑哇？顶上会比底下加倍冷的！但那行脚印分明是往山顶去了。

我从正面绕了一遍，没发现有自上而下的脚印，说明上去的狗没从这儿下来。而后面紧贴着一堵高墙，侧面有没有下来的脚印只有爬上去才能看明白。我朝上喊了一阵，没有二乐的回声，只好爬上去查看脚印的去向了。

我已冷得有点儿扛不住了，浑身紧缩，并且发抖。越是这样，我越有点害怕。童年时家里的一只小狗就是腊月的一个夜里冻死的，而且是冻死在外屋的水缸旁边。水缸里面又冻出一个冰缸，厚厚的冰缸只剩一个不大的水心，如一个巨大的水胆玛瑙。我守着冻僵的小狗哭得一天没吃饭，至今还恨父亲没让小狗睡在里屋。如果二乐今天冻死在外面，老伴整个后半辈子都会骂我的。二乐是她捡回来的，名也是她起的！

顾不得别的了，我跟头把式爬上山顶，鞋里灌进了雪，双手也扑进雪里好几次，十指僵僵的，攥不回弯儿来。

山顶的雪平平整整，地球北极似的，什么生机也没有，只有飕飕的风在窜。我一边捂住领口抵挡风往棉袄里窜，一边用眼睛搜索那行脚印的去向，终于发现，脚印向高墙掩着的山腰向阳处拐去了。我努力放大眼神，迎风细瞧，能避点风的墙沟处有一小堆稻草。稻草和二乐的毛色差不多。

灌进鞋里的雪配合着锥子似的风直扎脚脖子。我想用手绢塞一塞鞋口，掏遍上下衣兜，都没有。正好见身边有半张被雪压住的报纸，我只好拿这半张报纸对付一下了。

贼般乱窜的风，一齐往袖口、领口和裤脚里钻。我打着冷战弯腰拽起脚下那半张报纸，本想揉搓一下塞进鞋窠的，却见一行"《解放军报》文艺副刊"字样在我眼前一跳，让我犹豫了一下。我上中学时就养成剪贴报纸文艺副刊的习惯,至今如此,让自己揉搓坏军报的文艺副刊包脚脖子,我是下不得手的。就在我犹豫的瞬间,一片铅字火把般照亮我的眼睛:

　　——翻过雪山的红军队伍,行军途中又遇了风雪。一位骑马赶上来的首长发现雪地躺倒一个战士,便翻身下马,见那战士穿着单衣,已经冻僵了,不由怒吼:"把他们后勤部长叫来,问他干什么吃的,我要撤他的职!"

　　被叫来的人看了看冻僵的战士,诺诺地说:"他——就是——后勤部长——"牵马的首长怔在那里,慢慢脱下帽子……

我被这片文字火把照射的眼珠忽然蒙上一层暖霜。忽然,一阵细弱的呻吟声被风从稻草那儿刮来,扯耳细听,正是二乐的呻吟声。

我慌忙丢下报纸,跟头把式奔向稻草。

真的是二乐在哭!

我认定那样的声音就是哭,我头一回听见二乐的哭声。

它在草堆边四腿抽筋,一边哭一边蜷着身子舔草下的什么东西。二乐身上的羽绒小袄不知怎么扯下来的,在它舔着的东西上面盖着。

二乐见是我,发出更重的呜呜声,身子却动弹不得。我伸手抱它,它咬住我衣袖往羽绒小袄上拽。我用另一只手去拿它的羽绒袄,它马上松开口加以阻拦。我紧紧把它抱进怀里,双手攥住它的四只爪子,像攥了四个冰蛋。它四腿抽得很紧,身子几乎冻僵。我不顾一切解开棉衣,贴胸把二乐塞进怀里,一股奇寒立刻使我抖了几下。我用力抱紧二乐抵住抖动。二乐竟使劲挣扎,见我还不放开,便张嘴咬我。

我忽然醒悟,二乐有事。

我放下二乐,看它叼开自己的小袄,又拱开稻草。

天啊,稻草下躺着一条冻僵的小黑狗。

这不是二乐流浪时的伙伴儿小黑吗？二乐被饭馆收留那些日子，最先叫去一块儿啃骨头的就有这个小黑。再一看，小黑嘴边正放着一块骨头，就是二乐在垃圾箱边捡的那块。

骨头边上还有一只奄奄一息的狗崽儿！毛色黄中透黑！

我恍然大悟。这出生不久的狗崽儿，一定与二乐和小黑都有关。

但是，小黑已僵硬了。

四腿还在抽筋的二乐，舔着小黑的鼻子，眼有泪水在溢。

我从没听谁说过，狗会流泪，也从没见过狗眼会这般无助和哀伤。

我心口忽然很疼，被三只狗共同咬疼似的，抱起二乐和狗崽，冲小黑说，是我家害了你们啊！

2013年12月31日定稿于沈阳听雪书屋

散步去

我是在山谷实弹射击场认识那个女孩的。

我没想到当晚能和她去散步,更没想到能散出那样一个让我吃惊的结果。

她跟我说第一句话的时候整个射击场止阳光灿烂,群情激奋,许多全副武装的解放军官兵在看我们上百书呆子打靶。戴着金灿灿将军肩章的首长也在看。我就和一位少将一人一把马扎凳坐在前排最显眼的地方,扫瞄正射击那伙人的靶子。我的眼光在四号靶停留得多些是很自然的,因为她是这一组最小的一个而且是全组唯一的女孩儿。我说她是女孩儿,一是她无论从身材到长相到年龄都是个少女,二是我在这帮书呆子里算年纪大的,我想她父亲也就我这个年龄,加上周围的人都管我叫老师(我确实是来讲课的),所以我才得以和将军并肩坐前排。那女孩儿最先将十颗子弹射完,速度比别人快一倍还多。指挥员撤离靶台的口令尾音还没收住,她就最先朝队伍跑回来了。她没跑回自己的位置,却朝我这方向奔来。我以为她是奔将军去的,到眼前时却对我说:"可以跟您谈谈吗?"见我迟疑了一下连忙补充,"是采访!"

我说:"采访可以,不过现在,你看,中午吧?"

"说好了,那就中午!"她在众人长长的队列前跑回自己的座位,若无其事似的。我心底却掀起一阵微澜,她要采访什么?她是哪家报社的记者或编辑？怪闯荡的！那么小个人儿，就敢在这阵势面前来约我谈，虽然是采访。此刻以后，她在男女老少众多人中变成了一颗亮星，总能以夺目的光亮让我看到。不知我在她眼中是否会有光亮，但有一点我是感觉到了，她对我有了吸引力，不然第二次射击时我俩的靶台不会莫名其妙地挨在一起。她抢占了四号台，而我就是五号。射击成绩也很幽默，她三十环，我竟然二十环！

  7月火热的天气，打了一上午靶，人人都疲劳得昏昏欲睡。她还能来采访吗？同屋住的毕君要睡了，我故意拖延他先别睡，等十分八分再看看。一刻钟过了，我刚要建议毕君睡吧，她真的来了。毕君不知我们有约，以为是找他的，立刻起身极热情地说："坐，坐，欢迎你来我们屋做客！"毕君比我年轻十来岁，而且是这次会议的主持人，因我是他请来的讲课老师又是他朋友，所以安排我俩住一屋了，他以为她来找他是很自然的。若是圆滑点儿的会客气或含混说来你们屋拜访一下聊聊，让两人都觉得对自己很尊重是奔自己来的，她却毫不含混地对毕君说："你休息吧，我采访陆老师！"毕君稍一尴尬便自我解嘲说："原来你们有约啊，怪不得老陆不睡呢！现在我是第三者了，妨碍你们的话我找个地方睡去！"

  我忙说不碍事不碍事，她却说："哪屋也不会有闲床让你睡的，除非到太阳下散步。不介意的话就一块儿聊，介意的话就只好我们到太阳底下散步去了！"

  我有点不好意思了，毕君却毫不介意："我又不是山西人喜欢吃醋，你们谈得热火我就往里添柴，谈不起火了我就扇风！"

  "那你就在这儿煽风点火吧，我们就一块儿谈了！"她看出毕君是个脸皮不薄的炮将了又反炮了一句，"如果我们谈得不热火就是你风扇得不利呀！"原来她也是个小炮手嘛，很有战斗力的小炮手！

  毕君说："老陆我们是无话不谈的老朋友，你们只管尽情谈好了！"
  我这才问她："你是哪个编辑部的？"
  "《青年人》编辑部的大手笔，简风！"毕君抢先替她说了。
  我说："你们早认识啊？"我也不知怎的起了炮兴，"简女士是不是拿老同志当挡箭牌，目的是想同毕才子聊哇？"

毕君解释说："她最先报到，我接待的，就记住了。没想到老陆倒是个山西人！"

简风说："陆老师你不用当山西人，我肯定是找你谈的，我喜欢你这样的老实人，油嘴滑舌的再有才再年轻我也讨厌。咱们开始吧。我想知道一下你的业余爱好。你喜欢交朋友吗？喜欢游泳吗？跳舞和散步这二者你喜欢哪个？"

我的情绪一下被她的直率和热情感染了，就忽然毫无顾忌地说开了："我喜欢交朋友，只要合得来，不论年龄和性别都愿交。也喜欢游泳，到海边开会我怎能说不喜欢游泳呢？只是没带游泳衣没游罢了！跳舞和散步也都喜欢，二者比较的话，有顺心的舞伴当然是跳舞，否则就散步。"

毕君趁火加了把柴："今晚我专门为你们二位安排一场舞会，请乐队，你老兄肯定跳舞了！"

我瞅瞅简风一时不知怎么说好。

"在海边不散步却挤在闷屋子里跳舞，太不合算了。"简风转对毕君，"再说我也怕你乘机请我跳呢！"她全不顾自己的尖舌利嘴是否刺伤了毕君，马上又对我说，"陆老师我看看你手相！"

时下会看手相而又敢拉过男人手就看的女孩儿，肯定都是见过世面的。我伸出手，她果然就拉过去点划着看开了："生命和事业都不错，你的现状就是不错的说明，我就不细说了，着重看看感情线。你很重感情。你对待婚姻的态度是从一而终，但并不传统，并不拒绝婚外情感，感情算是丰富的。对吗？"

"不能说全对，但也差不多吧，或者说希望是这样吧！"我这样回答她的时候忽然觉得她是大人，并且似乎比我还大点似的。我没了年龄上的心理差距，也看了看她的手相，我并没拉过她手看，只是粗粗看两眼就说看明白了。她说看明白什么你说一说呀，我说我明白就行了，不用说了，心里却暗自说，她说我手相那些话其实倒像她自己。我说："我也采访采访你怎么样？你参加工作几年了？工作后都出差到过哪些地方?"

"你倒是很平等的,这样采访起来挺有意思。我呀,大学毕业刚参加工作,工作后这是第一次出差,如果跟你这次交谈算是一次人物专访的话,这也是第一次。"

"你这么多第一次都让我赶上了,是缘分呢!"我竟使用了"缘分"这个词。

她很兴奋地说:"是缘分。我还是第一次看到海呢,不过,对海我很失望。海就这样啊?"

"有人第一次看到海时还哭了呢!"我说,"你没哭,还不算太失望!"

"就差没哭了,日出日落白天黑夜都看了,太小气太普通了,坐在海边直遗憾,有受骗了的感觉。我最恨骗子!"

"你说受海骗了?"

"受人骗了,受写海的人骗了。"

"海和人都没骗你,是你还没见到真正的海,坐在被人工圈起来作为旅游区的岸上看,怎么能看到海?你看到的只是海的一个脚指头,也许连一个脚指头也不是。你坐一次远航海船试试就知道了,海太神秘,神秘得会让你生出人和人生都太渺小的感觉来,会感叹海是神仙还是魔鬼呀!"我竟说得来了灵感,"不同情境也会生出不同联想,真是丰富极了。有次夜间乘船,因为刚成功了几件事心情特别好,竟想出'大海是船儿的陆地,黑夜是爱情的白天'这样的句子……"

她站起来抢过话去又坐下。"哎呀陆老师,你会写诗吧,你把我的灵感也感染出来了,我看黄河就能看出你这感觉来。外地人初到黄河也失望大概是你说的这道理。有次我一个人骑自行车去黄河边看日出,远远地我就激动得下了车,看那红日被水汽烘托着,一眨眼忽然红鼓被敲了一下似的跳出铜液般的水面,紧接着就奋发向上升腾,那时我也仿佛要随它一块儿飞跃起来……"

"你倒蛮像诗人的嘛,把黄河日出形容得这么美,让我突然向往起黄河来了。"我真的对黄河产生了向往之情,一时竟看她就像那轮

265

黄河初日，要不是毕君在场我说不定会用手指点她一下脑门，或拍她一下头顶表达我的欣喜之情，似乎她的头就是黄河红日一敲就能升腾起来似的。我说："那咱们仨散步去吧，晚上？"

没等毕君吱声，简风抢先说："三个人散步没意思，就咱们俩去，我请你！"

我担心这话刺激了毕君我再欣然应诺会更刺激他不高兴，便略显尴尬地望望毕君，他却无所谓地自我解嘲说："那我就只好自己给自己安排舞会了！"

我这才松口气对简风说："那就散步去吧，我也请你，晚上！"

她起身爽快地答了声"好的"就走了，我觉得她走的姿势就像她说的那轮红日升出屋外。

一下午我都惦着晚上的散步，像惦着一个小小的节日。晚饭后人们都站在门口闲聊呢，我俩远远地相互望了一眼就离开人群向院外走去。一出院门都逃离似的舒了口气，也没商量就自觉朝海边迈动脚步。我说："我一下午眼前总是你站黄河边看朝阳红鼓似的被敲起来！""是呀，刚才你那眼光只一瞅不就鼓槌似的把我从人河里敲出来了吗！"这小鬼简直心有灵犀，好像我童年就认识她了："中午你说黄河日出像鼓似的一敲就跳起来时，要不是毕君在场我大概会点一下你脑门儿的！"

她调皮地挤下眼："我这个脑子经常会生出一些奇妙的想法，我看你也是。你为什么想点我脑门儿呢？"

"我总不能拍拍你脑门儿或摸摸你脑门儿吧，我觉得只有点点你脑门儿合适！"

"因为有人在场就没敢点，说明还是觉得有点儿不合适吧？"

"也许是吧！"

"你这人真胆儿小，老师点点学生脑门儿有什么不合适的？"

"合适的话现在点一下也不迟。"说时我真的顺手点了一下她的脑门儿。

她高兴得跳了一下："你这老师真有意思。去海边的路好几条，有远的有近的，咱们走哪条哇？"

我也不由自主轻轻跳了一下，仿佛鼓被敲一下变成红日升起来了："看来你已散步过多次了，如果还有兴致的话咱们就走最远的！"

她说："好吧，就走最远的！"

说不上是她领着我还是我带着她，我们真就顺着最远最偏僻的路向海边走去。走几步我就觉得她在我左边有点别扭，我让她在我右边走，她很顺从就跳到右边来了，跳时说："今天是星期六哇，我们在大学时就盼星期六，星期六干什么都尽兴！"

我一脚踢飞一颗石子："那今天的散步一定很尽兴了！"

她盯住我踢出那颗石子："那当然！"石子噗噜噜落进长满蒲草的水塘，她指着一片蒲草问我："那是不是芦苇呀？"

我笑了："你比孔夫子强多了，他老人家把麦子当韭菜，你把蒲草当芦苇！你看看最尖上长的，那是蒲棒！秋天蒲棒变成红褐色，把蒲绒撸下来一吹，满天飞扬，跟蒲公英绒籽差不多，还可以用布袋装起来做鞋垫呢！"

她立刻调皮地说："跟老师散步就是合算，一步一个收获！"

"跟学生散步也很合算，一步年轻一岁还加上一步一个收获，星期六干什么都尽兴就是你教的嘛。"我也变得调皮起来，"你说话播音员似的又标准又流利，哪方水土养育的啊？"

"我不说过骑自行车看黄河日出嘛，黄河水土养育的呗，大学念师范专业，业余学过播音。知道为什么我说话没河南味反而标准又流利了吧？"

"那么你肯定说得比唱得好听啦！"

"也不一定，不信我可以给你唱个听听。"

"那就只有听听才信了！"

"这没什么难的，"她看看前后没人，"唱《一条大河》？"

我说很愿意听后她就低声唱起来。歌喉清亮甜润，像滋润了身边小河的流水，加上野外微风吹的，还有几分柔曼。唱到"我家就在岸上住，听惯了艄公的号子看惯了船上的白帆"时，我打断她问："你家是在黄河边吗?"

"不是,是一条跟黄河相连的小河边,大概跟萧红家乡那条呼兰河差不多。"

"看来你故乡那条小河也要养育大作家啦!"

"我不会成为什么作家的。我小时候还不会上树就蹲到桃树杈偷爷爷的桃了。"

"不会上树怎么能蹲树杈上呢?"

"叫我二叔抱上去的。爷爷对那桃看得极严,谁也不能动。我在树上看见爷爷回来了,怕二叔挨打叫他快跑,二叔跑了,趁爷爷没进院的时候我自己跳下树,一下就摔哭了,爷爷问怎么回事,我说二叔不给我摘桃气的,爷爷就举起我叫我自己摘了个大桃子。"

我笑了,年轻了二十岁那种小伙子的笑声:"怎么有出息的人小时候都骗过爷爷呀?不过我没你骗得机智,我是夜间领一伙小朋友偷爷爷的西瓜。我到瓜窝棚跟爷爷说话,小朋友们在另一头溜进瓜地……情节都是真实的,不像你虚构得又机智又生动,还说成不了作家呢!"

路拐弯了,拐向小河中,须得踏过六块石头才能再上路。这段路她也没走过,问对岸一个老头这路能否通往海边,老头说走错了,到是能到但绕得太远了,得退回去重走。

那是大画家画出的田野啊。一大片正开了小小白花的黄豆地是一篇大手笔写出的极朴素又极高雅的抒情散文。而豆田和桃园拥挤出的细长的小路像一首叙事诗。是豆花仰着洁白的小脸和树上红着脸的大桃子窃窃私语出的叙事诗吧?现在回味起来诗人该是我们俩,而那个大画家是东山魁夷,大手笔散文是川端康成写出的!

无语地享受一会儿洋溢着清香的诗画,我忽然指着脚边的豆秧问她认不认得这是什么。她拂弄几下豆叶说:"是地瓜吧?"我又笑了,她的天真和我又可以当一回老师的快感使我笑得由衷而开心:"你连世界著名的大豆都不认得呀?"

"这就是《松花江上》那首歌里唱的满山遍野的大豆……这有什

么，你不是说过孔子还不认识麦子吗？"

小路引我们并肩走进豆地和果园深处，她在左挨着黄豆我在右挨着桃园。忽然她跟我换了个位置："不是说你在左我在右吗？自己说过的话也不记着点儿！"

她因靠近了桃园眼光便被桃子吸引了去。她发现有棵树的桃子全红了，而且硕果累累，好像一大群挤在一起偷看别人秘密的少女因屏住呼吸而涨红了脸。我联想到她童年骗爷爷桃子的事了："我怎么觉得你当年就是上这棵树偷桃哇！"我说时极想到那棵树下看看（那些红桃太诱人了），又怕被人看见误以为是偷桃的。她却说："咱们都有工作证，真有人来误认为的话，让他看看工作证不就得了。"

于是我们弯着腰钻到那棵树下。数百个桃子因我们站到面前而更加脸红。那真是数百张少女青春烂漫的脸啊。我们默默注视了好一会儿，我发现前边的树空儿里还种有西瓜。那西瓜也长得不能再大了，肯定许多都是熟的。我刚一联想到爷爷的西瓜地时她就把我的心思说出来了："我怎么也觉得你当年就是在这片地里偷西瓜呀！"

我们真是太默契了，莫非童年的心田里萌生欢乐之芽时沐浴的是相同的阳光雨露，所以我才早就感觉从前认识她吧？我说："那么我们现在不就是一同走进童年的乐园吗？"

"就是啊！"她说，"那我们现在就是同岁了？"

"不能算同岁，"我说，"似乎你比我还大半岁！"

"那我可是你的老师了？"她用老师般的目光挑了我一眼。

我立刻变出学生的口气："请教老师两个问题。蒲草和芦苇有什么不同？大豆和地瓜是不是一样的？"

"真淘气，"她说，"走吧，别叫人看见以为我领学生来偷桃的！"

"老师不是有工作证吗，还怕人家误解？"我这样说完和她一同天真地笑了。

我们笑着钻出桃园，又走上叙事诗一样的小路。小路窄得不能并肩了，我走在前面问她："方才看桃时还有什么感觉？"

"怎么老师考学生似的，口气不对嘛！"她抽了一掌豆叶像打了学生一个手板似的,"学生先说吧,方才看桃时还有什么感觉?"

我说:"感觉你是桃我是西瓜!"

"这感觉可真妙!"她拍了一下巴掌,"西瓜和桃今年还能在这田里一块儿待两个月呢,也就是说我俩还可以在这儿待两个月!"

我忽然有些感慨:"我却明天就得回去了!"我的感慨中明显地透出留恋,我真的感到对她有了留恋之感。

"为什么不多待几天呢?"她不以为然的样子,"后天还可以去山海关!"

我说:"官家的人身不由己呀!"

"将在外,君命有所不受嘛!"她的口气此时真像老师。

"教书匠不是将啊,不是你要采访怕是今晚已在火车上了。"

"老师该不会和学生说谎吧?难道你真会为一个微不足道的女孩儿多留一夜?"

"是的,我不会和你说谎,也真的因为你多留一夜。我想,学生也不会和老师说谎吧?昨天我只讲一课,有什么好采访的?"

"你讲话很动情,尤其讲成年人的第二青春期时激动了我。所谓采访不过想多听听你讲话呀!"

"那么就我多讲你听!"

"还是多讲些你自己的事情吧,既然说是采访了。"

我就更愉快地讲起我自己来,开始讲少年时的事。每讲一句或是一段,她不是用眼神就是直接用话呼应我,呼应得美妙至极,好像我们是一对青梅竹马的朋友。我刚要讲到青年时,叙事诗一样的田间小路走到尽头了,我们不得不上了宽阔却不幽静也不优美的马路。马路那边是铁栅栏围住的一大片森林,远远传来的喧声说明森林那边是海。沿着栅栏边的马路只走了一小会儿她就说:"我又生出怪念头,想不想听?"

我说:"什么怪念头我都爱听。"她就指了指栅栏和里面的小路说想翻过去走树林子。我看了看带有锋锐矛尖的铁栅栏并不感到她的想法有什么古怪,而是觉得再合情理不过了。只是怀疑她能否翻过去。

她说只要我能翻过去她肯定没问题，我当然不能示弱，就先翻过去了，可想而知翻得不会优美，不过能翻过去已属她帮我创造的奇迹了。我跳进林中的草丛仰头望栅栏的铁矛尖时，才觉出离地面的高度是她所难以跨越的。她已双脚蹬在栏顶了，望着我。我不能鼓励她往下跳，太高会摔坏的。我也不能让她往我身上扑，那不得体。我只好蹬上那截铁栅栏的石基用一只手去擎她胳膊。她把我肩膀当支撑物纵身一跳就安全落下了，像只鸟似的连大点的声响都没发出来，倒是引出我连声赞叹来。她说她平凡的一跳不值一赞，快来赞叹草丛的花吧。我一看草地的花就跟记忆中故乡山坡上的花草那样多而且熟悉，热情呼啦一下又被鼓舞到新的高度。她发现一种花就采一枝却叫不上名来，我就告诉她这叫马兰那叫野百合，还有袖珍菊、耗子花、牛奶花、桔梗花、黄星星、蓝星星……这些名有的是学名有的是家乡这么叫的土名。我叫出一种名就也摘一朵，凑成一束时送给她说这是献给黄河红日的，她就兴高采烈接过去放在嘴边亲着闻着赞叹着我对于花的知识和热情。我受了鼓舞热情就更加高涨，又发现了我认为最高雅最可爱又最少见的石竹花并采了一束给她。她惊喜道："这就是诗中常写到的红石竹花吗？"我说我们家乡叫它石柱子花，而我判断无论从音从形它都该是石竹花。她拿了一朵放到鼻孔使劲嗅着说："我怎么觉着应该叫五星花呀，五个星似的圆瓣儿，我以前就叫五星花来着！""那就叫五星花吧，算你命名的花！"

她把她命名的花都给了我："我命名的花献给……哎哟看我这采访的，你是哪儿的人我还不知道呢……黑河人啊。我命名的五瓣花献给黑河少年吧！"

我真激动得少年似的接过了那束五星花，心不止一朵五星花那样而是无数金丝菊似的绽放开来。我把那花放在鼻边嘴边嗅了又嗅以示领下她的心意，又领她在林中找松果找地鱼找甘草找艾蒿找柴胡……等等十几种中药材，我说你收下这些上帝送你的药材终生都会身体健康的。她说我也会终生身体健康的。我们就开怀大笑起来。笑止了，她说我怎么这么聪明啊！我说笨得很呢，出个题考考你聪不聪明吧。

我找了一片叫掐不齐的小叶叫她掐，说有一种方法可以一下掐齐。她只三四下就找到一下掐齐的办法了，说："这么简单的事来考我大聪明人啊。"于是我又出了一道更简单的题：一加一在什么情况下不等于二？并补充说这是大数学家华罗庚出的题，许多人都没答上来。她眨了眨眼便说："人在热恋时一加一不等于二，因为两颗心变成一颗心了。"她这说法显然不是我出题的答案，但我却因她懂得热恋的意味而心颤了一下，纠正说是数学题而恋爱是文学题。她一眨眼又说："一个孕妇加一个孕妇不等于二，因为是四个生命了。"我说："这不还是文学题吗，你将来定是个文学家无疑了。"她告饶了，说数学方面的确不算聪明，我才告诉说一加一在算错了的情况下不等于二。她恍然大悟跳了起来，服气地大笑着直捶我胳膊："你真能骗人，你太能骗人啦！"我感觉得出她撒娇的捶打中洋溢着由衷的意味，便不反抗也不吱声笑着默默地承受。她忽然想出报复我的办法："我出个题考你。你说一个老母猪带五个小猪崽过河，母猪第一次背过两个猪崽，第二次背过两个猪崽，第三次背过一个猪崽，可是母猪数一遍是四个，数两遍是四个，数三遍还是四个，这是怎么回事儿？"我觉得这问题很有趣儿，极认真地猜起来，挖空心思猜了四五次她说不对，我也只好告饶。她得意地说："哎呀你的确太笨了，猪不识数它怎么能数对啊？就是因为猪不识数呗！"

  我不由自主"哎呀"一声，从心里佩服她聪明报复得好机智啊，便也用手指连连点她的脑门儿，就像她直捶我的胳膊一样充溢着由衷的喜爱，说："你报复得太漂亮了，你马上能再这么漂亮地报复一次的话，我就五体投地佩服你并且奖励你，重奖！""你可说好了，重奖?!"她仰脸直盯住我，眼里充满了娇柔的欣喜。我说："君子口中无戏言！""好的！"她说，"一个聋子到一个五金商店买菜刀，他大声问有没有菜刀。恰巧卖菜刀的是个哑巴，你说卖菜刀的应该怎么回答？"我说："这还不好回答嘛，如果有他就点点头，如果没有他就摇摇头或摆摆手。"她听罢得意地大笑起来："错了！哑巴都是聋子，聋子根本听不到问话，所以他没法回答，还得用手势问才对。"我由衷笑着说服了服了，她容我笑够马上追问："给什么重奖啊？快说！"当时那欢快和谐的气氛立刻让我生出一个主意，完全是灵机一动生出的主意，我说："立正站好，闭上眼，我开始拿奖品！"她刚一闭眼我便飞快用额头碰了两下她的额头，然后急忙跑到一棵树后说："发完了！"我心惴惴地急跳着怕惹她生了气。她没有生气，笑着说了句："这算重奖啊，真小气！"便朝我追来。

没等追到眼前我就叫住她说："好！好！重新奖，重新奖！"我忽然发现身边好几朵耗子花谢后的绒球，那绒球就像蒲公英花谢后的绒球差不多，对空一吹就会飞起无数小伞。我摘下一朵绒球："我给你表演吹伞吧，可好看可好玩了！"

她一看那绒球确实好看，就说："这么好玩的游戏就奖给我玩吧！"不等我答应赶忙又更正，"咱俩比赛吹伞，谁吹的伞后落地谁赢。赢者得奖，输者发奖。奖品应该是赢者要什么输者给什么，怎么样？"我说要没有的东西可不行，她说那当然，我们就开始比赛了。

我俩在一块小草茸茸的平地拉开些许距离，面对面仰起脸把绒球举好，绒球上方正好是树枝没有遮住的天空。好晴朗的天空啊，晚霞微微的红润衬住洁白如羽的绒球，心如即将点燃的礼花热热地憋足了劲儿。当那一声开始由她嘴里发出来，我俩各自的绒球便噗一声迅速飞向空中，先像无数白蝶向上翱翔，慢慢就像集群伞兵缓缓下降。不等降到头顶，我俩便都跳得老高欢呼着去吹属于自己管辖的那一群。先还能成群地管着，后来就只能盯住一只吹了。我俩一会儿跳起一会儿蹲下，那伞落得太低时又得躺倒在地打着滚儿吹。我们吹得那样认真，就跟争夺国家设的一项大奖似的，中间两个小伞聚到一起我俩起跳吹时撞了个满怀都顾不及埋怨一声。她比我吹得还认真，似乎这项比赛决定着她的命运。小伞飘到一汪浅水上空了，我一迟疑，她却踏进水中。小伞急剧下降到齐胸处已无法向上吹了，她竟一下坐在水里又将她的伞救起，救出那片水洼，她没顾得抖一下水淋淋的裙子还在吹。可想而知我那只伞早已落水。她赢了。她又吹了一会儿直到赢得我无话可说为止。

273

她站到我面前，脸红红地挂满了汗珠，像一朵开得正艳刚浇过水的月季。她没有欢呼雀跃，而是真像走上了领奖台那般庄重，轻轻说："发重奖吧！"

看她真诚可爱的样子当时我真觉得该重重奖励她一下，我想到了请她吃一顿高档海鲜或买一件高档纪念品。"你想要什么吧？"我做好了充分思想准备问。

她脸红得更厉害了，又向前走了半步，我们之间的距离已不足半步。她仰起脸，闭了双眼，嘴唇微微痉挛着，轻轻说："……最珍贵的……发吧！"

我已意会出她要什么了。我万万没想到她会要这个，而且这般要法。看着她红艳如带露珠的脸尤其那激动的嘴唇，我真想拥住她尽情吻一顿，直到她说行了为止。可是心惊得不行，她个少女怎么会提出这样的要求，而我又怎么敢这样做呢！我的年龄的确该是她的父辈的，这样做该是何等的不妥啊。我心惊肉跳地说："你……你怎么啦？"

她睁开眼睛渴望而羞涩着说："你不说赢者要什么就奖什么吗？"

我惊慌说："亲……亲爱的人才能这样，我……我是你的老师啊！"

她眼里立刻蹿出一股火，脸色也变了："你不说好像我比你大半岁吗？"

我支吾道："我……说……说着玩的啊！"

"骗子！"随着她用怒火烧锻出的铁钉似的几个字甩向我后，一个重重的耳光也落到我脸上。然后她一个字没再啰唆转身跑走了，穿出树林，跑向海边。

我没敢去追她，木然站在那里好半天不知所措，直到晚霞一点儿也看不见了，才又独自在那块变得暗淡朦胧起来的树林里独步起来。我胡乱走着，不知踩倒了多少太阳落山前采给简风的那些花，任什么声音进入我耳中都变成"骗子"两个字了。

狗年故事

一

在讲究阴历的人们眼里，头上落着的已算是猪年的雪了。这猪年的雪，很善解刚从狗年门槛迈过来的人意，落得很静，很温暖。而我正心火很厚，情绪便不能和这雪及元旦的气氛一致。正是家家团聚的时候，街上行人极少。我推着自行车边走边不时痛恨交加地同走在身边的妻子说上一句："这个狗东西啊！"妻子看看自己的怀抱也说："狗东西太恨人，亲爹亲妈地待着，怎么就不行呢？"

妻子怀里又发出几声呜呜的呻吟，她连忙往怀里拍拍，换了口气说："狗东西好孩子，妈抱你换个地方看去，看了就不疼了，听话，噢！"要是早些年，听了妻子这样年纪的女人如此娇柔地同怀抱的一只小狗说话，不嗤之以鼻也会反胃的，现在不仅没有，反而十分由衷地帮了一句："狗东西别哭，爸也在呢，爸抱你！"这种话，在单位或外人面前说出来，同样会叫人起腻反胃的，我也一定会收敛着绝不那样说，但只有我和妻子一起时，说起来早已十分由衷了，有时在特别熟的朋友面前忍不住也要这样说。我伸出推自行车闲着的另一只手摸了摸小狗的头，也不顾及正有人路过，又帮妻子说了一句："爸也在呢，狗东西不哭！疼也不哭！"狗东西真的忍住呻吟，不出声了，但我的手分明感到了它因抑制而引起的痉挛和粗重喘息。年轻时候心粗，加上长时间两地生活，很少注意过儿子生病的细节，现在对狗东西的一举一动却揪心拽肺的，这种婆婆妈妈的言行，我自己竟没了丝毫的掩饰之心，又说了一句："狗东西是爸和妈的好儿子！"

二

狗东西是妻子养了一年的小狗的名，本来它先前是叫壮壮的，到我家头两天可爱又可气的一连串行为，让我不由自主连连说了无数次这个狗东西这个狗东西的，妻子也一来二去跟着说顺了嘴，原名壮壮便被叫丢了，叫成了狗东西。壮壮刚改叫狗东西的时候，才四个多月，身材不大，却名副其实，长得十分壮实，一身火黄的绒毛特别光亮，闪着耀眼的健康之色。我和妻子第一眼看见它时，我们几乎同时惊叫了一声："这个小狗东西啊！" 当时，它正在刚落过薄雪的街头箭一样朝一棵大杨树飞跑，四条小腿像电影里的草上飞骏马，一纵好远，急波速浪似的起伏着，腾直的四条腿仿佛不着地儿，本该高高扬起的松鼠般的长尾巴，战旗样被拖直了，又很像一条拖着浪花的火黄色汽艇在白茫茫一片大水上飞驰。那天是阴历狗年的初一，此前几天，狗的声望一天几十倍地高似一天，几乎十几亿中国人都言必称狗的时刻，也就是大年三十儿的晚上，我终于也被电视里"狗年旺旺"的欢呼声蛊惑得跳起来，对妻子说，明天咱家也买狗去。我之所以在那一刻跳起来斩钉截铁说出那样的话，还因为，妻子刚接完独生而且未婚的儿子从远方打来的电话，说不能回家过年了，电话祝我们春节快乐。妻子嘴上连说不回来就不回来吧，挺快乐的，但我已心有灵犀地感觉到了她深深的失望和不快乐了。她已退休，一年到头，天天都是孤孤单单的，我虽没退休，每天下班也分明感觉得出家里的冷清。大过年的，三口人还这么两地冷清着，是该靠狗旺兴旺兴啦。所以我们就被蛊惑得忽然心血来潮，而且心潮一起便来日无多似的不可收拾,双双于大年初一跑到狗市附近转悠开了,非要在春节头一天买到一条小狗不可,这可以说是我们婚后三十多年最同心一致的一件事了。此前我们已多次听一些养狗人说,狗如何如何通人性,如何如何解人意,甚至比人有感情,我也读过屠格涅夫写狗的那篇著名小说《木木》,所以那心血来潮也是有基础的。可是大年初一,狗市上哪还有人啊,往常热热闹闹的一片狗市,已空空如也。当时,我和妻子都不甘心,我俩连一句商量的话都没有,便一圈一圈地转开了,反正在家也是冷清,就转吧,初一遇不着狗,十五还遇不着吗?转到第三圈时,却遇上一个为狗讨钱的白发老太太。她拎着的纸牌子上写着:"我的小狗球球受伤要死了,遇到的人行个好,凑几个钱给球球做手术救命啊!"走近的人看了看便嘀嘀咕咕走开了,他们嘀咕的是,现如今真他妈无奇不有,还有拿狗骗钱的!我不忍这样残酷地猜想一个白发老人,加之这毕竟是我们狗年里刚想与狗结伴后遇到的第一个与狗有密切关系的人,便关切地向老太太打听了一番她的球球。老太太说她孤身一人,捡条流浪狗陪伴她,一年三百六十天,她吃啥狗吃啥,她上哪儿狗跟哪儿,睡觉都是枕一条枕头,一天二十四小时形影不离,除了不会说话,那狗什么都懂,头疼了它给舔头,腿疼了它给舔腿,发烧起不了床了,它趴身上舔你心口窝,舔得你直淌热泪,八年了。老太太说八年的狗就是老狗了,生死都离不开了,昨天忽然被一辆轿车撞伤,轿车跑了,她孤身一人,只有最低生活保障那点钱。老太太一再说,救球球就等于救她一样。我和妻子掏给她一百元钱,同时也更增强了非在大年初一买到一条狗不可的决心。老太太千恩万谢,一边说我们夫妇俩一定会得狗济,一边说等救活她的狗后一定帮我们掏弄一只。看她泥菩萨过河自身难保的可怜样子,哪还忍心指望她呀,我们就继续转。我和妻子就是在转到第五六圈时看见了还叫壮壮的狗东西草上飞骏马样朝一棵大杨树飞奔而去的。走出家门到告别老太太,我和妻子心中并不明确究竟要买一条什么品种的狗,只是觉得最好买省事好养的小身材狗。待一见到还叫壮壮的狗东西时,我和妻子不约而同一下就明确了,就买狗东西这样的!

狗东西跑到大杨树后面忽然停住了。我和妻子也紧跟了过去。我们跑过去并不是想一定就买下这狗东西，这样跑着的狗，一定是遛它的主人在前面呢，不可能是要卖的狗。但眼前只有它和我们的目的有关，我和妻子谁都不会不上前跟这狗东西和它的主人打一阵恋恋的。

狗东西的主人竟是大杨树后边修自行车的师傅，他正坐在工具摊旁，刚为一个打工小伙子修补完自行车胎。他把从小伙子手里接过的五块钱装入衣兜，连忙呵了呵锉般粗糙的双手，然后亲亲热热抱起被我们的眼光热烈羡慕着的狗东西。狗东西的主人看上去五十多岁的样子，但实际是不是难说，因为修车人终年在路边风吹日晒，一般都显得老气。他从衣兜摸出一把东西，说："过年了给我儿子壮壮点好嚼咕吃！" 壮壮便摇动起松鼠样的大尾巴，舔了一阵主人满是裂纹的手，然后才吃起上面那把紫色的好嚼咕。当时我还不知那叫狗粮，超市里有卖的，街上也有专卖店，日子宽裕人家养狗才专用这种狗粮，生活困难人家都是随人吃残汤剩饭。修车师傅一定是残汤剩饭族的，不然不能把普通一把狗粮说成过年的好嚼咕。他的壮壮吃着过年的好嚼咕，还没忘了冲我们两个陌生看客友好地摇摇尾巴，我便就势蹲下去试探着抚摸它，它没咬反而更友好地摇晃了几下尾巴，还温顺地看我一眼。"这小狗东西真可爱！"我稀罕着从自己兜里翻出一块糖来，那是单位一个同事小孩的喜糖，揣好长时间了。"小狗东西给你个好嚼咕！"我将糖递过去，它闻了闻又舔舔我的手，真将糖叼进嘴里。修车师傅忙说，馋壮壮真丢人，要了人家好嚼咕都忘了谢谢！馋壮壮快谢谢！那小狗东西立即后腿着地前腿腾空合十朝我作揖，我和妻子都欢喜得直想抱它，说这小狗东西太精灵了！逗了半天他的狗，修车师傅以为我等着修自行车，便说天挺冷的，我快点给你修吧！我和妻子这才你一句我一句说起决心大年初一买条狗的想法，向他请教到哪儿可能买到。修车师傅没回答我们的请教，却特别认真打量我们一番，然后查户口似的盘问起来，直到看了我的工作证，看了妻子的身份证，清楚了我们的家庭情况，忽然让我们喜出望外说："我看你们两口子是成心养狗，也是善良人家，这么着吧，你要是真看上了我这壮壮，你们就抱去，照量多少给几个钱就行，不算卖。"我和妻子都疑疑惑惑，不解和他这么亲这么可爱的狗他何以要卖，又怕他变卦不卖了。凭我多年的人生经验，判断得出，修车师傅是那种家境十分贫寒但又绝不会不劳而获骗钱的人，他不会动心眼损人利己，即使下天大决心说一次谎，在靠动心思安身立命的人眼里，那也不过是句幼儿园水平的谎而已。他以为我们在怀疑他什么，便照直说这狗是捡的，养几个月了，要不是生活困难，还有个女儿上大学，一个钱不要白送，就算给几个抚养费得了。我和妻子连说肯卖就行，价钱该要多少要多少，大过年的能卖给就千恩万谢了。修车师傅说这叫松鼠犬，从狗贩子手里买得上千元。我问了师傅的要价，他说三百就行，我和妻子把各自兜里的钱都翻出来，凑了八百，都给了他。他执拗地坚持就收三百。我和妻子都很不理解，一再推让。他说他修自行车一天也就挣十块八块的，三百是他一个月的工钱了。但我还是不理解，这么可爱的狗他怎么舍得让我们抱走。他已经生气了，说："不是说捡的吗？"我说："怎么会捡到这样的好狗？"他说可以对天发誓，肯定不是偷的，偷的就卖高价了，何苦白送一样？我想不管捡的还是偷的，养出感情来了，就难舍得呀！这个有点倔的修车师傅抢白我们说："你们这些有文化的人太怪，你们左说右说一定要今天买条狗，我要不卖你，你们今天怎么能买到？今天是大年初一！我耐着性子再跟你们多说几句，我家里还有一只贵夫人狗呢，也是捡的。名贵狗娇性，但和女儿有感情了，两只都养力不从心，但咬牙养着也挺得过去，因为有了感情，就这么个事！"当时我很怕他真生气变了卦，赶紧扔下五百元把他的壮壮抱走了。那壮壮说什么也不跟我们走，是修车师傅用狗缰绳拴了，告诉我们别心慈面软赶紧牵走，我才硬把它拴进车筐，推走的。壮壮在车筐里挣扎叫唤并且直回头，没走多远，修车师傅又追上我们。我以为他是不忍心变卦了，刚要说我们到家好好待它几天就好了，他却硬退给我们二百元钱，然后又要了我家电话号码，说一旦不想养了或养出毛病了，一定再给他送回来，千万别扔了或送人。我和妻子宝贝似的稀罕不够这小东西，哪里会想扔或送人呢？撕巴了半天，他还是倔着坚持退那二百元钱，我们只好尊重了他的心意，但再就走不开了，不管我们怎么亲热地叫着壮壮，那小狗东西咬住修车师傅的袖子就是不放。修车师傅从他兜里又搜罗出点狗粮，哄它吃，这才把衣袖脱开，并再次跟我们说："别听它的，先狠着点，养些日子就好了。"头半个月修车师傅真放心不下，隔三岔五就打电话问问病了没有，后来确信我们养得很好，并且对我们也有了感情，他才不再打电话了。狗东西一和我们相熟起来，妻子真像又得了个亲儿子，白天抱着，晚上搂着，上街领着，本来就喜欢得不行，一听遇上的生人熟人都不绝口地夸赞小狗东西着人稀罕，她便更加感觉良好，仿佛自己养了个又英俊又成才的儿子，得空就领到街上炫耀似的遛起来没完。每天我不管在班上多累或多生气，一回家，上楼的脚步声早早就被狗东西听出来，开门的钥匙声没响呢，它就开始激动地扑门，门一开，它就打起哼哼，激烈地扭腰摇尾，扑你，抱你，舔你，一生中哪天天受这般真诚热烈而无私的欢迎呢，还有每天早晨那一次恋恋不舍的作揖告别呢。我过生日那天妻子随单位退休干部在外地旅游，我在单位正好因一件倒霉事生了一肚子气，连饭都不想吃，晚上到家却被孤单单两天了的狗东西给哄得心花怒放。它摇尾扭腰欢蹦乱跳在屋里一圈圈疯跑，我洗脚它给我舔脚，我看电视它就依偎着我也跟着看，我上厕所它都陪着，把心中的不快一点点消了。睡下前，电话铃声响了，我以为又是单位的人说闹心事，不接，又响，仍不接，再响，还不接。第四次响时，我还不想接，狗东西上前咬我裤腿往电话边上拽，拽得执着感人，我才接了，不想竟先是妻子打来的，接着是儿子打来的，都是祝我生日快乐的。这下可叫我乐起来了，竟是狗东西陪我过了一个快乐的生日。所以，不知不觉地，远方儿子电话打得及不及时，甚至打不打也不怎么计较了。由此我们也放松了警惕，退休无所事事的妻子每天都放胆领狗东西到外面去疯玩，街头几个一起玩得最多最欢的顽皮狗，忽然几天内都病了，有一个说是得了犬瘟热死了，还有一个让汽车撞死了。我家的狗东西也开始先吐后拉，继而发烧，拉得惨不忍睹。星期天我和妻子抱它到宠物医院去看，宠物医生一摸它鼻子，说鼻头干硬得角质似的了，这是患了典型的犬瘟热。接连打针吃药都不见好转，最厉害那几天眼都睁不开了，有天早上怎么也找不见它，以为跳楼自杀了呢，最后是在平台很深一堆杂物里面把它拽出来的。换了好几家宠物医院去看，有的说有希望治好，有的说没有希望了。但小狗东西病得那样可怜了，还忍痛坚持着每早恋恋不舍地和我告别，每晚激动忘情地欢迎我，所以只要有谁说能治，我就和妻子带它去治，后来几个宠物医院都说不要再治了，我还是跟人家说那能看着它死吗？医生说要是疼得黑白叫唤不止，扰民了，再不采取措施就犯法了。他们还解释了什么叫"采取措施"，即交二百元钱给医院，医院用药物给安乐死，然后给安葬了。我们把这措施说给周围几家养狗的，他们都说医院为了挣钱，极不可靠，他们拿了钱怎么弄死的谁也不知道，是给扔垃圾箱了还是葬了你也不知道，谁能放心哪？我一听也确实不忍心让自己的心头肉临死再受虐待，终是没送去，仍是买好药，连特别难弄到的杜冷丁都用好几支了。但止疼药劲儿一过，狗东西又疼得直撞墙，连连呻吟，心疼得多年没泪的我和妻子，都流泪了。坚持了一个多月，新年这个晚上也挺过去了，但是它那凄惨的叫声实在惹怒了邻居们，元旦一早就上门抗议。想来想去什么办法也没有了，只好硬着头皮又去找修自行车师傅，他说过，一旦养出毛病了，千万别扔。我和妻子既怕见他，又不得不见他。怕见他是没法向人家交代，把好好一个爱煞人的壮壮给养得这般惨不忍睹。不得不见他，是想送他一笔钱，求他给狗东西安乐了。

三

修车师傅仍坐在去年那棵大杨树下干活，他周围仍是狗年初一那样一片白茫茫的雪，只是没了还叫壮壮时的草上飞骏马似的影子了，只有不多几趟朝他而去的脚印。看着那几趟脚印，我不由想到，去年初一提着纸牌子募捐那老太太的球球救活了没有。

到了近前才发现，修车师傅身边蹲着一只跟刚落地的雪一样洁白的西施狗，像一只温顺的绵羊羔子，安详而愉快地依偎在主人的大棉靴子上。这一定就是修车师傅说他捡来的那另一只名贵狗了。他这狗都是怎么捡的呢？他一个穷苦的修车匠，怎么能捡到名贵狗呢？他又咋都把这娇贵的狗养得这么好呢？他最没养好它们的条件啊！我正不知怎么开口向他说明来意，他一抬头见了我们，马上高兴地问了一声"新年好"，然后就指示身边那只叫乐乐的西施狗给我们作揖拜年。那只长长的耳朵一身细细绵羊卷的白色乐乐，真的在雪地立起来，给我们点头作揖。我和妻子忽然都眼湿了。见我们泪眼婆婆的，又看看妻子的怀抱，修车师傅忽然明白了，忙起身掀开妻子的怀抱。正疼痛难忍的小狗东西，看见一年前它还叫壮壮时的主人，竟然还认得，而且一下站了起来，趔趄着向他扑去。修车师傅来不及搓一下粗锉样的大手，便一把抱起他的壮壮贴脸亲开了。白绵羊羔似的西施狗乐乐，在雪地上妒忌得一跳一跳直叫唤，他便把他的壮壮也放在雪地。壮壮竟神奇地停止了呻吟，欢乐地扑向乐乐，两个小狗东西顿时滚成粘在一起的一黄一白两朵雪绒花。可是不一会儿壮壮就气喘吁吁躺倒在地，滚不动了，它又呻吟起来。白绵羊羔似的乐乐也停下来，直舔壮壮的脑门和嘴。

　　修自行车师傅埋怨一阵咋把他的壮壮养成这个样子，又抱起来心疼地抚摸着，边摸边述说起他的壮壮命苦来。原来这狗真是他捡来的。他家住临街一栋旧楼的五层，正好和军区机关几位将军住的小院相隔一条不宽的街道，能居高临下看清将军们院子里的一些情况。有天早上他推窗通风，见将军院里一个小战士正将一条汪汪直叫的小黄狗装进麻袋，然后要往院外拎。他从当时情形感觉是主人不要那条狗了，想扔掉。他通过每天遛狗认识的那个战士，便急忙跑下楼，在大门口截住一问，是因为狗玩兴奋了不慎把将军手咬破了，将军正心情不好于是大怒，让战士把狗打死扔掉。战士正不忍心下手，也没想出什么办法，趁机央求修车师傅收下了事。那之前修车师傅已捡了一条白色西施狗，是一个女大款扔的。女大款喜欢西施狗，但嫌那狗身上有异味，便用整瓶整瓶的法国香水给狗洗身。不想那西施狗对外国香水过敏，浑身起了癞，更加气味难闻。女大款想把名贵的西施狗送人，但病狗是没人肯要的，她又不忍心弄死或硬扔掉，便在狗脖子上拴了几百块钱，偷偷扔到修车师傅的工具箱便开车跑了。修车师傅和他独生女儿都心地善良，就把这条浑身起癞的病西施收养起来，为了让这可怜的病狗早点欢乐起来，父女俩反复争执最后给定了个名字"乐乐"。他们每天晚上精心给乐乐洗一遍热水澡，不到一个月就康复了。父女俩省吃俭用养一条狗还能勉强维持，养两条就着实力不从心了。但为了救小黄狗一命，修车师傅还是咬牙收下了。开初小战士每月从自己津贴费里拿出十元钱给修车师傅买狗食。小战士是偏僻农村入伍的，家庭生活也挺艰难，第二个月修车师傅就说死不收他的十元钱了。他想了一个养活两条狗的办法，每周把西施和壮壮一同带出四天和他一块儿在修车摊玩儿，狗市附近喜欢狗的人多，这个给点吃的，那个给点喝的，一天下来就不用再喂了。两条狗就这样和他一块儿风吹日晒地生活着，形影不离，吃的虽不咋样，但欢欢乐乐的，反而活得壮壮实实，很少生病。

述说完了这些事，修车师傅忽然直偪偪问我："你们找我是啥意思呢？"

我说："我俩啥法没有了，是来找你帮想想办法！"

他说："事到这样了，我能有啥办法？"

我支吾了一阵儿终于说出给他五百元钱请他帮忙安乐了的想法，他顿时气得眼睛发湿，说："我真后悔贪图省事交给你们养了，你们养着只图解闷乐呵，不知管着点，乱疯乱跑哪有不得犬瘟病的？谁不知今年流行犬瘟热啊？得上犬瘟热的狗有几个能好哇？哪个疼狗的人家能让自己的狗去沾犬瘟热呀？你们就图自个乐呵……"

等他说够了，我还是不得不掏出钱，哀求他去给他的壮壮安乐了。他不仅偪着没同意，反而掏出三百元钱来，说："把买它那三百元钱拿回去吧，到时候买个好木头匣子装了，送到河边找个好地场埋了……"

我哀求他:"我咋下得了这个手哇?"

他怒道:"乐呵的事是你们的,揪心的事让我下手?!"

我再没勇气说什么了,罪人似的和妻子转回家去。回到屋里一暖和下来,可怜的狗东西一刻比一刻叫得更惨了。那哀哀的眼神儿呻吟间一会儿瞅瞅我,一会儿盯住妻子,外边有什么声音也分散不了它的痛苦了。我和妻子眼睁睁瞅着狗东西乌黑的眼里也流出了泪水,一滴,两滴,三滴……边流泪边发出低低的经过控制的呜咽。妻子终于大哭着说:"狗东西啊,别恨妈呀,妈对不起你啦,让你爸给吃点……永远快乐的药吧……"

我泪水也一下子成河了,却不声不响走向装药的盒子,将一瓶安眠药片慢慢倒出来,倒光了,有差不多三十片,都溶进一杯水里,然后哄着狗东西说:"好孩子,听爸妈的话,喝了这水,就不疼了,好孩子,听话,都喝了,喝了就不疼了……"

我们的听话的小狗东西眼亮了一下,乖乖张开嘴喝那乳白的水。我唯恐它改变主意停下来,喝一点停下来可就更惨了,所以我冷不丁一下捏紧了狗东西的嘴,杯底朝上一下子全灌了进去。狗东西呛了一下,但没来得及咳嗽,就被我用手指捅着它的嗓眼儿,硬把乳白无味的药水全咽下去了。妻子把狗东西抢到怀里,不停地悠着说着:"狗东西好孩儿,喝了就再不疼了……"

小狗东西慢慢安静下来,眼睛轻轻闭了,呼吸却越来越急促,妻子的脸色也越来越难看,我赶忙接过狗东西,把妻子推到另一间屋子,说:"我陪狗东西睡一会儿吧,你也睡一会儿,都一天一宿没合眼了。"

我单独搂着狗东西躺到床上,看它死闭着眼,喘声仍类似微弱的呻吟。此时我想到了一位朋友临死前的情景,他患的是癌症,被难忍的病痛折磨了一年才死的,停止呼吸前他请求我,一定向人民代表大会立法部门转告,立一项安乐死法。于是我的心忽然铁似的硬了,手朝狗东西的嘴和鼻子捂去,捂得连微弱的喘也不能了。狗东西身子不很剧烈地抽动了几下,我也一点儿没敢松劲儿。

几秒工夫，狗东西完全安静下来，一丝一毫也不喘了。双眼仍闭着，但轻松安详了，身子却仰着，也松懈得难看了。疲倦的妻子大概睡着了，我没敢马上惊动她，匆忙把一个装工艺品的精美木盒子倒空了，铺上一条白枕巾，然后把狗东西浑身的毛抚得顺溜了，让它侧着身子安睡那样躺好，这才叫醒妻子说："咱们的狗东西睡了，不疼了……"

妻子摸摸已经一动不动的狗东西，再也压抑不住，也忘记这是元旦的傍晚，邻居们都在团聚过年呢，就脸贴狗东西放声哭开了。

这时候，我的手机响起乐声，打开一看，是儿子从遥远的地方发来一条短信：祝爸、妈猪年快乐！

我抑制住自己的哭声，把手机屏幕的字让妻子看了一眼，妻子抬手推开手机，不想她的手把身边挂的一串风铃碰得一阵叮咚脆响。妻子仍没止住哭，什么都不存在似的抽咽着说："我的好儿子狗东西啊……"

风铃还在发着已弱了的响声。

2007年1月4日夜写于听雪书屋

玉碎"三结义"

我问起"邓铁梅",你一脸茫然,再问"苗可秀",你越发茫然,我的心不由隐隐作痛,想起苗将军遗书那段话:"……每到此处,要三呼老苗,我之孤魂其可以不寂寞也。"这是抗日义勇军义薄云天的传奇,义为民族大义。一位老者至今记得,当年吴淞口,密密麻麻的战败日本兵等待着遣返回国,他父亲作为接收大员去码头视察回来,低沉地对全家人说:"日本鬼子不甘失败啊,他们一个个看我们都是瞪着眼睛的……"如今,有人在太行山上拾得一把半截东洋刀,刀刃上几个残口,仍隐约传达着民族至今的疼痛。诗人说,可以用这半截洋刀铸成锄头和镰刀,也可以挂它在山村学校的门口,当一口钟。

枪 盟

腊月末正月初,尖山窑的年节气氛多了不同往年的喜气。这喜气源自公开扯旗抗日的邓铁梅。

辽南凤凰城首战大捷后,邓铁梅声名大振。这天,他正在新组建的骑兵团检查工作,司令部警卫骑马来报,说北京来了一个眼镜先生,指名要见邓司令。

邓铁梅策马直奔司令部。进得门来,见那人不过二十五六岁的样子，正摆弄着桌上的紫云松花砚台和毛笔，散布的纸上写着一个"处"字，一个"义"字。见有人进来，青年起身行过礼说："我和邓司令是本溪同乡，下马塘苗家堡子人，特从北京慕名而来！""你这字有功夫！也写一幅给我补补壁吧！"眼镜青年把砚台里的旧墨又研了几下，要过一支粗笔，悬腕一挥而就，跃然纸上的是"还我河山"。"这字我喜欢，想求一幅你自己拟句的更好！"

眼镜青年谦逊了几句后，挥笔写下："我们与其贪生致死，不如死里求生；与其蒙羞而生，不如抗日至死。"

邓铁梅连声击掌叫好，问："老弟在北京念书？"

"原在东北大学念书，事变后流亡北京，书也念不消停了，也在闹抗日！"说着，掏出一封信。

邓铁梅一看，是著名抗日人士阎宝航领导的东北民众抗日救国会开具的，介绍流亡北平的东北学生军大队长苗可秀作为抗日救国会代表，赴辽东了解抗日救国自卫军情况。

邓铁梅喜出望外，立即叫人布置酒饭，还请来新任自卫军总参议黄拱宸作陪。

三人相谈甚欢，苗可秀指着墙上的司令部建制图说："邓司令似应加设一个处，政训处。刚才我写的'处'字，想的就是政训处。"

"政训处？"

苗可秀说："我是从那个'义'字，想到政训处的'政'字的。建一支真正有战斗力的军队，私人感情的义，是不可靠的。真正的大义，是爱国的政治觉悟！"苗可秀又敬了邓铁梅一杯酒说，"邓大哥，应把你的高度政治觉悟，通过设立政治培训处，灌输到所有官兵心里去，让每个人都能和你一样真心抗日，才能抗到底！"

邓铁梅兴奋地起身，给三个酒盅都斟满，自己先干了，说："我等本溪邓、黄、苗三兄弟，远在他乡，不图同年同月同日生，宁可抗日死，决不当苟且偷生的亡国奴。在上苍天可鉴，我等绝不食言！"

酒后，夜已深，邓铁梅请苗可秀回办公室，又将岳飞的"还我河山"给黄拱宸写了一幅，苗可秀放下笔说："等7月份一毕业，我马上回来。鬼子开始用中国人打中国人的损招了，总把伪军推到前面送死。伪军也是我们同胞，对此，政训处最有战斗力。我写了一首歌，待政训处成立时早早唱出去，顶刀枪使用！"

说着，从随身小本子上撕下两页纸，交给邓铁梅，上面是连词带曲的《唤醒伪军歌》。

时间在邓铁梅对苗可秀的盼望中，好不容易到了7月。无巧不成书，这天傍晚时分，两人在乡路上意外相遇，不约而同呼唤着对方名字，紧紧地拥抱在一起。

苗可秀掏出阎宝航的亲笔委任书，上写："兹委任东北民众抗日救国自卫军为东北民众自卫义勇军第二十八路，邓铁梅为二十八路军司令。"

回到司令部，邓铁梅找来黄拱宸，还叫了和自己最早一块儿起事抗日的云海青大队长过来。苗可秀感到自己终于有了用武之地，他摸着邓铁梅的匣枪爱不释手。

邓铁梅说："苗总参议上任了，得弄支好枪，我这支就归你了！"

"这，不能让司令割爱，趁饭还没好，先让我用司令的枪打一发子弹，就算向司令表个决心，也算领了司令送枪赠砚的心意了！"

邓铁梅当即把几人领到司令部后山脚下，立了一块方木板当靶子，对苗可秀说："现在弹药奇缺，给你三颗子弹！"

苗可秀说："一颗吧，一颗子弹就是一个鬼子的小命，不能浪费了！"

邓铁梅压了三颗子弹，苗可秀认真瞄了一下，扳机一扣，子弹射在中央偏右一点儿，邓铁梅让他把子弹打完，苗可秀仍是舍不得。

云海青说："邓司令把三颗子弹压好了，也不好再退出来，我建议黄总参议和司令也各打一枪，纪念苗总参议上任。"

邓铁梅不由一拍手说："好！黄总参议先来！"

黄拱宸接过枪，略瞄了一下，轻轻扣动扳机，弹着点在不偏不倚的正中央。

他把枪又加压了一颗子弹递给邓铁梅，然后叫云海青拎了块木板放到被射中的那块木板后面,"请苗总参议开开眼吧!"只听"砰砰"两声,两发子弹射出去,靶上竟没找到弹孔。

云海青知其奥妙,跑过去,拎着两块方木板回来,那两颗子弹分别从苗可秀和黄拱宸打的弹孔穿过去,分毫不差,都显示在后放上去的那块靶板上。

苗可秀由衷赞叹:"厉害!使一回司令的枪,壮一辈子苗可秀的胆!"

玉碎(一)

邓铁梅一边安排右总参议苗可秀抓紧整训部队,一边派出左总参议黄拱宸去本溪一带收编一小股分散的抗日武装,积极做着反击日伪军再次"围剿"的准备。

黄拱宸是富家子弟,为人豪爽正义,"九一八"悲愤还乡拉队伍抗日。当初,他带着三千人的队伍投奔了邓铁梅,如今已不足一千。矿工团战士全部壮烈牺牲,激起他誓与日寇死战到底的决心。

这天,黄拱宸穿着自卫军军装来到新宾县一个村子,住下来做收编一个小股武装的工作。此时,日伪当局到处张贴悬赏告示,价码最高的是邓铁梅,现大洋两万元。再就是苗可秀、黄拱宸,价码一万现大洋。黄拱宸的房东邻居是一个汉奸的亲属,很快告了密,日军连夜包围了黄拱宸住处。

躲在夜色里的日本兵不敢上前,先让一个中国翻译进屋。黄拱宸大骂:"你还是个中国人?!怎么这么不要脸,滚!"

屋外,又有人喊:"黄拱宸,皇军有请!"黄拱宸感到了极大的羞愧,他大声应道:"日本人有种,让他们进屋来请老子!""黄将军出来吧,皇军不会杀你!"

黄拱宸为中国人的败类羞耻透了,忍无可忍地推门而出,几步走到那人面前,狠狠地扇了一个耳光:"丢人现眼!"

黄拱宸被关押到新宾县第十四监狱。

他家本来很富足，拉起队伍后，家里的积蓄都让他拿来置办军服和枪支了。夫人刘继琳想弄些钱去赎丈夫，一时弄不到，便前去探监。

黄夫人一见黄拱宸，不由得流了一阵眼泪。

"出去？我杀了他们那么多人，若不投降叛国，我能出去吗？"

"那就在监狱等死吗？"

"我拉了这么大的队伍和邓铁梅抗日，全中国都知道了，我再屈膝投降，咱家祖坟和后代怎么办？"

敌人见以官位诱降无效，便欲在为伪满洲国"建国六烈士"报仇的大肆宣传下枪决黄拱宸。

执行前，黄拱宸平静地对刽子手说："我是干干净净的中国人，我也要死得干干净净，请把我脚下打扫干净，给我准备一领炕席，这儿被小鬼子踩脏了！"

一张新炕席，在黄拱宸的脚下铺展开来。黄拱宸在席上走了两步，坦然站定，高呼："打倒小日本！抗日不投降！"

没容黄拱宸多喊，一梭子弹把他射倒在光洁黄亮的高粱席上。

他的双手被铁铐铐着，分不开，双腿叉开着，应声仰倒在四四方方的席子中间，很像一幅金纸上两笔写成的大大的"人"字，人字两边溅出两朵鲜艳的血花，像两只喷火的眼睛，怒望着苍天。

玉碎（二）

邓铁梅被单独监禁在伪满洲国辽宁省的陆军监狱一间特殊的监室。

第二天，监狱长按邓铁梅的要求，派人送来笔、墨、砚台和纸张。他铺开宣纸，慢慢研着墨，不由得想起爷爷教他写岳飞《满江红》的情景。想着想着，墨还没研浓，就提笔写起来，一笔一画地，像小学生那样专注，爷爷、父亲、母亲、堂叔一一来到身边，看他写字。

写着写着，妻子和儿子女儿都在他十分歉疚的惦念中飘然而至，他疼痛得停住笔，闭上眼……

忽然，有人敲门，待门开时，他惊呆了。一个文质彬彬的日本军官，陪着失踪一个多月的妻子张玉姝站在面前。

他怔怔看了一会儿，慢慢起身。张玉姝见丈夫因胃痛一脸的汗水还在往纸上滴落，泪水一涌而出，邓铁梅的两眼也像装满小珠子的口袋漏了，一颗一颗泪珠滚落出来，他一下抱住妻子。

张玉姝对日本军官说："我丈夫胃肠病一犯，就得用大烟土止疼，你们要送他到医院治治。"

日本军官是通晓汉语的特务，不禁暗喜，应允道："关东军很关心邓将军健康，特把邓夫人接来陪护。"

邓铁梅断定这是招抚的一个手段，低声对妻子说："抓你不过是为了抓我，现在咱俩都抓到手了，不知你有啥打算？"

"日本人就盼你们归顺，你病成这样，不归顺是不会给你治病的。"

"我说过'不成功便成仁'，现在成功那天怕是看不到了，成仁还做不到吗？"

"死我不怕，可你遭了多少罪啊！让你带着一身病死去，我……"张玉姝哽咽了。

"我们活着一块儿抗日，死了共同成仁，是多幸福的日子啊，有什么不忍心的？"

三天后，张玉姝又被提回单独监室。每天照旧有医生上门给邓铁梅查诊，送来大烟及吸食工具。邓铁梅咬牙忍着病痛不去用它，他知道，一旦上瘾挺不住，便会被敌人控制。

一星期过去，张玉姝被秘密押解到尖山窑，日本人让她带去了一封归顺书。张玉姝哭着对苗可秀说："只要向自卫军传达邓司令的归顺命令，邓司令就能得救。"苗可秀看了信说："这不是邓司令亲笔所写，字迹和口气都不对。"

张玉姝只好说出这是受日本人之托转交的。"这是鬼子的骗局，邓司令绝不可能这样做！"苗可秀悄悄用极小的一张纸片写了一封密信，让张玉姝转告邓铁梅等待实施劫狱计划。

信没能转到邓铁梅的手里,就被敌人获得了。一天夜里,日军在小河沿水塘的荒草丛中,秘密将张玉姝杀害。

邓铁梅日夜盼着妻子的到来,他挥笔写战友们平时爱唱的歌曲,越写越激动,直接写起心底的句子:"人生谁不死?怕死不抗日!宁可玉样碎,决不瓦样全!"

他从没像此时这样有豪雅之兴,索性落了名款。邓铁梅的"梅"字最后一笔用力一拉,甩得老长老长,像一串泪珠淋淋漓漓地甩了出去。

伪陆军监狱把邓铁梅写字的内容报告了关东军司令部,并附结论:"邓匪已抛弃生死之念,求死更重于求生。"

深夜,邓铁梅被从牢房架出,拖进地下室另一间绝密审讯室。审讯官押着邓铁梅逐一在每一种刑具面前站一会儿,说道:"现在给你最后的机会,如现在接受招抚,这些刑具就与你无关,立即放你出狱,任命你为省边防警务副司令。如何选择,再给你五分钟考虑!"

"一分钟也不用了,想用什么刑马上用,反正怎么着我浑身都疼!"邓铁梅愤然回答。

几个行刑官交头接耳一阵,把邓铁梅推到一把电椅上,递给他一杯水:"多喝两杯凉水,凉快凉快,然后尝尝电刑滋味!"

邓铁梅接过水三两口喝干,又叫递第二杯。行刑官诡秘地说:"急什么,等会儿再喝第二杯!"

十分钟后,邓铁梅慢慢地闭上了眼睛,心脏停止了跳动,嘴角流出两缕暗黑的血。

这年,他四十三岁。

玉碎(三)

一入冬,日伪军讨伐部队五百多人,突然将苗可秀及铁血军主要领导在内的一百多人包围。苗可秀率队拼死突围出来,两名随员和十多名战士饮弹牺牲。敌人发现铁血军印章和苗景墨（苗可秀别名）的名章，断定苗可秀已被打死，便割下死者头颅，挂于岫岩县城示众。

苗可秀丝毫没被吓住，亲率二百多名铁血军战士攻入县城，激战一个多小时，将一百五十多名日伪军全部消灭。日军调集一个师团约六千兵力赶来"围剿"，激战中，苗可秀被炸伤。不久，在老乡家潜伏养伤时，不幸被捕。

敌人软硬兼施逼劝他投降："你杀了那么多日本人，如果痛改前非，声明投降，不仅不死，还能委以高官，不投降，必死无疑！"

苗可秀淡然答道："我愿意死。"

其间，他偷偷写下两封信，一封写给老师王卓然先生，一封写给挚友转其弟：

"卓然恩师：……盖今夜其为余死期也！余死固无顾虑，所虑者二事：……余妻生一子今年六岁，生拟名此子为苗抗生，勉其继余之志耳……"

"……弟等可在西山购一卧牛之地，为余营一衣冠冢，竖一短碣，正面刻'苗可秀之墓'，背面略述余之行事，墓旁植梨树四五株，小亭一间，每有休假日，弟等千万要到此一游，每到此处，要三呼老苗，我之孤魂其可以不寂寞也。山吟水啸，鸟语虫声，皆视为余歌余语，余泣余诉，可矣。余泣系为国事之泣非为私人泣也，注意此点；凡国有可庆之事，弟当为文告我，国有极可痛可耻之事，弟也当为文告我……不要忘我们要做新中国的主人，要做整理山河的圣手……须知牺牲是兑换希望的一种东西。我们既然有希望，便不能不有牺牲……不多谈了，再会吧！"

这天上午，苗可秀被五花大绑推上一辆马车。后面跟着十几辆马车，上面坐着被邓铁梅和苗可秀处决的日军的家属，他们臂戴黑纱，面呈悲痛。

十几辆马车绕街一圈，最后把苗可秀押到伪满洲国"建国六烈士"纪念碑前。

警察令苗可秀下跪，他倔强地挺直身板，一阵冷笑："日本人到中国来占地杀人,有什么理由让我们道歉?"

他指着那些日军家属大声说:"他们死有余辜!"又转身对着日本官员高喊:"你们的下场会和他们一样,中国人不打败日本侵略者誓不罢休!"

主祭的伪县长十分尴尬,赶紧让苗可秀宣读日军事先写好的祭文。苗可秀接过祭文,看了一遍,按自己的话篡改着念完,高呼:"中华民国二十四年七月十五日,中国人杀日本人无上光荣!"

他高呼的时间,正是他和邓铁梅处决日军诱降代表的日子。

日军死者家属惊骇得息了哭声,围观中国人的哭声和哀叹四起,主祭者恐生事变,急忙命令警察将苗可秀押向凤城南山刑场。

来到山坡,日本刑警将苗可秀捆绑在一棵松树上。这时,一只小鸟飞到他眼前那棵树上,苗可秀不由一阵激动,情不自禁朝它扬扬头,回应了几声好听的口哨,那鸟儿竟朝绑着他的那棵松树飞来,落在头顶的树枝上。苗可秀的眼眶涌出泪水,他想到一次行军在山林中歇息,邓铁梅冲树上一群小鸟打口哨,引得鸟儿鸣叫起来。他忽然觉得,这是邓铁梅从天国赶来迎接他。他闭上眼睛任泪水滴落下来,喃喃说道:"邓大哥,可秀老弟陪您养病来了,咱们一块儿练毛笔字,可惜,你那方紫云松花砚没能带来。"

日本警察署长田上迟疑着,苗可秀用力晃头,甩掉脸上的泪水轻蔑地说:"我都等得不耐烦了,快动手吧!"

一身日本武士道做派的田上,被眼前这个中国人的凛然之气打动,向苗可秀敬了一个军礼,匆匆退下,举起军刀发令:"立即执行!"

一群鸟儿扑棱棱向高空一朵乌云飞去,苗可秀的目光随鸟儿望了天空一眼。

六支崭新的三八式步枪,在三四十米远的地方,一齐瞄准了他。六支枪口代表六个被苗可秀处决的鬼子的家属一一射出子弹。日本警官贺门的妻子开的第一枪,日本警官白井的哥哥开的第二枪,接着四个日本刑警相继开枪。不知是他们手抖,瞄得不准,还是苗可秀的脖子挺得太硬,枪声停息了好一会儿,他的头才慢慢向后歪去……

日本警察在苗可秀身边堆起一圈干木柴，泼上汽油，一阵山风扑来，苗可秀浑身刚沸腾过的热血，顿时"嘭"的一声，变成一支烛天火炬，在满山浓绿中，噼啪作响地燃烧起来。

烈火上头那片阴云，被烤下一阵雨滴。

二十九岁的苗可秀，顶雨去见云天之上的两位结义兄弟了。

原刊于2015年9月23日《解放军报》"长征"副刊

写实主义的艺术魅力
——读《刘兆林小说精品选》杂记
李作祥

从《雪国热闹镇》《啊，索伦河谷的枪声》开始，刘兆林作为一位青年军旅作家步入当代中国文坛，迈开了自己坚实的创作步伐。

去年，他的小说精品选三卷集由华夏出版社"当代作家文库"出版了。这可以看作是这位饮誉中国当代文坛的中年作家的一个重要创作阶段的总结，我们从中不但可以看到他从青年步入中年创作历程的清晰的脚印，看出他在思想艺术上苦苦探索和追求的努力，也可以看出他已经形成的鲜明的创作个性和总体风貌。

1984年我读了他的中篇《啊，索伦河谷的枪声》，十分感动，情不自禁地写了篇题为《军事文学创作又开新生面》的评论，这是我当时读过的很感人的中篇之一，至今我仍认为这是刘兆林写出的他的最好的作品之一，这次三卷集出版，重读了一下，魅力仍不减当年，我总是想一个问题，就是，为什么刘兆林的这篇以及其他一些作品还有一种引人阅读的兴趣？我并不认为三卷集中篇篇都是珠玑，但是这些作品的总体构成有一种叫人感动的、叫人感兴趣的力量，这是一种什么力量呢？我把它称为写实主义的艺术魅力。我认为这是刘兆林创作的总体特征所在和内在的艺术生命所在。

真诚是刘兆林小说创作的基本特色之一，他从短篇而中篇而长篇，在小说艺术形式的各门类中徜徉跋涉，但不论是短篇还是中篇抑或是长篇都打着他心灵赋予的一个烙印,就是真诚,他写得很真诚,他笔下的人物也很真诚,他在小说创作中追求的人与人之间的关系也是真诚,他用以化解他笔下人物之间矛盾的利刃也是真诚,真诚既是他的艺术追求,也是他的道德追求。鲁迅在艺术美学上的最高追求是白描,鲁迅是一位白描大师,他对白描的定义是:"有真意、去粉饰、少做作、勿卖弄而已。"鲁迅将这称为"作文秘诀"。这几句中,有真意是打头的,是前提,有真意就是真诚。刘兆林真正进入文坛之时,正是我国新时期文学恢复现实主义的时候,那时候,急需要有作家的真诚,以荡涤过去文学中虚伪、虚假之浊流,刘兆林便以自己创作的中、短篇给文坛带来了北国的风情,带来了北方人特有的质朴、厚重和真诚,以自己创作上的实绩和成功参与了新时期文学中荡涤过去文学中虚假浊流的工作,并以自己的以真诚为特色的道德感引起了文坛的注目。在我当时的印象中,军旅作家中有两位的小说创作是以真诚而见其特色的,一位是刘兆林,另一位是朱苏进,但是他们二位的真诚却各自显出不同的特色,刘兆林是真诚而善良,朱苏进则是真诚而尖刻,他们似乎都以鲁迅为自己的师承,但师承的又是不同的侧面,刘兆林师承的是鲁迅那种深广的忧念和同情,而朱苏进则师承的是那种无情面的尖厉。师承之不同,是性情使然,是禀赋使然,是经历使然,所以读刘兆林的小说,不论是短篇,还是中篇,还是长篇,真诚中多杂有一种苦涩的苦难意识,他对生活中的苦难和不幸有一种特殊的敏感,而且给以感情凝重的描写,使得他的小说往往有一种浓重的悲剧色彩,《啊,索伦河谷的枪声》中刘明天的悲剧结局,《因为无雪》中描述的军事训练时发生的那冲天大火造成的悲剧结局,《一江黑水向东流》中连长儿子的踩雷夭亡,《三角形的太阳》中那位名叫夏日的女性其遭遇几乎是集不幸与苦难于一身。在对这些苦难与不幸的描述中,我总是透过这些质朴的,时而带点幽默意味的文字看到作者忧戚而沉重的面容,这就使得刘兆林的小说中有一种浓浓的平民意识。我总忘不了作者对夏日所帮助战士的家庭生活贫困情景的那些文字,我也忘不了冼文弓接待郭云河的父亲时,郭父带着生产队的介绍信要求让郭云河当个汽车兵的那个令人心酸的"走后门"的插曲，这个小小的插曲集中着刘兆林对农村贫困艰辛的一片同情和他发自内心的那种贫民意识。真诚，对人间的不幸和苦难的敏感，发自内心的贫民意识构成了刘兆林写实主义的一个重要的思想艺术特色，这种特色使得刘兆林的小说具有一种传统和古典的性质，具有一种人道主义的色彩，具有一种尊重人、相信人、善待人的道德感。自从当代中国文学被卷入市场经济的大潮中，现代主义、后现代主义浸润当代中国作家的心灵，这种对人的尊重感就往往被一种对人的戏弄、对人的玩笑所代替，生活中的艰辛和贫苦农民的处境往往被一些作家所漠视，这可能是我们经济生活中的大进步，但不能不说，这是我们精神生活的一种大魂。在这个角度来审视刘兆林过去写的这些以军旅生活为源泉的短、中、长篇中贯彻始终的这种艺术特色和文化精神，它就有点特殊的可贵了。我觉得这是刘兆林小说创作仍保持着艺术魅力的重要原因之一。应该永远牢记，作家的真诚，这是文学具有永久生命力的条件之一。

　　探求人性的深度，这是刘兆林小说创作的又一重要特色，也是他的写实主义具有艺术魅力的原因之一。写实主义的基本要求是写出一些有特色的人物，有性格的人物，而人物的特色和性格则由人物的人性深度所决定。刘兆林是为新时期的文学创作贡献了几个人物的中年作家之一。他的《雪国热闹镇》中的牛犇，他的《啊，索伦河谷中的枪声》中的冼文弓、《黄豆生北国》中的刘明天，特别是他的《父亲祭》中的父亲，都以其心灵的真实、气质的独特、性格的鲜明而令人难忘，而从牛犇到冼文弓、刘明天再到父亲这一形象的描述，我们可以看到刘兆林在对人性的深度的探求上不断延伸的轨迹。在我的印象中，牛犇大约是我国新时期文学创作中最早出现的以鲜明的富于人情味态度写出的富于人性的新人物形象之一，刘兆林的牛犇不同于过去战士形象的地方在于他率真而富于同情心，他没有用政治术语将自己的真实感情掩盖起来，他坦率地说自己到这儿来是为了学学外语（即对面那国话）退伍后考外语学院，他为了老百姓不惜冒犯纪律；冼文弓就更是一个以丰富的人情味理解战士、对待战士的人性十足的指导员。刘兆林似乎在他的身上体现了自己关于做人的美学理想。刘兆林的这两篇作品引起的轰动正反映了新时期人们对人性、对人道主义的急迫的渴求。到了《父亲祭》，刘兆林就更是将自己的笔触伸进了人性即人的灵魂的更深处。在我看来，《父亲祭》是刘兆林写出的最大胆的显示人的灵魂的复杂性，因而最具有人性深度的一篇作品，而且也是理解这位作家的文化心理特点和他的作品中人物的悲剧色调和忧郁气质的一把钥匙，可惜这篇作品的文化价值未得到足够的重视。这篇作品的最大特点是贯穿于全篇文字中那种真诚的忏悔意识和审父意识，只是将父亲的死讯说成是"喜讯"就足见作者惊人的诚挚，父亲一生郁郁，神经分裂，非人的遭际，使得文中的"我"也处于感情四分五裂之中，神经的弦总是处于紧绷而一弹即断的状态中。作者把一个处于不正常时期，人际关系极不谐和时期中的人的灵魂世界，表现得令人透不过气来，可以毫不夸张地说，《父亲祭》中的父亲这一形象，就其人性的深度来讲，具有相当高的典型意义和文献价值，他几乎成了那个不正常时代的象征，和社会病理切片。父亲是暴躁的、厉声的，但那是痛苦的表征，苦闷的象征，"父亲"的死，意味着一个时代的逝去，所以刘兆林的《父亲祭》既是祭父亲，也祭时代，既是自审、审父，也是审时代。一个真正深刻的作家，即使他在讲自己身边的事情时，只要他真诚地袒露了自己的灵魂，写了那些他个人亲历的忧患，他总是要带出时代的面影来，刘兆林的写实主义揭示着他体验过的人性的深处，这人性海洋深处的波光也往往荡漾着时代的明暗，这明暗这波光是历久不衰的，其艺术的魅力也不会因时间的消逝而消逝。

峭拔幽默而又沉重的叙述构成了刘兆林小说语言和陈述风格的基本特色，也是他的写实主义艺术魅力不减的原因。讲究叙述，自觉的叙述意识的形成是新时期文学创作特别是小说创作的不可抗拒的潮流。刘兆林一走上文坛，就处在这个潮流之中，所以刘兆林一开始创作，或者说当刘兆林作为一个作家走上文坛的时候，他就在创作过程中琢磨着怎样叙述他的故事，怎样讲述他的人物，怎样叙述得有特色：这篇故事，这个人物是刘兆林的，是他的声音。果然，《雪国热闹镇》一出，那峭拔的词语，那幽默的语气就不同凡响，这是刘兆林而不是别人在讲一个兵的故事："热闹镇出了乱子，史无前例的大乱子啊，谁听了都得吓一跳——大风雪之夜，驻军逃走了十分之一，居民陡增了百分之五十。发生这两件大事的时候，镇长居然在千里之外一点消息也不知道，可把驻军最高首长杜林急蒙了。"等到下文一看："说明白点吧，热闹镇驻军最高首长杜林的职务只是班长，大概谁也想象不到，全镇除了包括杜林在内的十个兵外，只一家居民，两口人，不仅'热闹'二字纯属徒有，'镇'字也是滑天下之大稽。所谓镇长，当然就是寂寞透顶的战士们对那一家之主张荣庆的戏称了，所谓驻军逃走十分之一，其实就是一个入伍不到一年的新兵牛犇的突然失踪。"包袱一甩，效果就出来了，在极度夸张的语气中你感到了一种幽默的意味，这是借助于夸大与缩小之间的对比修辞，这种叙述语言在当时相当板滞的文气中，使人感到一种人性的轻松，同时也如同牛犇一样，我们感到一种文气中的青春活力。但最能代表刘兆林叙述幽默感的还是那位新时期军旅文学中的新指导员的队前就职演说，特别是那句"决心就是一句话——和全连一道将扑克玩出新水平"。这句话具有石破天惊之功效，就如同用兵走险道，出奇以制胜。这是一种故作惊人之语，同时也是刘兆林为了笔墨的鲜明而故作惊人之笔，但在这惊人之笔的后面，却是一种人性化的睿智，使人们常年形成的不苟言笑的政工干部形象在人们意想不到的（也就是陌生化的）幽默语言中为之改观，为之人性化。幽默是一种智慧的轻松，是一种情感的放松。刘兆林的这种化严肃为轻快的叙述，使人感到了新时期人与人之间关系解冻的春风，不仅仅是一种语言风格，而且也是一种时代心理的标识。在当时的军旅作家中，刘兆林和朱苏进都是以讲究叙述的峭拔和幽默，以打磨讲述的语言的锋利，使自己的小说语言有棱有角而著名于军队内外，他们都在努力锤炼自己的语言风格，使之不雷同于别人，但他们都重视语调的峭拔和幽默，都力图用笔直捣人物的心肺，使其五脏六腑都显露于外。但有一点却不同，朱苏进锤炼语言似在磨刀，将语言的锋刃磨得飞快、尖利，往往将隐秘的灵魂挑破在光天化日之下，峭拔是无情面的，幽默中是冷嘲的；刘兆林打磨自己的语言类似一位战士整饰自己的行李和背包，打磨得四棱见方，有边有沿，他的峭拔和幽默用东北人的说法是有点"艮久久"的味道，不辛不辣，类乎从东北平原上精选出的亮亮的黑土，他也将人的灵魂隐秘之处在峭拔幽默中和盘而出，但在峭拔和幽默的文字中似有一只温情的手在轻抚那受伤的灵魂。这只要一看朱苏进的《第三只眼》和刘兆林的《船的陆地》就会直感到其间的不同，这是当时揭示人的灵魂深处的名篇，朱的三只眼是寒光闪闪，令人惊悚；刘兆林的陆地却是温厚有加，如沐春风，周金麦的爱情虽是无果之花，成为水中之月，有着说不尽的人生苦涩，但毕竟还有一块陆地托着他人生的脚步。

对刘兆林来说峭拔和幽默不仅是一种语调和音色，它还是一种结构一种安排，刘兆林在小说艺术中很注重戏剧性、喜剧性，《向北，向北》里，两位素不相识的男女主人公，在为他们特意设置的北去列车的严寒的车厢外，在梯上，冒着寒风之苦，裸露各自火热的灵魂，语言之幽默变成了情境之幽默，这是刘兆林将幽默深入到结构之中，在结构中显示幽默和峭拔的典型之作，可以看出他在营造自己幽默峭拔的艺术氛围的匠心之一斑。但随着刘兆林创作的发展，叙述中的沉重的黑色色素却日益浓重起来。在《因为无雪》的结局中，我们读到这样的文字，这是描写因军事演习失误而在扑灭大火中二十八位战士已死的尸体的惨状的文字："大片的尸体横七竖八散布在山坡上。或抱着头勾成团，或脸贴地挺成棍，或头栽进坑里腿伸在外面，还有两个紧紧抱在一起。棉衣烧光了，耳朵、鼻子、眼睛、手指、脚趾都烧没了，每个人身边有一炸裂的水壶，有的一条完整钢丝腰带还挂在腰间。""尸体弯腰的、驼背的、勾胳膊的、叉腿的，需要用解剖刀把筋割断、伸直，才能穿上军装。""两具紧紧抱在一起的尸体用刀割断筋也分不开，只好用锯子把胳膊骨拉断。"这是写灾难的，二十八位战士在指挥员没有准确把握天气变化的情况下贸然下令炮火演习，因为无雪，风助火势，在火海将吞噬森林的危险中丧了命，烧成上述情景。这是黑色的文字传达着生命的沉重,"因为无雪",这标题到最后成为一声沉重的叹息。刘兆林在叙述中虽不无幽默和峭拔,但语调中的沉重却如黑色的石块压在人们的心头,到了《父亲祭》中那写苦难的文字就更是沉重了,那小弟死时雪花落在睁着的乌灰色眼睛上的情景,那父亲为"我"去光秃秃的冰天雪地中寻找甜秆,捡来黄豆,在家炒黄豆的情景,那描述此情此景的文字,都如同铅一般沉重,在这里只有朴素的内心的流泻,任何华彩都没有了,但这是感情洗净了铅华的本色,这本色就是我们常说的文学上的上乘,而这文字上的上乘却不由文字本身决定,而是为至诚之心所决定,又是至诚之心的表现,文字上的艺术的魅力,盖由于作家的心灵。如果说,刘兆林过去创作中的这种写实主义的艺术魅力,还能为他今后的创作,并由此为别人的创作提供了什么启示的话,我想大概就是这一点,尽管这不是什么新鲜的道理,但却是对创作十分管用的道理,这道理绝不会因文学思潮的变迁而过时。

《小说评论》1997年8期

图书在版编目（CIP）数据

雪国热闹镇 / 刘兆林著. -- 北京：作家出版社，2023.11
ISBN 978-7-5212-2534-1

Ⅰ.①雪… Ⅱ.①刘… Ⅲ.①短篇小说 - 小说集 - 中国 - 当代 Ⅳ.①I247.7

中国国家版本馆CIP数据核字（2023）第188741号

雪国热闹镇

作　　　者：	刘兆林
责任编辑：	桑良勇
装帧设计：	孙惟静
出版发行：	作家出版社有限公司
社　　　址：	北京农展馆南里10号　　邮　　编：100125
电话传真：	86-10-65067186（发行中心及邮购部）
	86-10-65004079（总编室）
E-mail:	zuojia@zuojia.net.cn
http://www.zuojiachubanshe.com	
印　　　刷：	三河市北燕印装有限公司
成品尺寸：	152×230
字　　　数：	276千
印　　　张：	19.5
版　　　次：	2023年11月第1版
印　　　次：	2023年11月第1次印刷
ISBN 978-7-5212-2534-1	
定　　　价：	45.00元

作家版图书，版权所有，侵权必究。
作家版图书，印装错误可随时退换。